Vom Schicksal sowjetischer Dissidenten-Kinder, die während der Diktatur Stalins unter falschem Namen und in Unkenntnis ihrer Identität in Sonderheimen großgezogen wurden, erzählt Anatoli Pristawkins erschütternder Roman, der 1991 mit dem Deutschen Jugendliteraturpreis ausgezeichnet wurde.
Eine Handvoll Zöglinge, der jüngste ist sechs, der älteste fünfzehn Jahre alt, lebt unter unmenschlichen Bedingungen gegen Ende des Zweiten Weltkriegs in einem Kinderheim der Sowjetunion, dem sogenannten »Spez«. Sie alle hören auf den Namen Kukuschkin, was Kuckuck heißt.
Eines Tages erhält Sergej, das älteste Kuckuckskind, Besuch von einer »Tante«, der ehemaligen Freundin seines verschollenen Vaters. Sie überreicht dem Jungen ein Sparbuch im sagenhaften Wert von 100000 Rubel und erzählt, daß Sergejs Vater, ein namhafter Flugzeugkonstrukteur, als sogenannter Volksfeind verhaftet wurde. Daraufhin beschließen die Kinder eine waghalsige Reise nach Moskau zu unternehmen, in der Hoffnung, daß Stalin, der ja »der beste Freund der Kinder« ist, ihnen bei der Suche nach ihren wirklichen Eltern helfen könnte. Auf ihrer abenteuerlichen Odyssee erleben sie seitens der Erwachsenen jedoch überwiegend Feigheit und Brutalität. Als sie ihr Elend und die sinnlose Grausamkeit der anderen nicht länger ertragen können, rebellieren sie und rächen sich an ihren Peinigern. Aber diese schlagen unerbittlich zurück.
»Für Pristawkin ist die Epoche der Stalinschen Säuberungen auch ein Verbrechen an den Kindern, die für ihre Eltern büßen mußten. Er enthüllt die perversen Machenschaften derjenigen, für die diese Kinder ein giftiger Stachel im Fleisch der Sowjet-Gesellschaft waren.«

DER TAGESSPIEGEL

Anatoli Pristawkin, 1931 bei Moskau geboren, hat mehrere Kriegsjahre in Waisenhäusern verbringen müssen. Er besuchte das Literaturinstitut in Moskau bis 1959; noch im gleichen Jahr wurden seine ersten Erzählungen veröffentlicht. Sein 1987 erschienener Roman ›Schlief ein goldenes Wölkchen‹ stieß im In- und Ausland auf große Resonanz. 1991 erschien sein autobiographisches Buch ›Stilles Baltikum‹; Pristawkin gilt als engagierter Verfechter der Perestroika.

Anatoli Pristawkin
Wir Kuckuckskinder

Roman

Aus dem Russischen
von Thomas Reschke

Fischer Taschenbuch Verlag

Veröffentlicht im Fischer Taschenbuch Verlag GmbH,
Frankfurt am Main, Mai 1993
Lizenzausgabe mit freundlicher Genehmigung
der Verlag Volk & Welt GmbH, Berlin

Originaltitel:
›Kukušata, ili žalobnaja pesn' dlja uspokoenija serdca;

Umschlaggestaltung: Buchholz/Hinsch/Hensinger
Satz: Graphischer Großbetrieb Pößneck GmbH
Druck und Bindung: Clausen & Bosse, Leck
Printed in Germany
ISBN 3-596-11343-1

Gedruckt auf chlor- und säurefreiem Papier

I

Pechschwarze Nacht. Im Schuppen ist es dunkel, und draußen ist es dunkel. Dunkel und klamm. Wir sitzen und bibbern. Wir sind eigentlich schon erfroren. Also ist bald Morgen: gegen Morgen wird es immer kalt.

Auf pechschwarz bin ich nicht zufällig gekommen, denn als wir gestern in den Schuppen flitzten, stießen wir auf Pech, ein ganzes Faß voll, in der Ecke. Daneben steht ein Bauernwagen, dem ein Rad fehlt. Als das Frieren losging, kam ein verrückter Gedanke auf: Wir zünden das Pech und den Wagen an und den Schuppen gleich mit, um endlich warm zu werden!

Lodernde Flammen in blauen Nächten!

Ja, genau solche Flammen wie bei den Artek-Pionieren im Film. Der Abschiedsabend gegen Ende des Sommers, Flammen bis zum Himmel und vom Feuer angestrahlte glückliche Gesichter.

Lodernde Flammen …

usw.

Wir hatten auch einen Abschiedsabend! Schade, daß wir verbrennen werden! Aber schade für wen? Für uns selber, aber nicht besonders. Kein großer Verlust, wie man so sagt. Vielleicht, daß ein barmherziges altes Frauchen aus der Siedlung Goljatwino sich angesichts der Flammen bekreuzigt: Nun haben sie ausgelitten, die Verruchten, Herr, vergib ihnen ihre Sünden!

Die übrigen werden erleichtert aufatmen: Krepiert sind sie, die Halunken, geschieht ihnen recht! Nutzlos haben sie gelebt, diese Schmarotzer, und genauso sind sie krepiert. Toi-toi-toi, verhext.

Aber noch sind wir nicht krepiert!

Wir sind nicht krepiert, hört ihr das – Väter, Mütter, Brüder, Schwestern, ihr lieben Papis und Mamis! Geduldet euch ein wenig, verzeiht großmütig, wenn wir nicht gleich verbrennen. Die Bullen, die seit dem Abend diesen löchrigen Schuppen umstellen, passen schon sehr auf uns auf, um euch zu beruhigen. Damit ihr schlaft und nichts wißt, so wie ihr bisher mit geschlossenen Augen und verstopften Ohren neben uns gelebt habt. Die eine Nacht werdet ihr schon noch überleben, will ich hoffen. Bis uns die Polypen schnappen. Bis sie uns »unschädlich« machen, so heißt das wohl bei denen.

Noch haben sie uns nicht geschnappt, entschuldigt schon, weil sie ihr kostbares Leben, das sie um einen unbekannten Preis vor der Front bewahrt haben, für ihre und unsere gemeinsame lichte Zukunft erhalten müssen.

Wir, das könnt ihr euch denken, wir haben keine lichte Zukunft. Wir sind Abschaum, Abfall der Gesellschaft, ihre Scheiße, wissenschaftlich ausgedrückt, ihre Exkremente. Wir sagen einfach Kacke dazu. Uns hätten sie längst auf den Müll schmeißen müssen, aber darauf sind sie erst jetzt gekommen, als es von uns, wie sie sagen, zu stinken anfing.

Wanzen stinken, wenn man sie zerquetscht.

Sie wollten uns gestern zerquetschen, aber wir haben ihnen was gehustet. Da haben sie ihren Schalltrichter rausgeholt, genannt Zotentüte, und haben hindurchgebrüllt, wir sollten keine Dusseligkeiten machen, sondern einzeln rauskommen, und sie versprechen auch, uns nicht zu hauen und uns nichts Böses zu tun, und da haben wir, damit sie ihren stinkenden Dampf in sich behielten und ihn nicht unnötig abließen, mit dem Gewehr nach ihnen geballert. Da hielten sie auf einmal die Schnauze. Als ob sie eine Pille verschluckt hätten. Obwohl unser Schrot sie bestimmt nicht erreicht hat. Jetzt sind sie still. Sie warten auf den Morgen und vielleicht auf irgendwelche Hilfe. Sie sind ja so tapfer! Wenn sie mal böse werden, schlagen sie sieben Fliegen tot! Aber auf Bengels loszugehen, die mit einem

Berdangewehr bewaffnet sind, dazu haben sie nicht den Schneid. Zumal sie nicht wissen, wie viele wir sind und wieviel Waffen wir wirklich haben.

Eigentlich weiß ich selber nicht, wie viele von uns nach dem ganzen Kuddelmuddel übriggeblieben sind. Fünf. Vielleicht sechs. Oder sieben.

Jetzt sitzen wir in unserm Käfig und rufen »Kuckuck«. Denn wir sind die Kuckuckskinder. So rufen sie uns in unserm »Spez«. Und das ist gar nicht mal ein Symbol, sondern ein Name. Wir alle haben denselben Namen: Kukuschkin.

Ich linse nach draußen, und ich höre an der gegenüberliegenden Wand Bergmann dumpf husten und seinen Bergmannsauswurf wegspucken. Er bewacht seine Seite, und ihn quält, daß er nichts zu rauchen hat. Er ist dreizehn, etwas älter als die übrigen, er ist schon zweimal aus dem »Spez« abgehauen, und er hat sogar ein halbes Jahr bei Tula unter Tage gearbeitet. Sie haben ihn natürlich ausfindig gemacht und zurückgebracht, und seitdem raucht er, und er hat schwarzen Auswurf. Er spuckt ihn in die hohle Hand und zeigt ihn den anderen – das ist die Kohle, sagt er, die ich in der Lunge habe. Der Spuckebatzen ist wirklich schwarz. So sieht sie aus, sagt Bergmann, die Freiheit von unserm »Spez«, dem man nicht mal unter der Erde entkommen kann. Schwarz ist die Freiheit, sagt er. Innen und außen.

Aber dort unter der Erde ist es besser als hier auf der Erde. Dem haben wir sofort zugestimmt.

Grille und Engel haben sich gleich am Abend in den Wagen gelegt, Grille hat Fieber, und seine Zähne klappern laut. Engel fürchtet die Dunkelheit und wimmert vor Angst. Diese Angst kommt aus der Vergangenheit, an die sich keiner von uns erinnert. Keiner erinnert sich, aber irgendwas in uns erinnert sich, wenn wir, wie Engel, manchmal die Nacht nicht ertragen können. Aber wir haben uns daran gewöhnt. Engel dagegen schläft auch im »Spez« ganze Nächte nicht und wartet auf den Morgen. Die Dunkelheit quält ihn bis zum Erbrechen, bis zur Ohnmacht.

Sandra ist bei Engel und Grille und versucht, sie mit

ihrem Lallen aufzumuntern. Sie kann nicht sprechen, obwohl sie keineswegs taubstumm ist. Sie hört alles und versteht alles. Es heißt, sie habe durch einen plötzlichen Schreck alle Wörter bis auf das letzte vergessen. Wann sie diesen Schreck erlebte, weiß sie nicht mehr.

Wir alle sind seltsame Wesen, Geschöpfe, die irgendwann chiffriert wurden, und nur unser Verhalten verrät unser Beteiligtsein an etwas, was wir nicht wissen. Wir haben ja keinen, den wir fragen können. Und wenn sie uns etwas über uns sagen, lügen sie gewöhnlich.

Das kann man jetzt schon in der Vergangenheit sagen: sie logen.

Links von mir, beinahe in der Ecke, liegt mein bester Freund, Bissig. Er heißt Wissarion, und die Kumpels nannten ihn Wissik. Na, und als sie seinen Jähzorn kennenlernten, seine Ungeduld, da wurde aus Wissik Bissig. Er ist unser Anführer, ein Schläger. Ich weiß es nicht mehr genau, aber ich glaube, alles, was jetzt mit uns passiert, hat mit ihm angefangen. Ich sage nicht, daß es sein Einfall war. Aber er war der Funke im Pulverfaß.

Ich höre, wie er Motja zuflüstert: »Hast du das Gewehr geladen? Wirklich? Laß mich mal!« Motja steht an der Tür auf Posten. Die ist unser schwacher Punkt. Motja hat als einziger von uns ein Gewehr. Es ist ein altes Gewehr aus der Tulaer Waffenfabrik, wir haben es in einem Haus mitgehen lassen. Das Gewehr und die Patronentasche. Mit diesem Gewehr hat Motja schon gestern auf die Bullen geballert. Ich denke mir, er hat zum erstenmal im Leben geschossen.

Wenn vor wenigen Tagen jemand gesagt hätte, daß Motja, unser gerechter und friedlicher Motja, für den »alle Menschen gut« sind, auf einen Menschen schießen würde, wär ich der erste gewesen, der es nicht geglaubt hätte.

Aber er hat geschossen, und es ist ihm nicht schwergefallen. Wir haben begriffen: sie fürchten sich vor unserm Schießen. Also werden wir wieder schießen.

Jetzt warten sie dort hinter dem Hügel auf den Morgen, als ob sie uns am Morgen leichter schnappen könnten. Ich finde, für ihr Bullengewerbe taugt grade die Nacht am besten. Die Nacht mit ihrer pechschwarzen Finsternis, in der es keine Zeugen gibt und wir Angst haben. Ja, wir haben Angst vor der Dunkelheit, obwohl nicht alle so wie Engel es zeigen, und die rührt ja wohl von jener Nacht her, in der ebensolche Bullen in unser Haus kamen, an das wir uns nicht erinnern, mit ihren Stiefeln polterten und Möbel verrückten. Sie kamen in unser Haus. In unser Leben.

Und in unsere Seele.

Wir erinnern uns nicht daran, aber unsere Seele, die erinnert sich bestimmt. Sie spuckt, wie Bergmann seinen Auswurf, stückchenweise die in ihr angesammelte Schwärze aus. Und ich verstehe Bissig, wenn er Motja um das Gewehr bittet, um auch mal auf die Bullen zu ballern. Wenn Bissig Bullen auftauchen sieht, erstarrt er, und seine Augen werden weiß. Ich sehe in solchen Momenten zu, in seiner Nähe zu sein, denn er wäre imstande, blindlings loszustürmen und sogar einen zu beißen. Motja gibt ihm das Gewehr nicht, denn er kennt ihn ja.

Ich höre, wie Sandra die Kuckuckskinder mit ihrem Lallen zu trösten versucht, ich denke an Bissig und an Motja und auch an Bergmann, und da geht mir durch den Kopf: Mit dieser Nacht sind wir am Ende. Solche Nächte wird es nicht mehr geben. Nie wieder. Das weiß ich genau.

Dabei fing das Ganze damit an, daß eines Abends die Frau in unserm »Spez« auftauchte.

2

Ja, ja. Alles begann mit dem Erscheinen dieser Frau. Wir hatten sie vom Gebüsch aus gleich gesichtet. Wie sollten wir auch in unserer öden Siedlung, in dem beschissenen Goljatwino, nicht sofort einen neuen Menschen bemerken, noch dazu, wenn es ein Weib war, das in seiner Dusseligkeit in unser Waisenhaus mit Spezialregime getrottet kam?

Von den Einwohnern, klarer Fall, kam keiner zu uns. Nur die bei uns arbeiteten. Aber das waren wenige. Aus dem Kreis zeigte sich erst recht keiner, für die waren wir längst abgeschrieben. Sogar die örtliche Miliz, die sich laut

Instruktion um uns zu kümmern hatte, gab sich keine besondere Mühe. Begegnungen mit uns waren schon auf der Straße kein Zucker. Nicht mal Sacharin. Und in unserm Wespennest schon gar nicht.

Aber die Frau kam gegen Abend zu uns, schlank wie eine Halbwüchsige, mit kurzem Pony, darüber eine Baskenmütze. Wir waren im Gebüsch eben dabei, uns neue Kartoffeln zu teilen, die wir in einem fremden Garten ausgebuddelt hatten.

Motja, der sie verteilte, linste hinaus und guckte sich fest, und wir mußten ihn an der Hose wieder zurückziehen. Auch Bissig und Bergmann glotzten. Die übrigen nicht. Sie dachten an die Kartoffeln.

»Schick«, sagte Motja und lachte dabei.

»Schicke Tasche hat sie«, fügte Bissig hinzu. Noch einmal streckte er den Kopf hinaus und ergänzte: »Wie sie die hält ... als ob sie zu Besuch kommt ... Gräfin ... Vornehmfeinchen, krumme Beinchen ...«

»Wegreißen«, sagte Bergmann.

»Abschneiden«, ergänzte Grille.

»Klauen«, schlug Wurzel vor.

»War mal deine, ist jetzt meine ...«

Und schon war Bissig auf dem Sprung, der Schönen in den Weg zu laufen, um diese, wir sahen es jetzt, leichtsinnig am Henkel getragene Tasche abzugreifen oder, um in denen ihrer Sprache zu reden, zu enteignen. Die Handtasche bot sich uns förmlich an, sie wollte selber, daß wir sie uns holten, aber Motja bremste.

»Warte, Bissig«, sagte er ruhig. »Nicht so hastig. Wenn dir die Finger jucken, geh freiwillig noch paar Kartoffeln klauen.«

Und für Begriffsstutzige fügte er hinzu: »Das ist ja keine zufällige Fußgängerin, die sich hier die Schuhsohlen abläuft, die will bestimmt zum Direktor. Womöglich ist es die neue Erzieherin? Anstelle von Sacharowna, die abgehauen ist? Oder eine Aufseherin? Oder Köchin?«

»Vielleicht sogar eine Tante?«

Dieses letzte, von der Tante, gefiel allen am besten.

Gelächter, Geblöke, wir hielten uns den Bauch, und

Wurzel löste neues Gelächter aus, indem er in höchsten Tönen gellte: »Guten Taaag, Kinderchen, ich bin eure Taaante!«

Wir bogen uns, wir starben fast von unserm Humor. Der Humor bestand darin, daß noch nie in der Geschichte unseres »Spez« eine Tante zu uns gekommen war. Es hätte sie schon wer mit Gewalt hertreiben müssen. Legenden freilich, die gab's. Und, wie alle Legenden, unglaublich zählebig. Sie handelten davon, daß einmal in hundert Jahren das Unwahrscheinliche geschieht und entfernte Verwandte im Waisenhaus auftauchen, manchmal sogar Tanten, die, ein Wunder, wenn sie irgendwelche Verpflichtungen, Garantien, Unterschriften gegeben hatten, den Neffen oder sonstigen entfernten Verwandten mitnehmen und herausholen konnten aus unserem hoffnungslosen Haus, aus unserm Goljatwino, und ihn wegbringen in ein anderes Leben ohne Spezialregime.

Solche Legenden gab's, aber noch kein einziges von uns Kuckuckskindern hatte mit eigenen Augen solche zugereisten Verwandtschaften gesehen, und es war klar, daß wir sie auch nie sehen würden. Darum lachten wir dermaßen und hielten uns den Bauch, als wir einander die Begegnung mit der phantastischen, mystischen, kosmischen Tante vorspielten.

»Ach, Taaantchen, grrrüß dich! Wir haben ja so auf dich gewartet! Wie wir gewartet haben! Erlauben Sie, Tantchen, die Handtasche zu tragen! Ach, was für ein hübsches Kostüm, besonders die Taschen ... Schöne Taschen, und was ist drin in der Tasche? Ein Portemonnaie ist drin. Was sagen Sie, Tantchen? Ein Portemonnaie war drin? Vielleicht war eins drin, Tantchen, aber jetzt ist keins drin, auch das Armband ist weg und das Kettchen vom Hals ... Ach, Tantchen, darum haben wir sie so gern, die Tantchen, die zu uns kommen in vollem Putz ... So können wir sie ja nicht wieder weglassen ... Aber wir lassen sie weg, wie sollten wir nicht, wer wird denn sein Tantchen, seine verwandte Seele, lange aufhalten wollen ... Bitte nicht schluchzen, nicht weinen, nicht jammern, sonst müssen wir vor Mitleid selber weinen! Ach so, ums Portemonnaie tut's Ihnen leid!

Meinen Sie, uns tut's nicht leid? Aber wir nehmen uns zusammen und weinen nicht, wir sind ja abgebrüht! Ach, Tantchen, nehmen Sie doch Ihr Taschentüchlein! Ach, das ist weg, längst geklaut, entführt ... Wer's geklaut hat, wenn wir das wüßten! Aber schenieren Sie sich nicht, Tantchen, wischen Sie die Tränen mit dem Ärmel ab, wir finden's wieder! Bestimmt! Bestimmt! Diese blöden Schakale, diese verdammten Scheißefresser! Wühlen in fremden Taschen und kränken unser kostbares Tantchen! Bleiben Sie besser nicht hier, Tantchen, liebes, gutes, reisen Sie schleunigst ab, sonst nehmen die Ihnen noch das letzte weg. Denen ist das zuzutrauen ... Und wenn Sie wollen, kommen Sie wieder mal her, wir sind nicht böse, wir freuen uns immer über Tanten. Also leben Sie wohl, leben Sie wohl, schöne Frau!«

»Gute Reise, Wind in den Hintern!«

So amüsierten wir uns, ohne zu wissen, ohne zu ahnen, daß in der verhängnisvollen Handtasche des kostbaren Tantchens etwas lag, was noch geheim war, eine Art Bombe, die unser ganzes »Spez« in die Luft sprengen würde. Unser »Spez« und uns und unser Leben obendrein.

Ach, Bissig, Bissig! Wir hätten dich nicht zurückhalten sollen, als du losstürmen wolltest, um dir das schöne Täschchen anzueignen. Deine genialen Hände mit den langen Fingern, die in jedes Nest schlüpften, um ein Eichen rauszuangeln, und sich in jeder Tasche wie zu Hause fühlten, hätten es damals tun sollen. Und wenn sie es damals getan hätten, würde unser Leben vielleicht eine ganz andere Wende genommen haben.

Übrigens – anders, das heißt nicht unbedingt besser.

Inzwischen ging die Frau, die nun für alle Zeiten den Spitznamen »Tantchen« trug, zum Hauptgebäude und verschwand in der Tür. Das Leben aber, unser Leben, floß durch sein gewohntes Flußbett voller Sorgen um das Notwendigste: Eßbares erbeuten und natürlich warten, warten auf die unschätzbaren Minuten des Abendessens, obwohl wir bestens wußten, was für ein Abendessen das sein würde – Mehlsuppe mit einem Tröpfchen Pflanzenöl und ein winziges Ratiönchen Brot. Zum Abendessen gab es das wenigste Brot. Direktor Rüssel kalkulierte mit Recht, daß die hundert Kinder des Spezialregimes zur Nacht leichter Nahrung erbeuten, klauen, beschaffen konnten als, sagen wir, morgens. Bloß wo?

Während wir darüber grübelten, tat der Mund sein Werk, das heißt, er leckte den Teller aus, er versuchte, aus dem Metall noch ein Tröpfchen Suppe herauszuquetschen. Da hörte ich, wie die Erzieherin Natalia Wlassowna, von uns Tussi genannt, eine dümmliche Person, nicht böse, nicht jung, dreißig vielleicht, laut rief, nach dem Abendessen hätten sich alle Kuckuckskinder im Zimmer des Direktors einzufinden.

Im Waisenhaus wissen alle, daß wir Kukuschkin heißen. Aber sie nennen uns auch Kuckuckskinder oder Brut oder Nest. Wenn eines von uns auf dem Markt geschnappt wird, fallen die Wörter Schwarm und auch Bande. Dann weiß jeder, daß die Rede von uns zehn ist. Das heißt, wir waren zehn, jetzt sind wir nur noch neun, einer, Christik, ist vor einem Monat abgehauen, keiner weiß, wohin.

Neulinge, die von so vielen Kukuschkins hören, fragen, ob wir Brüder sind, weil wir alle denselben Namen tragen. Wenn sie dann hören, wir seien keine Brüder, geht das Streiten und Argumentieren los: Es könne nicht sein, daß so viele Kukuschkins auf einem Haufen nicht Brüder seien. Wir sagen dann, in der zaristischen Armee habe es viele Iwanows gegeben. »Iwanow sieben« – so sei aufgerufen worden. Warum, so sagen wir, solle es in der Armee sieben und mehr Iwanows geben und Kukuschkins nicht? Darauf ließ sich nichts entgegnen.

Daß wir nicht verwandt und nicht verschwistert waren, ließ sich schon von unserm Aussehen ablesen. Bissig war schwarzhaarig, zappelig wie ein Wurm und hatte eine große Nase. Grille war rothaarig wie ein Fliegenpilz; wenn er sang, und er sang ständig und kannte eine Unmasse Lieder und noch eins dazu, lief sein Gesicht vor Spannung rot an, und die Sommersprossen traten deutlicher hervor. Dafür war Engel, wie es sich gehört für einen Engel, der vom Himmel herabgestiegen ist, still, lockig und schüchtern wie ein kleines Mädchen. Gegen ihn war Sandra derb und kantig, und sie sprach zwar nicht, doch ihr Lallen klang wie ein drohender Ruf. Motja und Bergmann waren größer, älter als die anderen. Aber Bergmann hatte ein breites Gesicht und dicke Lippen und war vertrauensselig. Motja dagegen war lang und dünn und gerechtigkeitsliebend, sein Buratino-Mund war wie geschaffen für ein ewiges, freundliches Lächeln, und für ihn waren alle Menschen auf der Erde gut. Motja hielt Freundschaft mit Senka Wurzel, der skrofulös und ständig krank war. Als sie ihn in unser »Spez« brachten, stellte ihm Natalia Wlassowna, Tussi, im Unterricht die Frage, was er beim Kohl essen würde – den Kopf oder die Wurzel. Senka, das Dummchen, wurde verwirrt, denn er wußte damals noch nicht, wie Kohl aussieht, darum platzte er heraus, er würde die Wurzel essen. Der gute Motja trat für ihn ein und rief, man müsse den Kopf essen. Alle lachten, aber die Spitznamen blieben hängen, und fortan hieß Senka »Wurzel« und Motja »Kopf«. Damals war Senka Wurzel noch das jüngste der Kuckuckskinder, und Motja umhegte ihn wie eine Kinderfrau. Später kam noch das letzte Kuckuckskind dazu, es hatte überhaupt keinen Namen und bekam den Spitznamen Schwänzchen, weil es sechs Jahre alt war und das letzte, auch weil es allen und besonders mir hinterherlief. Aber viele behaupten, dieser Name leite sich von einem Vorfall her, als nämlich hinten ein Schwänzchen an ihm baumelte; alle bemerkten es und lachten laut – es war ein Eingeweidewurm, der zur Hälfte rausgekrochen war und aus einem Loch in der Hose runterhing.

Wir stellten uns im Zimmer des Direktors auf: Bergmann, Motja mit Wurzel, Bissig, Sandra, ich, Engel, Grille und Schwänzchen. Uns zeigten sie aus irgendwelchen Gründen besonders gern vor, wenn irgendeine Kommission erschien. Nicht nur aus dem Kreis, auch aus dem Gebiet, manchmal sogar aus Moskau.

Einmal kamen welche mit dem Auto, alle in Uniform und mit Aktentasche. Wir mußten antreten, und sie fragten uns, wer sich an etwas erinnere, an die Eltern oder an sein früheres Leben, und ob vielleicht gar einer Post bekomme.

Aber wir bekamen keine Post und erinnerten uns an nichts. Woran wir uns erinnerten, war, daß es voriges Jahr im Waisenhaus beinahe gebrannt hätte und daß einer aus dem »Spez« unter einen Traktor gekommen war, als er im Kolchos Steckrüben mausen wollte. Aber das interessierte die nicht. Wir standen da wie Taube unter Tauben und starrten zu Boden. Sie, die Uniformierten, blätterten in den Papieren, die »Personalakte« hießen und beim Direktor unter Verschluß aufbewahrt wurden, und murmelten untereinander. Dann wurden wir zum Schreibtisch gerufen.

Einer der Uniformierten, jung und lockenhaarig, sagte zu mir: »Du mußt Vertrauen haben, Freundchen ... aufrichtig sein ... Wir sind doch zu euch wie zu unsern ...«

Niemand verstand diese Worte, ich auch nicht, und ich schwieg. Motja erklärte mir hinterher, wir sollten wohl Geheimnisinformanten werden, sollten schleunigst unsere eigenen Leute verpfeifen, auspacken, was wir wüßten, wenn wir schon solches Vertrauen hätten, deswegen hätten die gesagt, sie wären wie wir!

Wir merkten uns auch noch andere Wörtchen von denen.

Der eine sagte: »Man spürt die schlechte Erbmasse.« Das war ein Alter mit Glatze, vier Sterne auf der Schulterklappe. Ein anderer, blaß, mager, mit weniger Sternen, gab zur Antwort: »Und sozial gefährlich. Wir müßten das Regime verschärfen.«

Der Lockenhaarige, der bloß einen Stern hatte, warf ein: »Ein Regime der Isolierung von der Gesellschaft wäre wohltuend für ihre Entwicklung.«

Dann sagte der glatzköpfige Alte noch wie resümierend: »Der reinste Kurort ... Es wird Zeit, für sie eine Spezialhandwerksschule einzurichten, damit sie ihr Brot nicht umsonst essen. Arbeit und nur Arbeit kann sie vom Klassenhaß kurieren. Weshalb haben sie sich denn zusammengerottet? Weshalb laufen sie als Truppe rum? Haben sie ihre Gruppierung selber organisiert? Oder hat's ihnen womöglich jemand beigebracht?

Da rückte der Direktor seine Brille zurecht und sagte, wir hießen alle Kukuschkin und seien deshalb zusammen. Von einer Organisation habe er nichts bemerkt, und er meine überhaupt, daß dem Waisenhaus daraus kein Schaden entstünde.

Übrigens, wenn eine hohe Kommission kam, setzte der Direktor immer seine goldene Brille auf. Er hatte sie irgendwo mitgehen lassen, und alle wußten, daß er nicht durch die Gläser guckte, denn durch die konnte er nicht die Bohne sehen. Aber bei feierlichen Anlässen trug er sie immer wieder, denn er bildete sich ein, damit seinen Schweinerüssel veredeln zu können.

»Haben Sie denn mal darüber nachgedacht, warum Sie so viele Gleichnamige hier haben?« fragte der Lockenhaarige. »Oder haben die sich das sonderbare Spiel mit den gleichen Namen selber einfallen lassen?«

»Aber nein«, sagte der Direktor, »die sind doch dumm ... unterentwickelt ... Sehen Sie das nicht?«

»Doch«, sagte der glatzköpfige Alte. Und sah Sandra an. Er ließ sie vortreten und ging um sie herum. »Ein einmaliger Fall in der Medizin«, sagte er und bat sie, den Mund zu öffnen. Sie tat es. »Sehen Sie?« sagte er zu seinen Leuten. »Sie versteht doch?«

Der Direktor nickte.

»Sie versteht, aber sie redet nicht.«

»Vielleicht verstellt sie sich bloß? Um alle irrezuführen? Das kommt übrigens häufig vor.«

»Sie kann sich nicht verstellen, dazu ist sie zu blöd«, sagte der Direktor. »Und der Name Kukuschkin deckt sich bei allen mit den Papieren. Sie haben sich ja selbst davon überzeugt.«

Der Glatzköpfige und die anderen schlossen ihre Aktentaschen und sahen uns nicht an. Wir standen da und warteten. Worauf wir warteten, wußten wir nicht.

»Wo kommen die Papiere her?« fragte der Glatzköpfige, als er schon zur Tür ging. Wir waren für ihn nicht vorhanden.

Der Direktor schwieg, und der andere sprach weiter, als er schon die Tür öffnete: »Sehen Sie ... Aber wir wollen das wissen!« Er ging hinaus. Die anderen folgten ihm, und der Direktor trippelte hinter ihnen her. Durch die offene Tür hörten wir, wie der Lockenhaarige im Korridor laut sagte: »Sie müssen die ... auseinanderbringen ... Gruppenbildung ist gefährlich ... Die werden Ihnen noch einheizen!«

»Gewiß, gewiß«, antwortete der Direktor. »Ich bring sie auseinander! Keine Bange!«

Aber wie wollte er uns auseinanderbringen, wenn wir Kukuschkins längst eine Truppe waren, und zwar auf der Straße, wo er uns nicht nach den Listen überprüfen konnte? Sie versuchten irgendwie, uns »auseinanderzubringen«, und hielten uns sogar einen Vortrag über den internationalen Opportunismus, aber damit hatte sich's dann auch.

Die Kommission fuhr mit dem Wagen ab und kam nie wieder. Aber auch neue Kukuschkins erschienen nicht mehr in unserm »Spez«.

3

Direktor Iwan Orechowitsch Stepko, der bei uns den Spitznamen »Rüssel« führte, empfing uns wie immer mürrisch und hieß uns antreten. Dann ging er hinaus und kam mit unserm »Tantchen« zurück, das wir schon bei der Ankunft vom Gebüsch aus gesichtet hatten. Aus der Nähe kam sie uns jünger vor, und sie war recht hübsch. Kurze Haare wie jetzt im Krieg üblich, grünes Baskenmützchen und darunter kokette Ponyfransen auf der Stirn. Ihre großen dunklen Augen bohrten sich förmlich in uns, wie wenn Miliz unsere Visagen studierte. Wir starrten natürlich nach dem Täschchen, das an ihrer Hand baumelte. Ich weiß noch, wie mir der Gedanke kam, daß dieses dumme Täschchen dort nicht lange hängen würde. Gleich im Korridor würde man's ihr abschneiden, und wenn das bisher nicht geschehen war, dann nur aus einer gewissen Scheu gegenüber einem neuen Menschen, noch dazu einem Weib, noch dazu einem hübschen. Aber in unserm »Spez« wird auf Schönheit wenig gegeben. Schön ist nur, was man klauen kann. Eine Handtasche, die ist schön!

Ich wandte den Blick ab und sah den Direktor an.

Wenn wir gemustert werden wie Schaufensterauslagen, mustern wir auch insgeheim den, der uns mustert. Aber davon haben wir bald genug, und dann wählen wir ein unbewegliches Objekt. Dazu eignet sich besonders unser Direktor Rüssel. Er ist schwammig, schwergewichtig, kurzatmig und kennt keinen von uns. Er tut nicht einmal so, als ob wir ihn interessierten. Ihn interessieren nur sein Haus, seine Wirtschaft und seine Schweinezucht.

Er hat am anderen Ende der Siedlung Haus und Hof, und dort hält er eine Menge Schweine, denen wir übriggebliebene Suppe aus unserer Küche hinbringen müssen. Während wir sie tragen, schöpfen wir mit der Hand das Dicke heraus. Aber Rüssels Mama (wie das klingt!), eine alte Vettel, stellt sich extra auf die Straße, um uns zu beobachten, und sie kann unwahrscheinlich weit sehen. Überhaupt, wenn wir bei ihr auf dem Hof arbeiten, belauert sie uns unentwegt, offen und heimlich, und wir wissen, daß sie uns allesamt haßt. Wenn sie mit uns redet, ist nur ein Zischen zu hören, und sie sieht uns dabei nie in die Augen. Auch ihr Söhnchen sieht uns nie in die Augen. Kommt es zu einem Gespräch, so wendet er sich dem Fußboden, dem Tisch oder einem Stuhl zu, nie dem Sprecher. Noch nie hat einer von uns erkennen können, was für Augen er hat. Bissig behauptet, er sei auf einen Baum gestiegen und habe den Direktor durchs Fenster beobachtet, und da habe er sogleich begriffen, daß man dessen Augen nicht sehen könne, weil er gar keine habe, sondern statt dessen zwei Löcher wie ein Totenschädel, in denen nichts zu erkennen sei.

»Er kuckt wie aus einem Grab«, sagte Bissig und wollte es vormachen, aber daraus wurde nichts.

»Und seine Pupillen?« fragten wir.

»Er hat überhaupt keine!« rief Bissig. »Nur Löcher. Als ich das gesehen hab, wär ich beinah vom Baum runtergekracht. Kein Wunder, daß er Gläser davormacht.«

Jetzt war er ohne die goldgefaßten Gläser.

Er sagte, nicht zu der Frau, sondern zum Fußboden:

»Das sind die Kukuschkins.«

Und er ging laut aufstampfend hinaus. Die Frau blieb. Das Täschchen baumelte noch immer an ihrer Hand. Ich sah, daß Bissig, aufgebracht von dieser Sorglosigkeit, förmlich zu dem Täschchen hindrängte, aber die anderen hielten ihn zurück – das klappt schon noch. Weiter geschah nichts Interessantes. Ich glaube, wir alle hatten den trüben Gedanken, jetzt würden die dummen Fragen anfangen nach unserm Nachnamen, nach Sandra und nach unserer Vergangenheit, die wir ja doch nicht kannten. Und nicht kennen wollten.

Aber die Frau holte nur tief Luft, als der Direktor hinter sich die Tür zuknallte. Ihr Gesicht wurde etwas lebhafter. Sie sagte: »Na denn, guten Tag, ihr ... Kuckuckskinder!«

Und sie lachte. Wir alle, natürlich außer Sandra, antworteten durcheinander, der eine »Tag«, ein anderer »meine Verehrung«, und Engel sagte so aus dem Nichts »dobre doschli«. Und wurde verlegen. Denn das war ihm gegen seinen Willen entfahren, und er wußte nicht, was es bedeutete.

Die Frau machte einen Schritt auf ihn zu und fragte: »Sag mal, kannst du Bulgarisch?«

Wir alle guckten Engel verwundert an. Er schüttelte erschrocken den Kopf, nicht weniger verwundert als wir. Er konnte nicht Bulgarisch und war nie im Ausland gewesen. Woher sollte die Frau auch wissen, daß ihm manchmal, wie aus einem Zauberhut, alle möglichen unverständlichen Wörter entfuhren? So wie das Lallen bei Sandra.

Die Frau sah uns alle noch einmal an, aber ganz anders, dann blieb ihr Blick, ich spürte es förmlich mit der Haut, auf mir haften. Ich weiß nicht mal, woran ich merkte, daß sie mich anders ansah als die übrigen.

Dann ging sie an unsrer Reihe entlang und blieb vor Schwänzchen stehen.

»Wer bist du denn?« fragte sie verwundert.

Schwänzchen war nicht verlegen, er erkundigte sich seinerseits: »Wir sind die Kukuschkins, und wer bist du?«

Die Frau schüttelte den Kopf. Das mochte heißen, mit diesen Kuckuckskindern, selbst mit dem jüngsten, sei ja wohl nicht gut Kirschen essen. Sie griff in die Handtasche – unsere Augen bohrten sich mit hinein – und nahm ein großes eingewickeltes Konfekt heraus.

»Nimm, du Kuckuckskind!« Und sie hielt Schwänzchen das Konfekt hin.

Mir und wahrscheinlich allen gab es einen Stich ins Herz angesichts dieses irren Geschenks. Ich spürte deutlich die Anspannung in unserer Reihe. Keines von uns Kuckuckskindern hatte je ein richtiges eingewickeltes Konfekt gesehen, wir hatten nur davon erzählen hören. Ich war sicherlich nicht der einzige, dem der Gedanke kam, Schwänzchen solle das Konfekt nicht heimlich mampfen, sondern mit uns teilen. Es war ja schließlich für uns alle gedacht. Das gibt's ja gar nicht, daß ein einziger Mensch, zumal Schwänzchen, der ja wirklich unser Schwänzchen war, ein ganzes Konfekt zu essen kriegt.

In meinen Träumen merkte ich nicht gleich, daß die Frau sich vor mich hingestellt hatte. Vor Überraschung zuckte ich zusammen, als ich ihren Blick auf mich gerichtet sah. Eindringlich und unverwandt blickte sie mich an. Es war zugleich ein unendlich trauriger Blick, das merkte ich sofort.

Sie bewegte die Lippen, doch es wollte nicht gleich heraus: »Und du ... wie heißt du?«

»Sergej«, antwortete ich und blickte nach der Handtasche: Vielleicht fiel für meine höfliche Antwort auch für mich ein Konfekt ab?

»Sergej ... Kukuschkin? Also Serjosha.«

»Wieso Serjosha?« fragte ich herausfordernd. Mir mißfiel, daß sie meinen Namen so sonderbar aussprach, als wollte sie ihn sich aneignen.

»Sersch heißt er!« rief Bissig, der den Blick auch nicht von der Handtasche wandte. Er bewegte sogar die Finger, lockerte sie wie vor einer Arbeit.

»Wie?« fragte sie und wandte sich ihm zu. »Sersch? Warum Sersch?«

»Na, das ist mein Spitzname«, antwortete ich widerwillig, denn ich begriff, daß für mich kein Konfekt abfallen würde. Und überhaupt, ihre andauernde Fragerei ging mir allmählich auf die Nerven. Sollte sie lieber mit unserm Bergmann reden, der würde ihr schon in seiner Sprache antworten. Und nicht auf bulgarisch, sondern in reiner Bergmannssprache, in der jedes zweite Wort »Mutter«* war. Vielleicht sogar »Tante«.

Aber die Frau begriff wohl selber, sie trat zurück. Wie man so sagt, sie ließ mich in Ruhe. Ihr Blick wurde nachdenklich, vielleicht sogar verstimmt.

* Anspielung auf den bekannten russischen »Mutterfluch«. D. Ü.

»Hört zu, Jungs«, sagte sie zu sich selbst, wie mit Mühe, und sie lächelte nicht mehr. Es schien ihr schmerzlich zu sein, mit uns zu sprechen. »Ich bin gekommen, weil ... Ich suche einen Verwandten ... schon sehr lange, und ich bin in vielen Waisenhäusern und Sammelstellen gewesen ...«

Als sie von dem »Verwandten« sprach, wechselten wir Kuckuckskinder Blicke: gerade hatten wir darüber gesprochen! Da haben wir's! Das Wunder ist eingetreten!

»Der Junge, den ich suche, heißt Kukuschkin, Sergej Kukuschkin«, sagte die Frau und sah mich an. Alle sahen mich an. Der eine neugierig, andere mit Interesse, Neid und sogar Angst. Nur ich reagierte überhaupt nicht, als ob mich das Ganze nichts anginge. Aber ging es mich denn an, wenn es auf der Welt Tausende Kukuschkins gab, von denen viele Sergej hießen? Und wenn Schwänzchen ohne Vornamen in unser »Spez« gekommen war, konnten er und andere schließlich auch Sergej heißen!

Da kam Direktor Rüssel herein und fragte nicht die Tante, sondern den Fußboden: »Nun?« Wie bei einem Verhör: Was habt ihr rausgekriegt?

Das bedeutete sicherlich, daß er sich, wenn auch ohne Interesse an einer Antwort, interessierte, ob sie den Gesuchten gefunden haben. Und wenn sie ihn nicht gefunden habe, sei es an der Zeit, sich kurz zu fassen, er habe keine Lust mehr zu warten.

Aber die Frau hatte wohl noch nie in einem »Spez« gelebt, sie ging nicht auf die Anspielung ein.

»Entschuldigen Sie«, sagte sie, »ich mache es kurz ... Ich möchte mich mit Sergej Kukuschkin unter vier Augen unterhalten. Gestatten Sie?« Und sie schaute den Direktor bittend an.

Unter halb gesenkten Lidern sah er sie stumpf an – wann hatte jemand so mit ihm gesprochen? – und musterte mich mit trübem Blick. Aber ich konnte seine Augen nicht erkennen. Ich glaube, er nahm mich gar nicht wahr. Und es würde ihn auch keinerlei Bitten erweicht haben, wäre nicht die flehende Geste der Frau gewesen, die ihre großen, seltsamen, schönen Augen nicht von ihm wandte.

»Meinetwegen«, erlaubte er, dem Fußboden zugewandt.

Doch er fügte sogleich hinzu: »Nur kurz. Und die übrigen ... Diese ... Rasselbande ... Mund halten und marsch in die Zone!«

»Mund halten« und »in die Zone«, das kannten wir, es waren seine Lieblingswörter. Merkwürdig, sie entfernten Rüssel nicht von uns, im Gegenteil, sie brachten ihn uns näher und machten ihn fast zu einem der unseren. Es waren ja Wörter von uns. Aus unserm Leben. Die Kuckuckskinder, glücklich über die Freiheit, tobten zur Tür und verschwanden. Nur Motja drehte sich nach mir um und machte mir ein Zeichen, das alle Kuckuckskinder kannten – Finger zum Mund: Wir sind bei dir; wenn du rufst, antworten wir!

Der Direktor zögerte an der Tür, womöglich ging es nicht ohne ihn, dann verließ er widerwillig sein Zimmer.

Ich wußte genau, daß er horchen würde. Aber vielleicht auch nicht, ihm war schließlich ein Schwein lieber als die sinnlose Unterhaltung eines von uns Kuckuckskindern mit einem angereisten und offenbar verrückten Weib.

Ich stand da und guckte die Tür an. Wohin hätte ich sonst gucken sollen? Ich war gewissermaßen verhaftet, als einziger von allen, und ich stand da wie ein Verhafteter, das heißt, ich wartete geduldig, was mit mir geschehen würde.

Die Frau setzte sich in den Sessel des Direktors und holte Papirossy aus der bewußten Handtasche. Mein Gott, Papirossy hatte sie auch darin! Wenn Bergmann das gewußt hätte, er würde die Tasche geklaut haben, ohne Bissigs Manipulationen abzuwarten.

Die Frau zündete sich eine Papirossa an und bat mich, ebenfalls Platz zu nehmen. In dem Zimmer stand noch ein Stuhl.

»Setz dich doch! Näher, näher zu mir ... Ich beiße nicht.«

Ich setzte mich auf die Stuhlkante, aber nicht so nahe, wie sie gebeten hatte.

Ach Tantchen, halt mich doch nicht hier fest, dachte ich wehmütig. Aber ich saß und wartete, entschlossen, diese Bestrafung bis zu Ende durchzustehen. Die Frau rauchte und schwieg.

4

»So, noch mal guten Tag«, sagte sie. »Ich habe vergessen, mich vorzustellen. Ich heiße Mascha, also Maria Iwanowna.«

Ich nickte. Aber ich wußte, daß ich sie nie anreden würde. Höchstens spaßeshalber mit Tantchen, doch nicht laut.

»Ich suche dich schon lange. Kukuschkins sind über viele Waisenhäuser verstreut, und auch in den Handwerksschulen gibt es welche.«

Sie fragte: »Weißt du, wieviel Kukuschkins ich gefunden habe? Mehr als dreißig. Du bist einer von ihnen. Und dich suche ich!«

Aber ich dich nicht, hätte ich am liebsten geantwortet. Doch ich hielt mich zurück. Jetzt müßte unser Direktor Rüssel reinkommen und uns aus seinem Zimmer weisen. Ich war überhaupt erst einmal in diesem Zimmer gewesen, als die Militärkommission mit den Aktentaschen uns reinrief. Ich hatte es ganz und gar mit den Augen abgesucht, aber nichts Brauchbares für mich ausgeguckt. Ein Schrank, ein Schreibtisch, darüber ein Stalinbild. Unter Stalin eine Schrift: »Die Menschen muß man sorglich und aufmerksam aufziehen, so wie der Gärtner seinen Lieblingsobstbaum aufzieht. J. Stalin.« Das bedeutete, Rüssel hatte vor, uns nach Stalins Devise wie ein Gärtner aufzuziehen. Das klappte bei ihm nicht so recht. Bei ihm wurden die Schweine laut Stalin besser aufgezogen als die Menschen.

Ich horchte: Vor dem Fenster wurde halblaut, doch dringlich »Kuckuck« gerufen. Das war ein Signal.

Wir Kuckuckskinder hatten genau wie die Vögel unsere Rufzeichen. Ein friedliches »Kuckuck« bedeutete: Ich lebe und bin gesund und wünsche das auch euch. Ein scharfes rasches »Kuckuck« war ein Alarmzeichen: Kommt schnell zu Hilfe, wer kann. Und dann kam auch Hilfe. Und noch ein Zeichen, kehlig, langgezogen wie ein Trompetenstoß: Ernster Anlaß – sammeln.

Jetzt klang der Ruf friedlich, doch auch ein wenig fragend, und das bedeutete: »Hab kein Schiß, wir sind hier, wir warten auf dich.«

Ich wandte mich vom Fenster ab und holte tief Luft. Ach, Tantchen, bat ich wieder im stillen. Quäl mich doch nicht so. Und dich selbst auch nicht. Laß uns Abschied nehmen ... Wie in dem bekannten Vorkriegs-Foxtrott: »Für lange Zeit auf große Fahrt ...«

Die Frau zündete sich schon wieder eine Papirossa an. Ich guckte, wo sie den ersten Kippen hingetan hatte, um ihn nachher für Bergmann mitzunehmen. So würde Tantchen wenigstens zu etwas gut sein, denn Bergmann mußte nun einmal weniger zur Station, um am Bahndamm Kippen zu sammeln. Zwei satte Kippen – ein guter Fund!

Plötzlich fragte sie, und ich begriff sogleich, daß ihr diese Frage schon lange auf der Zunge lag: »Glaubst du wirklich, daß dein Name Kukuschkin ist?« Und da ich schwieg, sprach sie durch den Qualm weiter: »Wunderst du dich nicht, daß euer, na ... euer Nest, euer Schwarm, der ist doch nicht zufällig zusammengekommen? Oder?«

»Wie denn sonst?« fragte ich stumpf.

»Nun«, sagte die Frau Maria Iwanowna, »vielleicht haben sie euch in der Sammelstelle diesen Namen gegeben. Oder ...«

»Wozu?«

»Das kann viele Gründe haben. So war's doch vielleicht?«

»Wozu?« wiederholte ich wie ein dummer Papagei. Aber ich war jetzt nicht dumm.

Die Tante gab keine Antwort, sie legte wieder die nur halb aufgerauchte Papirossa weg. Ich dachte, daß sie schöne lange Kippen übrigließ. Bergmann hatte Schwein heute. Dabei beneidete ich ihn jetzt um seine Freiheit, wenn auch meine Quälerei nicht ganz umsonst war. Welches der Kukkuckskinder mochte eben gekuckuckt haben? An der Stimme war es schwer zu erkennen, aber ich dachte mir, das muß Bissig gewesen sein. Er macht sich immer um mich Sorgen. Doch vielleicht war's auch Motja.

»Ich möchte dir etwas sagen«, sprach die Frau. »Dein Name ist ganz sicher nicht Kukuschkin.«

Jetzt mußte ich fragen: Wie denn sonst? Aber ich fragte

nicht. Ich wußte, sie würde es von selbst sagen. Und ich hatte es ja nicht eilig. Zwölf Jahre hatte ich als Kukuschkin gelebt, da kam's jetzt nicht auf fünf Minuten an. Außerdem glaubte ich ihr nicht.

»Dein Name ist Jegorow«, sprach sie. »Und dein Vorname ist wirklich Sergej. Sergej Antonowitsch. Und du bist elf Jahre alt. Im September wirst du zwölf. Und das alles weiß ich, Serjosha ... von deinem Vater ... Anton Petrowitsch.«

Jetzt hatte sie mir den Rest gegeben. Wie mit einem Panzer hatte sie mich überrollt. Und obwohl ich ihr nicht glaubte, ich konnte ihr ja nicht glauben, wenn ich weiterleben wollte, fragte ich zu meinem eigenen Schaden: »Sie ... haben ihn ... gekannt?«

»Ja. Natürlich.«

»Und wo ist er?«

»Das kann ich dir jetzt nicht sagen ... Deine Mutter ist tot, du wirst dich nicht an sie erinnern. Aber erinnerst du dich an deinen Vater?«

»Nein«, sagte ich. Das Wort blieb mir im Halse stecken, ich kriegte es kaum herasus.

»Na ja, als sie ihn ... Das heißt, er mußte weg, das war neununddreißig. Da warst du sechs.«

»Er hat mich verlassen?« Und stoßweise: »Hat er mich verlassen, ja?«

Die Tante zuckte zusammen. »Nein Sergej.« Ihr Gesicht sah erschrocken aus. »Er hat dich nicht verlassen! Nein! Nein!

Ich hätte ihr mißtrauen und gehen sollen. Ich mußte abhauen, wenn ich noch eine Weile leben wollte. Aber ich wartete. Worauf? Und wozu brauchte ich eine Wahrheit, wenn die sowieso zu spät kam? Besser, es gab sie gar nicht. Aber nun war die Tante gekommen, sie hatte glücklich dreißig Kuckuckskinder abgeklappert und sich ausgerechnet mich ausgesucht, um mich mit dieser Wahrheit totzuschießen. Und ich Dummkopf hatte vertrauensselig abgewartet, bis sie das erledigte.

»Wie soll ich's dir sagen ...« Die Tante griff in die Handtasche und holte die Papirossapackung heraus. Als sie entdeckte, daß die leer war, ließ sie sie achtlos zu Boden fallen. Wenn Rüssel morgen kam, war eine Abreibung für den Stubendienst fällig. »Sie haben ihn abgeholt ... Verstehst du?«

»An die Front?« fragte ich, dabei hätte ich daran denken können, daß es vor dem Krieg gewesen war, als es wohl noch keine Front gab.

»Er ist nicht an die Front gegangen«, sprach die Tante müde. Unser Gespräch fiel auch ihr nicht leicht. Das ging mir nun erst auf. Aber wenn sie jetzt nicht ging, hatte sie noch nicht alles gesagt, weswegen sie gekommen war.

Sie erhob sich. Mit einem Blick auf ihre winzige Armbanduhr sagte sie, sie müsse den Abendzug nach Moskau schaffen, sonst komme sie zu spät zur Arbeit. Aber sie werde mich wieder besuchen. In ein paar Tagen, und etwas früher, um weiter mit mir zu sprechen. Das sei sehr wichtig für uns beide. Für mich, aber auch für sie. Sie habe mich lange gesucht und mich endlich gefunden und wolle mich nicht wieder verlieren. Das müsse ich begreifen. Ja, und noch eine Bitte, einstweilen – all das schon hastig und im Aufbruch –, einstweilen solle ich meinen Kumpels nichts von dem erzählen, was ich gehört hatte. Nun, das heißt den Kuckuckskindern, die hier zum Fenster hereinkuckuckten. Und dem Direktor auch nicht. Ihm vor allem nicht.

»Der interessiert sich ja nur für seine Schweine und sonst gar nichts«, sagte ich. Aber ich kriegte mit, daß die Tante gut beobachtete und die Kuckucksrufe nicht überhört hatte.

»Ich weiß nicht, wie es mit den Schweinen ist, aber mich hat er argwöhnisch aufgenommen«, sagte sie und blieb an der Tür stehen. »Er hat mich ausgefragt, von wo ich komme, wen ich suche und weshalb. Ich glaube, er hätte mich am liebsten weggejagt, aber ich bin auch nicht von Pappe, ich habe ihn eingeschüchtert. Also, ich bitte dich, wenn's dir nichts ausmacht, sag, ich wär deine Tante, verstehst du? So wird es besser sein.«

Ich nickte. Ich fragte nicht, für wen es besser sein würde. Und warum sollte ich sie Tante nennen? Was war sie denn nun wirklich?

Sie schien meine stumme Frage gehört zu haben, oder hatte sie vielleicht in meinen Augen gelesen?

»Ich komme wieder, ich erklär's dir! Mach's gut!«

Sie reichte mir die Hand. Als sie jetzt vor mir stand, sah ich, daß sie klein war und irgendwie Sandra ähnelte, als wäre sie keine Frau, sondern eine Halbwüchsige, nur wenig älter als wir.

Sie streckte mir die Hand so hin wie es nur bei Kumpels üblich ist, schwungvoll, von gleich zu gleich. Ich akzeptierte und drückte ihr die Rechte. Ich weiß nicht mal warum. Wer sie auch sein mochte, diese Tante, die keine Tante war, die ich aber so nennen sollte, ich glaubte, daß sie nicht log wie alle anderen. Aber gerade deshalb wurde mir schlecht, nachdem sie weg war. Als wir uns mit Handschlag verabschiedeten, wußte ich noch nicht, daß mir schlecht sein würde. So scheußlich und ekelhaft wie nie zuvor.

Sie ging. Ich richtete den Blick auf das Bild des Genossen Stalin, der mich mit leicht eingekniffenen Augen und mit seinem weisen Lächeln ansah. Nur an die wertvollen Kippen für Bergmann, die mitsamt dem Genossen Stalin im Zimmer zurückblieben, an die dachte ich nicht.

5

Nach den Kuckuckskindern brauchte ich nicht zu rufen, sie warteten bei der Vortreppe.

Sie rückten als erste mit ihren Neuigkeiten heraus. Und es waren solche Neuigkeiten, daß die neue Verwandte mit dem Namen »Tante« wohlbehalten die Bahnstation erreichte und nicht beklaut wurde. Motja hatte es nicht erlaubt. Der Direktor hatte sich noch nicht zu seinen Schweinen entfernt, er stand vorm Fenster und horchte auf unser Gespräch. Aber wir Kuckuckskinder kriegten das gleich spitz und fingen nun an, zotige Lieder zu grölen. Besonders Grille tat sich hervor, und die anderen zogen mit. Rüssel war stocksauer, er kläffte sein »Mund halten und marsch in die Zone!« Aber wer sollte den Mund halten, wenn keiner zu sehen war? Fluchend trollte er sich.

»Red schon, was ist das für ne Tante?« fragte Bissig ungeduldig. »Was will sie von uns?« So sagte er – nicht »von dir«, sondern »von uns«. Was einen von uns betraf, betraf uns alle.

Sie umstanden mich, die Kuckuckskinder, und warteten auf meinen Bericht. Bissig, Motja, Wurzel, der lächelnde Engel und die dunkelgesichtige Sandra mit den hellblauen Augen, Senka Grille, der sich für mich die Kehle wundgesungen hatte, und Bergmann.

Als ich Bergmann sah, fielen mir die vergessenen Kippen ein. Schwänzchen war nicht zu sehen, und ich fragte: »Wo ist denn Schwänzchen?«

Aber da kam er schon hinter einem der anderen hervor und rief freudestrahlend von unten: »Sersch, ist die Tante wirklich mit dir verwandt?«

Er sah mich begeistert an und glaubte vielleicht, ich hätte mich dort im Arbeitszimmer mit der Tante an eingewickeltem Konfekt vollgefressen.

»Ich weiß nicht«, sagte ich zu ihm, denn ich wollte ihn nicht beschwindeln. Ihn und die anderen Kuckuckskinder, die jetzt auf jedes meiner Worte lauerten. »Wo ist denn dein Konfekt, Schwänzchen? Aufgefressen?«

Schwänzchen öffnete die Faust und zeigte mir das bunte Einwickelpapier. »Da«. Seine Augen funkelten nur so in der Dunkelheit.

»Allein verputzt?« fragte ich erstaunt.

Aber Motja mischte sich ein und erzählte, sie, die Kuckuckskinder, hätten das Konfekt wie üblich ausgelost, und das Papier sei einer der Anteile gewesen. Das habe Schwänzchen gewählt, der Spaß daran hatte. Ich hatte nichts abgekriegt, weil sie glaubten, die Tante würde mir schon was geben. »Hast du erst mal eine Tante«, sagte Bissig, »dann findet sich auch ein Konfekt.«

»Na ja«, sagte ich, »wenn du erst mal eine hast«, und ich strich Schwänzchen über den Kopf. Er und ich hatten nichts von dem Konfekt gehabt, und nun würde ich nie eins zu kosten kriegen.

Schwänzchen, das Dummchen, war vor Freude außer sich und konnte meinen Trübsinn nicht begreifen. Er schnupperte an dem Einwickelpapier und hielt es mir unter die Nase: »Riech mal, Sersch, riech doch mal!«

Bis zum Schlafen war's gar nicht mehr lange, und ich wollte allein sein. Ich drehte mich um und ging, und die Kuckuckskinder allesamt, auch Schwänzchen, guckten mir hinterher. Ich wandte mich um, winkte ihnen und rief: »Später ... von der Tante und alles ...«

Alle möglichen Ereignisse geschahen in unserm »Spez«. Auch die größte Unannehmlichkeit, die wir nicht erwarteten, obwohl wir sie erinnerten, wir schoben sie in Gedanken von uns weg, aber sie kam unabwendbar wie eine Strafe: die Entlausung. Von Zeit zu Zeit wurden wir in diesen Raum getrieben, den nach unserer Meinung die Faschisten erfunden hatten. Einem normalen Menschen wäre so was Mörderisches nie in den Sinn gekommen. Unser ganzer Haufen wurde dort reingetrieben und splitternackt ausgezogen, und dann wurden wir und unsere Läuse durchgeglüht. Damit glaubten sie uns voneinander befreien zu können. Aber die Läuse blieben, nur die ohnehin morschen Sachen, Flick auf Flick, hielten im Gegensatz zu dem Ungeziefer der Hitze nicht stand und verschlissen noch mehr.

In dieser Entlausungskammer wurden wir gewaltsam mit schwarzer Karbolseife eingeschmiert. Aber Seife, das war nur so ein Name, in Wirklichkeit war das Teer. Den kriegte man nicht wieder runter, man wurde nicht wieder sauber. Selbst die Hunde und Katzen gingen uns eine Werst weit aus dem Weg, und die Spatzen stoben von ihren Nestern auf, wenn wir kamen. Doch das schlimmste, dieser giftige, untilgbare Geruch verriet uns an öffentlichen Plätzen schlimmer als das Mal, mit dem Zuchthäusler gebrandmarkt wurden. Ein Brandmal ließ sich immerhin zudecken, aber wie sollte man einen Geruch verbergen, der werstweit zu spüren war?

Unser Rüssel, der Direktor Iwan Orechowitsch Stepko ... Zum erstenmal kam mir jetzt der Gedanke, warum Orechowitsch? Wenn mein Vater Anton hieß, dann mußte seiner doch wohl Orech (Nuß) geheißen haben? Also, unser Rüssel veranstaltete während der Entlausung Filzungen und nahm uns alles weg, was wir nicht vorher in Geheimverstecken gebunkert hatten. Diesmal fand er bei Wurzel ein Katapult, obwohl der es durch das Hosenbein zu Boden gleiten ließ, doch es wurde gefunden, eingezogen und zerstört, zerbrochen. Bergmann hatte seinen wertvollen Tabak im Klo versteckt. Das dumme Schwänzchen, um sein Einwickelpapier zu retten, schob er es in den Mund, in die Backe, wo es sich in Brei verwandelte. Der Direktor hatte es diesmal besonders auf mich abgesehen. Er stülpte mir die Taschen nach außen, tastete das Futter ab und guckte auch in die Galoschen, die ich statt Schuhen trug. Seine Bewegungen waren rasch, geübt und sicher, er wußte schon, wo er bei uns suchen mußte! Aber wir wußten auch Bescheid. Ich zum Beispiel hatte ein Buch mit dem Namen »Geschichte« bei mir, da konnte er ewig suchen und würde nichts finden. Und wenn doch, ich kannte es ja auswendig. Es war schon immer meins. Im übrigen wußte ich, daß Rüssel etwas suchte, was mir die Tante mitgebracht hatte, die er von Anfang an nicht mochte. Warum sollte er auch eine Tante mögen, die sich in unser Leben einmischte, unkontrolliert im »Spez« herumlief und von niemandem abgehörte Gespräche führte?

Ob Rüssel, diese Schweinevisage, die ganze verhaßte Entlauserei nur deshalb eingeführt hatte? Trotzdem, von der Tante fand er nichts, konnte er nichts finden. Wie sollte dieser stumpfsinnige Kerl auch kapieren, daß das, was sie mir dagelassen hatte, nicht in meiner Tasche steckte? Nicht im Futter und nicht in der Galosche? Und schlechter brannte als eine kleine Laus? Und nicht durch hundert Grad Hitze wegzubrennen und nicht mit Karbolseife wegzuwaschen war, die schlimmer war als die faschistischen Stickgase? Und ich trug schwer daran, weil ich es unsichtbar schleppte, und es quälte mich, da ich es keinem anvertrauen konnte, nicht mal den Kuckuckskindern.

Während er mich abtastete und nach außen stülpte, strengte ich mein Gehirn an auf der Suche nach meinem Ursprung. Nach allem zu urteilen, lag mein Ursprung in der Kindersammelstelle, an die ich keine Erinnerung hatte.

Aber das stimmt nicht ganz, denn an dies und jenes hatte ich mich erinnert, es jedoch vergessen. So zum Beispiel in der zweiten Klasse, vielleicht auch in der dritten, als wir schon schreiben konnten und bald Pioniere werden sollten, da hatten sie uns mal einen Text diktiert, und jeder mußte schreiben, daß wir uns von irgendwelchen Verrätern lossagen, die wir nicht kannten und nicht kennen wollten.

Ich erinnere mich an das Wort »lossagen«, weil die Kinder darüber lachen mußten. Einer schrieb statt dessen »bloßfragen«, ein anderer »großmachen«, noch ein anderer »bloßlegen«. Dazu dachten wir uns alles mögliche aus, und das blieb im Gedächtnis, doch was wir sonst noch schrieben, war restlos vergessen. Als die Blätter eingesammelt wurden, lobte uns der Lehrer, wir hätten ein gutes Bewußtsein, also würden wir bald bei den Pionieren aufgenommen. Und die Pioniere hätten solch eine Losung: »Pionier, zum Kampf für die Sache Lenins und Stalins – sei bereit!« Worauf wir im Chor zu antworten hatten: »Immer bereit!«

Da brüllten wir »Immer bereit!« und beschlossen, so bald wie möglich den Pionieren beizutreten.

»Ich, junger Pionier der Union der Sozialistischen Sowjetrepubliken, gelobe hier vor meinen Kameraden, fest für die Sache Lenins und Stalins und für den Sieg des Kommunismus einzutreten ...«

Das lernten wir auswendig, und wir probten sogar, wie es möglichst laut und flammend herauskäme, damit ... Damit sie kapierten, daß wir wirklich bereit waren zu kämpfen. Aber niemand benötigte unsere Kampfbereitschaft. Das ging uns später auf.

Von »oben« kam ein Papier, in dem es hieß, wir hätten ein Spezialregime und taugten nicht für die Pioniere. Außerdem seien im Lande Halstücher knapp und Abzeichen auch, und so schlief die ganze Sache wieder ein. Und wenn bei uns mal was gemacht wird, dann für immer und ewig. Unsere Sache schlief auch für immer ein, das heißt für ewig. Uns wurden nur Patenschaften erlaubt. Und auch das nicht gleich.

6

Das Ganze begann vor langem, als die Leiter der Siedlung in unser »Spez« kamen und uns allen in der Kantine erklärten, wie sie uns Elternlosen und Obdachlosen und äußerst Verwahrlosten großzügig helfen, das heißt, für uns die Patenschaft übernehmen wollten.

Was das bedeutete, begriffen wir zunächst überhaupt nicht.

Dabei waren die Paten solide Männer, wie uns der Direktor Rüssel später erklärte. Da war der Leiter der Siedlungsmiliz, genannt Napoleönchen, den wir auch ohne Rüssel kannten, seine ganze Bullenmiliz bestand aus dreieinhalb Invaliden! Da war auch unser Schuldirektor, der Geschichte unterrichtete; wir nannten ihn Natter. In Wirklichkeit hieß er Iwan Iwanowitsch Satejew. Und dann gab es den Stationsvorsteher Koslow, der sich nach unsern Mädchen die Augen ausguckte, und den Redakteur der Zeitung »Rote Lokomotive«, die wir sehr liebten, weil sie sich zum Zigarettendrehen eignete. Rüssel bewahrte sie in seinem Arbeitszimmer auf und las sie nur laut und nur selbst, nicht mal Tussi gab er sie zu lesen. Und da war der Leiter der Arbeiterversorgung, ein runder, pausbäckiger Mann namens Vitja Tomate, der uns angeblich versorgte, aber das tat er natürlich nicht, sondern bestahl uns, wie es ihm zustand. Und dann noch je einer vom Siedlungssowjet und vom Artel der Invaliden und der Schneiderei.

Mir fiel auf, daß sie darauf bedacht waren, nicht mit unsern Sachen und mit den Wänden oder Stühlen in Berührung zu kommen, um sich nicht unversehens Läuse einzufangen.

Und das fiel nicht nur mir auf, auch den anderen Kukkuckskindern, und Bissig, der ganz vorn saß, nicht dumm, als er begriff, daß einstweilen nicht an Futter zu denken war, nicht mal an unser Abendessen, begann sich laut zu kratzen und zu schaben, worauf die Gäste es auf einmal sehr eilig nach Hause hatten.

Rüssel kriegte das nicht mit, er versuchte sie zurückzuhalten. Er hatte extra die gestohlene Goldbrille aufgesetzt, und er sagte, die Patenschaft sei eine ernste Sache, denn die zu uns gekommenen Vertreter der Öffentlichkeit wollten unser »Spez« aus einem Diebesnest, das nach allgemeiner Ansicht verbrecherisch und räuberisch sei, in eine proletarische Arbeitszelle umwandeln, die zutiefst werktätig und daher sozialistisch sei. Als erstes würden wir also kollektiv in den persönlichen Wirtschaften der Genossen Paten aushelfen, da gebe es Hühner, Ziegen, auch Schweine ... Bei diesem vertrauten Wörtlein erstrahlte unser Rüssel, und seine Brille blitzte triumphierend.

»Und wann gibt's was zu futtern?« fragte Bissig.

»Wollt ihr wissen, bis wo ihr mir steht mit eurer Gefräßigkeit?« Rüssel zeigte auf seinen Hals. Dann sah er die Paten an, die ihm vorsichtig zulächelten, und erzählte Witze. Wie ein Mann mit Aktentasche in einen Laden kommt und sich für einen ganzen Monat eindeckt, nun, mit Brot, Graupen, Hering ... Dann öffnete er seine Aktentasche und schmeißt alle Lebensmittel rein, und dann kommt von dort ein lautes Schmatzen, das durch den ganzen Laden schallt. Die Leute in der Schlange wundern sich, umringen den Mann und fragen: »Wer wohnt denn da bei Ihnen in der Aktentasche?« Der Mann antwortet: »Das weiß ich selber nicht, aber er frißt ganz schön!«

Und Rüssel lachte schallend, zufrieden mit seinem Witz. Die Paten schmunzelten, sie hatten gleich begriffen, daß wir aus dem »Spez« gemeint waren, die dem Direktor bis zum Halse stünden, das heißt in seiner Aktentasche wohnten, und daß zwar niemand wisse, wer wir seien, daß wir aber »ganz schön fräßen«. So war Rüssels Humor zu verstehen.

Wir alle, die Kuckuckskinder und die anderen aus dem »Spez«, wußten nun, daß es um Arbeit ging, und fingen an, uns nach Bissigs Beispiel geräuschvoll zu kratzen; einige schüttelten auch ihre Sachen oder angelten sogar eine Laus heraus, die zeigten sie vor, steckten sie zwischen die Schneidezähne und schlugen von unten mit der Hand gegen das Kinn.

Die Siedlungs-Natschalniks verdufteten, sie wickelten die Angeln auf, wie man so sagt, doch mit diesem Tag begann die Patenschaft.

7

Heute mußten sämtliche Kuckuckskinder beim Schuldirektor arbeiten gehen. Er wurde in der Siedlung Iwan Iwanowitsch gerufen, doch wir sagten einfach Natter. »Unser alter Natter – historischer Gevatter.«

Warum ausgerechnet Natter, wußten wir nicht, den Spitznamen hatte er schon vor uns bekommen. Vielleicht weil er so lang und unförmig war wie ein Fadenwurm. Einige behaupteten, er sei ein fanatischer Angler. Doch was hatte das mit dem Spitznamen zu tun?

Die Geschichte, die er uns beibrachte, war sonderbar, und es ließ sich aus allem schließen, daß er sie verabscheute. Wenn er schlecht und recht seinen Text über Leibeigenschaft, Reformen und sonstiges runtergerattert hatte, schlug er das wichtigste Buch seines Lebens auf, Sabanejews Werk über die Fische, und las uns die spannendsten Stellen über den Fang von Aalen, Bleien und Barschen vor.

Einmal fragte ich ihn: »Iwan Iwanowitsch, wer war eigentlich Nebukadnezar?«

»Wer-wer?« fragte er und duckte sich auf seinem Stuhl.

»Na, dieser Zar, der die Chaldäer regierte. Er hat das ganze Volk der Juden für vierzig Jahre umgesiedelt. Alle Völker mußten für ihn Kanäle bauen, so wie bei uns den Belomor-Kanal. Er hat sie tief in der Wüste in Lager gesteckt. Und in der Stadt hat er sich Denkmäler bauen lassen ...«

Mir schien, als kröche Natter bei meinen Worten unter den Tisch. Irgendwie von unten drang seine Stimme zu mir: »Das hat's nicht gegeben.«

Ich wunderte mich, denn in meinem Geschichtsbuch hatte es das gegeben.

»Was hat's denn gegeben?« fragte ich.

»Gar nichts hat's gegeben«, antwortete er rasch und vertiefte sich in das rettende dicke Buch von Sabanejew. »Dies hat's gegeben«, sprach er heftig atmend und zeigte uns das Buch. »Hier ist Schönheit, hier ist Poesie! Ist dir denn bekannt, Kukuschkin, daß kein einziger Verbrecher, wie die Miliz behauptet, gern angelt?«

Mit Kukuschkin redete er mich darum fehlerlos an, weil er alle im »Spez« so nannte. Es war leicht zu behalten.

»Napoleönchen behauptet das?« fragte Motja. »Er fischt ja auch nicht! Heißt das, er ist ein Gauner?«

»Nun, das habe ich nicht gesagt«, entgegnete Natter finster und gab so seine negative Einstellung zu seinem nächsten Hausnachbarn deutlich zu erkennen.

Bissig fügte fröhlich hinzu: »Doch, er fischt, bei uns, im trüben.«

»Bei Nebukadnezar wurden die Leute einfach umgebracht, und basta«, sagte ich. »Er hat das gern selber gemacht, besonders Augen ausstechen! Das soll ihm Spaß gemacht haben!«

»Ach, wirklich?« fragte Motja.

»Das hat's nicht gegeben«, sagte Natter rasch.

Da schrie die ganze Klasse: »Was hat's denn gegeben?«

»Gar nichts hat's gegeben«, sagte Natter und beruhigte sich, dann rief er Motja an die Tafel und bat ihn, Sabanejews Kapitel über die Bleie vorzulesen.

Während Motja las, kniff Natter vor Glück die Augen zu und sprach dann seufzend: »Wenn's nach mir ginge, würde ich euch allen im ›Spez‹ eine Angel in die Hand drücken und ab an den Fluß, damit ihr nicht ganz zu Gaunern werdet. Wenn ihr bei mir mit der Patenarbeit dran seid, müßt ihr angeln!«

Aber wir brauchten nicht zu angeln, weil Natter Brennholz angefahren kriegte. Nun, nicht nur er, auch Napoleönchen, und daraus ergab sich eine Geschichte.

Napoleönchen, wie es sich gehört, hatte als erster mitgekriegt, was Sache war, er bestellte uns zur Patenarbeit und schleppte mit unserer Hilfe das Holz zu seinem Zaun. Diese beiden Grundrechenarten – abziehen und teilen – liegen den Bullen doch geradezu im Blut! Da konnten wir »Spezler« was lernen! Aber Natter, nicht dumm, bestellte uns seinerseits und trug uns auf, das ganze Holz von Napoleönchens Zaun zu seinem wackligen Zaun zu schleppen, den nur der Brennholzstapel aufrecht hielt. Und obwohl Napoleönchens Frau Silva uns ganz fürchterlich auszankte und uns Räuber und Plünderer titulierte, führten wir gewissenhaft wie Timur und sein Trupp alles aus, was von uns verlangt wurde.

Vorige Woche befahl uns Napoelönchen, das Holz wieder auf die alte Stelle zurückzubringen. Natter war zu seinem Pech grade beim Angeln. Wir schleppten das Holz zurück und fingen sogar an zu sägen, aber dann regnete es, und das Holz blieb zum Naßwerden draußen.

Dann bestellte uns Natter, und wir wußten sofort, was für eine Arbeit wir machen sollten. Als wir wie Timur und sein Trupp zum Hause des Schuldirektors kamen, fanden wir ein ungewöhnliches Bild vor. Am Zaun stand direkt auf dem Holz in Feldherrenpose unser Napoleönchen und sah uns schweigend entgegen. Natter stand bei seiner sehr wackligen Pforte, die sich nicht schließen ließ, und rief uns zu: »Nehmt nur, nehmt, keine Bange ... Das ist mein Holz, ich verantworte es!«

Napoleönchen war in Reithose und weißem Unterhemd, den Uniformrock mit den Schulterklappen hatte er nicht an. Er sah uns, nicht den Direktor, an und sagte laut: »Ihr glaubt wohl, ich erlaube euch, mein Holz zu stehlen? Ich setze ein Protokoll auf und ziehe euch alle wegen Rowdytums zur Verantwortung.«

»Das macht er«, sagte seine stämmige junge Frau Silva, und sein Sohn Karassik streckte uns hinter ihrem Rücken die Zunge heraus.

»Er tut es nicht«, sagte Natter überzeugt. »Er hat nicht das Recht, euch zu drohen.«

»Doch, er tut es«, sagte Napoleönchens Frau.

»Heute macht ihr bei mir Patenarbeit«, sagte der Direktor. »Und ich befehle euch, mein Holz zu meinem Zaun zu bringen.«

»Ihr werdet zur Miliz gebracht«, sagte Napoleönchens Frau. »Wollt ihr das?«

»Na, wie ihr meint«, sagte der Direktor zu uns. »So ungebildet, wir ihr seid, werf ich euch aus der Schule. Und ich wollte ehrliche Menschen aus euch machen.«

Wir Kuckuckskinder standen zwischen den beiden Pforten und lauschten dem Gezänk der Hofeigner. Napoleönchens Frau und dann auch er selber zeterten auf den Direktor ein, er sei ein Lotterkerl und Habenichts und könne nicht mal Beete anlegen, was wolle er da mit fremdem Brennholz. Wer selber nichts besitze, dem könne auch Brennholz nicht helfen. Der Direktor ningelte pausenlos von seinem Recht auf das Holz laut Anweisung des Siedlungssowjets, und darauf verzichte er nie, selbst wenn der Milizchef seine ganze Mannschaft herhole und ihn ins Gefängnis sperre.

»Sperr mich doch ein!« rief er und hielt beide Hände nach vorn, um zu zeigen, er sei bereit, sich Handschellen anlegen zu lassen. »Führ mich kettenklirrend in die Katorga. Aber ich bleibe auch dort dabei, daß das Holz meins war, nur meins. Und ich zünd es lieber hier draußen an, als daß es ein anderer kriegt.«

Er holte auch wirklich eine Flasche Petroleum und Streichhölzer, schlängelte sich, jetzt wirklich wie eine Natter, zu der Stelle, wo Napoelönchen stand, und ließ gelbes Petroleum aus der Flasche schwappen; ein paar Spritzer trafen den Milizstiefel. Napoleönchen und seine Frau Silva und Karassik und wir beobachteten sein Tun. Konnten wir denn glauben, daß Natter seine Habe anzünden würde? Als das Holz dann wirklich brannte, zuerst ganz schwach, qualmend und knackend, sprang Napoleönchen rasch von dem Haufen, lief in sicherem Abstand zum Direktor und schrie: »Da sieht man's, es ist nicht dein Holz! Nein! Kein Mensch würde sein eigenes Holz anzünden! Nein! Ich gehe jetzt in mein Haus und setze ein Protokoll auf, und alle, die es gesehen haben«, er zeigte auf uns, »sind Zeugen deines schändlichen Verbrechens! Jawohl!«

Entschlossen stapfte er mit seinen petroleumduftenden Stiefeln ins Haus und hieß Silva und seinen Sohn, ihm zu folgen.

»Bei dem Verbrecher gibt es nichts zu gucken! Auf den wartet das Gefängnis!«

Direktor Natter fletschte die Zähne, krümmte sich, wie von einem Krampf befallen, und schrie ihm hinterher: »Aha! Das schmeckt dir nicht! Papier willst du vollschmieren! Mach das, mach das! Aber vergiß nicht zu schreiben, daß ich das Holz mit vollem Recht angezündet habe, weil es mir gehört!«

Er streckte Napoleönchen hinter dessen Rücken die Zunge heraus, drehte sich um und ging auch.

Wir blieben bei dem lodernden Holzstoß. Am liebsten hätten wir ein paar Scheite mitgenommen, denn im letzten Winter hatten wir jämmerlich gefroren. Aber das lichterloh brennende Holz ließ sich nicht mehr transportieren, darum beendeten wir für heute die Patenarbeit und gingen baden. Ich denke mir, Timur und sein Trupp würden genauso gehandelt haben. Vom Fluß aus konnten wir den schwarzen Rauch über den Dächern der Siedlung sehen. Als wir nach Herzenslust gebadet hatten, kamen wir auf dem Rückweg wieder an dem Holzstoß vorbei, aber den gab's nicht mehr, ebensowenig den Zaun des Direktors, der war mitsamt dem Holz verbrannt.

»Hat's denn das Holz gegeben?« fragte Wurzel mit unschuldiger Miene und kratzte sich. Bei ihm war eine Krätze im Ausbruch. Worauf wir sogleich im Chor antworteten: »Das hat's nicht gegeben!«

»Was hat's denn gegeben?«

»Gar nichts hat's gegeben!«

8

Da kam Tussi angelaufen, und sie schrie auf, denn sie glaubte, wir hätten das unglückliche Holz angezündet. Wenn man uns mal aus den Augen ließe, wären wir imstande und zündeten die ganze Siedlung an.

Aber da sah sie mich und stutzte.

»Ach, das hab ich ganz vergessen ... Du hast Besuch.«

»Wer ist es denn?« stellte ich mich dumm. »Vielleicht ein Hund auf dem Müllhaufen?«

»Du hast wirklich Besuch«, sagte Tussi. »Deine Tante ist gekommen.«

»Was denn für ne Tante?« Ich wollte schon grob werden, aber da fiel mir ein, daß die Tante, die keine Tante war, tatsächlich versprochen hatte zu kommen. Auf Versprochenes muß man drei Jahre warten, und ich hatte überhaupt nicht damit gerechnet, denn ich hatte zu keinem von all denen

Vertrauen. Aber sie war gekommen, sie hatte Wort gehalten. Und ehrlich gesagt, ich hatte sie keineswegs vergessen, ich hatte mir nur selber eingeredet, sie vergessen zu haben und sie gar nicht zu brauchen. Und jetzt wußte ich nicht, ob ich mich über ihr Kommen freuen sollte oder nicht.

»Schön«, sagte ich zu Tussi. »Ich geh hin. Wo ist sie? Beim Direktor?«

»Nein. Draußen. Iwan Orechowitsch ist heute nicht da.«

»Das ist gut. Sie hätt auch nicht kommen brauchen.«

Aber da mischte sich Motja ein.

»Sie ist gut«, sagte er. Auch die anderen redeten mir zu, ich solle hingehen. Vielleicht habe sie Konfekt oder sonstwas zu fressen mitgebracht.

Und Schwänzchen sagte: »Sersch, geh hin. Wir haben keine Tante, du hast eine. Nachher rufst du mich, ich möcht mal bißchen bei ihr stehen.«

Ich versprach Schwänzchen, ihn das nächste Mal mitzunehmen, damit er ein Weilchen bei der Tante stehen konnte, und ging.

Die Tante saß auf der Vortreppe. Als sie mich sah, stand sie auf. Vielleicht erwartete sie, daß ich voller Freude auf sie zustürmte. Aber ich stürmte nicht auf sie zu und zeigte auch keine Freude. Ich begrüßte sie und wartete schweigend, was sie sagen würde. Sie schien meine Stimmung nicht zu bemerken, denn sie war energisch und gesprächig und redete, redete.

»Ich habe mir freigenommen und bin für den ganzen Tag hergekommen. Jetzt können wir auch woanders herumbummeln, nicht unter den Augen der ›Speze‹ – so heißen sie doch? –, und irgendwohin gehen!«

»Wohin denn?« fragte ich mürrisch.

»Na, ihr habt doch bei der Siedlung Felder, den Fluß ...«

»Och, das ist weit«, sagte ich. Dabei fanden wir das gar nicht weit, und wir wären hundertmal am Tag hingerannt, wenn sie uns nur gelassen hätten. Ich wollte der Tante einfach zu verstehen geben, daß ich keine große Lust hatte, herumzugehen und überflüssige Gespräche zu führen.

Aber die Tante wollte meine üble Laune nicht zur Kenntnis nehmen.

»Wir werden uns schon nicht überanstrengen«, sagte sie vergnügt. »Eure Erzieherin Natalia Wlassowna ... So heißt sie doch?«

»Tussi«, berichtete ich. Und für mich fügte ich hinzu: Dumme Gans heißt sie noch!

»Na siehst du. Ich habe mit ihr gesprochen. Sie läßt dich bis zum Abend gehen.«

»Und das Mittagessen?« fragte ich. »Ich kann doch nicht das Mittagessen verpassen.«

Es hatte noch keinen Fall gegeben, daß einer im »Spez« freiwillig auf sein Futter verzichtet hätte. Man konnte zur Station oder in die Siedlung ausbüxen, obwohl das bestraft wurde. Aber Gott behüte, seine Ration durfte man nicht versäumen. Die Ration, das war was Heiliges, Unantastbares, doch das ließ sich einem zugereisten Tantchen nicht erklären. Aber sie mochte in meiner Miene gelesen haben, daß dies ein Thema war, das sich der Erörterung entzog. Das war so unerschütterlich wie das Strafgesetz, das sie uns täglich unter die Nase rieben.

»Aber ich ... Du kriegst ja von mir zu essen«, sagte die Tante unsicher.

Ich dachte mir, daß die Tante und ich in verschiedenen Sprachen redeten und uns überhaupt nicht verständigen konnten.

»Na schön«, sagte die Tante, biß sich auf die Lippe und sah auf ihre winzige Armbanduhr – daß sie ihr die noch nicht abgeschnitten hatten! »Ich warte auf dich.«

Sie kam mir also entgegen. Brauchst du nicht, hätte ich beinahe gesagt, doch ich verschluckte es. Schließlich hatte sie mir irgendwelches Futter mitgebracht. Es wäre dumm gewesen, im »Spez« auf das Mittag zu verzichten, und ebenso dumm, die Tante mit ihrem Futter zu verprellen.

»Komm schon«, warf ich ihr im Gehen hin, als ich aus der Kantine gesprungen kam. Ich war absichtlich grob, damit sie nicht glaubte, ich wäre von ihr und ihrem Futter abhängig. Und sie, die wohl eine Stunde lang geduldig auf mich gewartet hatte, zuckte zusammen wie ein kleines Mädchen und rannte mir nach, ohne über meine Anrede beleidigt zu sein.

»Denke nur nicht«, sagte ich ihr unterwegs, »ich bin gekommen, um mich satt zu futtern. Überhaupt nicht wegen deinem Futter, nein, einfach so.«

»Das denke ich gar nicht«, antwortete sie. »Aber hast du dich in diesen Tagen auf meinen Besuch gefreut?«

»Nein«, sagte ich wahrheitsgemäß. »Hab ich nicht.«

»Aber ich bin gekommen, Sergej. Und du hast gewußt, daß ich komme, stimmt's?«

Mir fiel auf, daß sie mich nicht wieder Serjosha nannte. Ein Weib, aber dressierbar!

»Nein«, antwortete ich. »Woher sollte ich wissen, ob du kommst?«

»Aber ich hatte es dir doch versprochen!«

»Was die Leute nicht alles versprechen!«

»Das ist wahr!« stimmte sie mir auf einmal zu. »Sei mir man nicht böse. Du brauchst mich nicht lange zu ertragen. Ich bin das letzte Mal hier. Morgen oder übermorgen kommen wir an die Front.«

Ich hätte sie fragen können: An welche Front? oder: Wirklich, an die Front? oder: An die Front, tatsächlich?, wie es im Radio oder in der Zeitung hieß, wenn einer an die Front verabschiedet wurde. Aber ich fragte sie nichts und wünschte ihr nichts. Jetzt waren alle im Krieg, sie holten sogar schon die Mädels, das wußte ich. Bei uns in der Siedlung waren nur noch alte Männer und Frauen. Nur Napoleönchen und der Schuldirektor waren nicht im Krieg. Natter hatte sich im Finnischen Krieg im Gedärm was abgefroren, er konnte nicht mehr richtig fressen, bestimmt deshalb verdaute er die Geschichte nicht. Sie hat viele Daten! Napoleönchen, der fraß, ohne zu würgen, trotzdem war er nicht im Krieg. Ja, und unser Direktor Iwan Orechowitsch Rüssel, der auch nicht. Das heißt, er war im Krieg, aber nur mit uns.

Ich sagte zu der Tante: »Rüssel, den nehmen sie nicht an die Front.«

»Er ist ja auch Aufseher.«

»Er ist ... was?«

»Ich denke mir, er war bei den Lagerwachen. Wie der sich ausdrückt, ich war ganz entsetzt, ›Zone‹, ›Mund halten‹ ... So hat er auch mit mir gesprochen, und ich dachte schon, er verhaftet mich gleich.«

»Also ist er gar kein Direktor?« fragte ich.

»Nun, wie soll ich dir das erklären?« Die Tante drehte sich nach den Häusern um. Die Häuser bei uns in der Siedlung waren aus Holz gebaut, und das schien sie zu interessieren. »Er ist irgendwie verkorkst, finster, ungesellig, stimmt's?«

Ich nickte. Wer wüßte besser als wir, daß er wirklich bescheuert war? Aber die Tante hatte ihn nur einmal gesehen, wie hatte sie das gemerkt?

»Darum nehmen sie ihn nicht«, sagte die Tante. »Verkorkst ... von der früheren Arbeit ... Aber Kinder behüten mit seinem Spezialgebiet, das tut er. Er sagt ja auch: »Ein Schritt nach links, ein Schritt nach rechts ...«

»Ein Sprung nach oben – gilt als Fluchtversuch!« schloß ich fröhlich.

Die Tante schüttelte den Kopf über meine Heiterkeit und sagte nichts.

9

Unsere Siedlung ist winzig klein. Früher war sie ein Dorf, doch dann wurde sie Bahnknotenpunkt; die meisten Einwohner arbeiten bei der Bahn. In jüngerer Zeit, als wir schon hier waren, wurde die Schneiderei für Militäruniformen eingerichtet. Die halbzerstörte Kirche – es heißt, vor undenklichen Zeiten hätten Besprisorniks darin gewohnt, und die hätten sie so zugerichtet – beherbergt jetzt eine Stacheldrahtfertigung. Wir waren oft dort, wenn sie uns zur Patenarbeit schickten, und hatten sogar die Maschine gekurbelt, die den Draht geradezieht. Die mächtigen Rollen fertigen Stacheldrahts lagen im Kirchhof auf den alten Gräbern und sogar auf der Bahnstation. Wo die in solchen Mengen hinkamen, wußten wir nicht. Es wurde gesagt, der Draht würde für Zäune gebraucht, aber allein in unserer Siedlung war so viel Draht, daß er rund um den Äquator gereicht hätte! Im übrigen brachte diese Werkstatt uns keinen Nutzen, wir hätten höchstens eine Rolle Draht zur Erinnerung einstecken können, doch in der Schneiderei, die hochtrabend »Fabrik« hieß, durften wir uns Lappen für Flicken mitnehmen. Sandra hatte sich sogar aus Flicken ein Kleid genäht, das sie nun trug.

Wir kamen an der Kirche und der Fabrik vorbei und wanderten längs der Gleise zu dem spärlichen Gebüsch, hinter dem das Feld lag. Weit aufs Feld gingen wir nicht, sondern setzten uns zwischen dem Bahndamm und einem verlassenen Holzschuppen ins Gras. Die Sonne strahlte. Es war warm. Die Tante, die so zu nennen ich heute nicht recht Lust hatte, war in ihrem kurzen Röckchen und der weißen Bluse so jung, daß sie geradezu leuchtete; ich hatte nie gewußt, daß Frauen leuchten können. Sie entnahm ihrer Tasche ein Handtuch und breitete es ins Gras. Darauf tat sie eine erbeutete Konservendose, ein Messer mit Holzgriff, Zwiebeln, Gurken, ein paar gekochte Kartoffeln und Eier und dann noch Butter, richtige Butter in einer Glasdose, ich hatte noch nie welche gekostet, nur einmal im Haus des Direktors Rüssel welche gesehen. Auch eine Beutekonserve hatte ich nur von weitem gesehen. Die Kuckuckskinder würden sterben vor Neid, wenn sie erfuhren, womit ich mich hier vollgefressen hatte. Ob ich die Dose mitnahm zur Erinnerung, wenn wir sie leer gegessen hatten? Sie hatte einen Geruch, von dem man schon beinahe satt wurde.

Aber das ist natürlich übertrieben, denn ehrlich gesagt, kriegte ich von dem Geruch noch mehr Hunger. Ich bemühte mich, nicht hinzugucken, wie die Tante wirtschaftete, wie sie schnitt, putzte, noch ein halbes Brot hervorholte, aber der Duft von all dem, was sie da ausbreitete, ging mir durch und durch, ja, mir wurde sogar schwindlig. Und obwohl ich nicht hinsah, bekam ich alles genau mit und begriff nur nicht, warum sie den ganzen Reichtum zerschnitt und verdarb; es ging doch auch so, unzerschnitten – abbeißen und schlingen … Und auch solche Gedanken stahlen sich in meinen Kopf: Wo kriegt man so viel Fraß auf einmal her? Selbst wenn man will, soviel kann man nicht auf einmal zusammenklauen. Und auf dem Markt … Da braucht man doch tausend Rubel!

Aber selbst die längste Geduld geht einmal zu Ende. Und genau in diesem Moment sagte die Tante: »Worüber denkst du nach, Sergej? Laß uns doch essen!«

Unser Essen dauerte nicht lange, ehe ich mich's versah, war alles verputzt. Nur eins weiß ich noch – die Tante aß fast gar nichts. Was mußte die für eine Geduld haben! Ich dagegen mampfte und mampfte, bis es nichts mehr zu mampfen gab. Und da fiel mir noch auf, daß sie mich eingehend betrachtete, gradezu mit einer Art Mitleid. Mir war sogar, als ob ihre Augen feucht glänzten, doch das konnte auch an den Zwiebeln liegen. Wenn ich Zwiebeln fresse, tränen mir auch die Augen.

»So«, sagte sie und goß mir aus der Flasche süßes Wasser ins Glas. »Soll ich dir von deinem Vater erzählen?«

»Mach«, erlaubte ich.

Nachdem ich zu essen und zu trinken gekriegt hatte, konnte ich mir auch ihre Geschichten anhören. Das hatte sie verdient, die Tante. Einfach so hatte sie mir zu essen gegeben. Und sah mich noch bittend an. Wer mag so was nicht?

»Anton Petrowitsch war fünfunddreißig, als wir uns kennenlernten. Deine Mutter war gestorben. Er war allein, und du ... Dich hatte er die ganze Woche im Kindergarten. Hörst du mir zu?«

Ich nickte. Ich hörte zu. Komisch war nur, daß alles irgendwie von mir handelte und doch nicht von mir. Mutter, Vater ... Kindergarten ... Wieso Kindergarten, wo ich doch mein Leben lang im Waisenhaus gewesen war! Ins Ohr brüllen müßte ich das der Tante, meiner Erzählerin, damit sie's hörte! Ich bin ein Waisenhauskind! Aus dem »Spez«! Nichts ist mit Kindergarten, Gemüsegärten! Ich bin ja nicht Karassik, der Sohn von Napoleönchen! Der hat n Garten, ich nicht!

»Dein Vater Anton Petrowitsch«, sagte die Tante gemessen, »der war, wie soll ich sagen ... Er war Ingenieur, Konstrukteur, ein hohes Tier! Trotzdem war er gütig, entgegenkommend ...«

»Aha«, sagte ich und dachte an Motja. »Ein guter Mensch.«

»Ja, ein guter Mensch.«

»Verstehe.« Ich nickte und blickte ins Feld.

»Sagtest du etwas, Sergej?«

»Nein. Bloß so, zur Erinnerung.«

Sie überlegte. Kurze Ponyfransen auf der Stirn, riesengroße dunkle Augen. Der Vater, der kein Vater war, hatte die Tante, die keine Tante war, bestimmt Mascha genannt. Na klar, schöne Tante Mascha! Anton Petrowitsch, der Konstrukteur, hatte wohl mitgekriegt, daß man bei ihr Konserven und richtige Butter zu essen bekam. Hatte keinen schlechten Geschmack, der Ingenieur und Konstrukteur! Nach der Beutekonserve werde ich ja auch immer gütiger, wie man sieht!

»Im KB, im Konstruktionsbüro, hat er Flugzeuge entworfen. Ich habe auch dort gearbeitet, in der medizinischen Abteilung. Ich bin ja Doktor, Ärztin. Na, und einmal kam er zu mir. Er hatte sich auf seinem Flugplatz erkältet, bei einem Test. Und er lachte und sagte, ich kann nicht fliegen, aber du kannst kurieren, laß uns doch zusammenbleiben, arm wie wir sind. Dabei hatte er Fieber. Und das Flugzeug war eine Militärmaschine, die mußte fertig werden. Er hat's ja auch geschafft ... Sie ist jetzt überall an der Front im Einsatz. JR-fünf heißt sie, schon mal gehört?«

Mascha sah mich bittend an. Sie wollte sehr gern, daß ich davon gehört hatte und wußte, daß er, der sie ... im Fieber ... erfunden ... und fertiggestellt hatte ...

Wegen der Butter und der Fleischkonserve erbarmte ich mich der Tante und nickte. Bloß die Geschichte vom Vater, die hätte ich mir ebensogut ausdenken können. Bei uns im »Spez« erfindet fast jeder so was von seinem Heldenpapa, da fallen dir die Ohren ab. Der Flieger Talalichin, der Kavallerist Dowator, der ... Lauter Helden ringsum, bloß ein Flugzeugkonstrukteur war noch nicht bei!

Plötzlich hatte ich keine Lust mehr, der Tante zuzuhören. Ich hatte auch bisher schon nur halb hingehört. Als sie mir dann aber solch eine Berühmtheit anhängte und vom Konstrukteur zu quasseln anfing, da war's ganz aus. Ich dachte an das Wetter, an unsere Patenarbeit und daran, daß Mitte August war und sie uns bald wieder in die Schule jagen würden. Vielleicht bin ich in dem stillen wohligen Zustand nie zuvor gekannter Sattheit sogar ein wenig eingenickt und habe das Wichtigste verpaßt. Erst bei ihren letzten Worten horchte ich auf.

»Sie haben ihn beschuldigt, er hätte ... den Faschisten seine Erfindung, das Flugzeug, die Zeichnungen ... verkauft ...«

»Wer?« fragte ich blöd. Was war ich doch für ein Riesendummkopf! »Anton Petrowitsch? Das Flugzeug? Verkauft?«

Mascha sah mich sonderbar an.

»Anton Petrowitsch heißt er für mich, für dich ist er der Vater.«

»Wie hat er's denn verkauft? Das Flugzeug?«

»Überhaupt nichts hat er verkauft!« rief Mascha. »Sie haben's ihm nur vorgeworfen.«

»Wer – sie?« fragte ich.

Mascha schien sich zu besinnen, sie schwieg und blickte in die Runde. Dann sagte sie: »Was ist dort hinter der Straße? Ein Fluß?«

»Ja«, sagte ich. »Und wer hat ihm das vorgeworfen? Die Miliz?«

Mascha holte tief Luft und sah mich kläglich an.

»Er war in keiner Weise schuldig. Sie haben ihn abgeholt. Dann wurde auch ich vorgeladen. Aber ich habe nur gesagt, daß ich seine Ärztin war. Die redeten von irgendwelchen Zeichnungen, ich sprach von seiner Erkältung. Sie von Volksfeinden, ich von seinem Fieber. Da haben sie mich gehen lassen. Nicht sofort. Nach drei Jahren. Ich war ja nicht seine Frau ... offiziell ... Und ihn haben sie weggebracht.«

»Wohin?« fragte ich.

»Ich weiß nicht. Das heißt bei denen ›ohne das Recht auf Briefwechsel‹. Ich habe versucht, es herauszufinden ... bin überall hingegangen, hab gefragt ... Aber die wollten wissen, wer ich denn für ihn bin, daß ich mir solche Sorgen um ihn mache. Niemand, habe ich denen gesagt. Aber er hat ein Kind, das möchte ich gern zur Erziehung annehmen. Ich will es finden. Keine Bange, sagten die, der Junge wird auch ohne Ihre Hilfe erzogen, und nicht schlecht. Sie brauchen nicht weiter zu suchen. Gehen Sie, beruhigen Sie sich, beschäftigen Sie sich mit Ihren eigenen Angelegenheiten. Das tat ich ja, ich hatte, wenn auch mit Mühe, eine Stelle als Sanitäterin im Krankenhaus gefunden. Erst jetzt im Krieg, wo Ärzte fehlen, darf ich wieder in meinem Beruf arbeiten. Dich hatten sie so gut versteckt, daß ich deine Spur lange nicht finden konnte. Zumal du jetzt auch einen anderen Namen hast: Kukuschkin.«

»Komm, wir gehen zum Fluß«, sagte Mascha.

Für mich hieß sie nun Mascha. Weil sie mir zu essen gegeben hatte. Laut nannte ich sie natürlich nicht so. Das fehlte noch! Aber zum Fluß ging ich mit.

Wir überquerten die Bahnlinie, hinter der die alte Ziegelei lag. Über das Feld gingen wir auf einem Pfad zwischen Sauerampfer und Vogelmiere, andere Blümchen kannte ich nicht, hinunter zum Fluß. Pechorka heißt er. Er ist nicht breit und auch nicht tief, aber ich kann ihn mit nichts vergleichen, denn andere Flüsse habe ich nur im Kino oder auf Bildern gesehen. Wir Jungs badeten an tieferen Stellen, sprangen von einem Baum ins Wasser und kraulten sogar. Von all dem erzählte ich Mascha, aber ich sah, daß sie mit ihren Gedanken weit weg war. Das, was sie mir von Anton Petrowitsch erzählt hatte, ging ihr nahe. Besonders wie die Bullen ihn holen kamen. Ich stellte mir Napoleönchen vor, und das war mir auch unangenehm. Andererseits hatten sich überall Feinde und Spione eingenistet, nur in unserer Siedlung waren keine zu sehen. Wenn man nach den Filmen ging, machten sie uns Schaden noch und noch. In »Der Irrtum des Ingenieurs Kotschin« wollten sie auch eine Erfindung von uns stehlen. Und kürzlich lief ein Film über Bergarbeiter. Der Schauspieler Andrejew und Wanja Kurski hauen zusammen Kohle, ganz echt, wie unser Bergmann sagt. Bloß daß es da, wo er gearbeitet hatte, keine Sprengungen gab. Also, zwei Kerle in dem Film, der eine singt ein Lied von den Steppengräbern und spielt dazu auf der Harmonika. »Die Mädchen ohne Zweifel sind scharf wie kleine Teufel ...« Aber dann packt er Wanja Kurski an der Gurgel und will ihn nicht den Stachanow-Rekord aufstellen lassen. Und ein anderer, der schlägt immer gegen die Stützhölzer, damit alles einstürzt; na, die beiden Subjekte werden natürlich geschnappt. Wanja Kurski und Andrejew stellen den Rekord auf, und am Ende gehen sie stolz mit ihrem Hammer und singen ein Lied. Große Klasse! Richtige Helden!

Wir saßen am Ufer, und ich erzählte Mascha den Film. Sie kaute an einem Grashalm und sagte nichts.

Auf einmal fragte sie: »Hast du denn gar keine Erinnerung? Bei uns war doch ein Fluß, breit und riesengroß. Und mit Brücken.«

Ich tat so, als versuchte ich, mich an den großen Fluß und die Brücken zu erinnern. Aber mir fiel nichts ein, und ich wußte ja auch, daß ich außer der Pechorka nichts erinnerte.

»Aber vielleicht das Haus ... oder die Straßenbahn ... vor unserem Haus? Nein?«

An die Straßenbahn erinnerte ich mich auch nicht.

»Und noch etwas«, sagte Mascha, »du und Papa und ich gingen zu seinem Flugplatz, es war der Tag der Luftstreitkräfte. Wir sind unterm Stacheldraht durchgekrochen, und dein Papa hat gelacht, als du mit der Hose am Draht hängenbliebst.«

Ich sagte nichts. Aber etwas in mir war hellwach. Ich weiß selber nicht was.

»Und dann die Fallschirme ...«

»Auf dem Feld?« fragte ich plötzlich.

»Ja, auf dem Feld.«

»Und die Pflaumen?«

»Pflaumen?« fragte Mascha verwirrt. »Was für Pflaumen?«

»Na, da wurden doch Pflaumen verkauft«, sagte ich. »Oder nicht?«

»Ich weiß nicht ... Vielleicht.« Nach kurzem Zögern rief sie: »Stimmt, da waren Pflaumen! Dein Vater hat sie im Zelt gekauft und dir und mir davon gegeben!«

Ich begriff überhaupt nicht, wo ich das mit den Pflaumen herhatte. Es war wie eine Erinnerung, der Draht und die Pflaumen ... Und dann noch die Fallschirme ... Aber vielleicht hatte ich Pflaumen und Fallschirme im Kino gesehen?

»Die Pflaumen, die Pflaumen, wo kommen die her?« schrie ich.

»Dein Vater hat sie gekauft«, antwortete Mascha.

»Das meine ich nicht.«

»Was meinst du denn, Sergej?«

»Ich weiß nicht.«

Ich wußte wirklich nicht, warum ich so hochgegangen war.

»Ich geh baden«, sagte ich zu Mascha.

»Ist es auch nicht zu kalt?«

Ich lachte nur kurz über ihre Befürchtung. Sie ging an die Front, aber sie wußte nicht, daß wir bis September nicht aus dem Wasser rauskamen; Bissig, der Verrückteste, war einmal sogar wegen einer Wette noch im Oktober reingegangen.

Hinter einem Busch zog ich mich aus, denn ich hatte keine Badehose mit, und fragte Mascha: »Warum meinst du, ich bin im September geboren?«

»Warum?« fragte sie verwundert. Sie sah nicht in meine Richtung. »Ich war doch auf deinem Geburtstag.«

»Wann war das?« Ich fragte so, als ob es mich gar nicht interessierte.

Sie überlegte. »Das war ... Ja, richtig. Am sechsten. Neununddreißig bist du sechs Jahre alt geworden. Eine Woche später haben sie ihn geholt.«

10

Eigentlich hatte ich gar keine Lust zum Baden.

Allein zu baden, ohne die Jungs, das macht keinen Spaß.

Aber erstens wollte ich allein sein. Und zweitens ... Auch zweitens wollte ich allein sein. Auch drittens und so weiter. Um nicht diese zugereiste Mascha zu sehen, die immer gleich zu heulen anfing, wenn die Rede auf ihren Anton Petrowitsch kam.

Als sie mir zu essen gab, da war sie wirklich schön gewesen. Sie hatte richtig gestrahlt wie ein Stück Glas, und es war ein ganz warmer Strom von ihr ausgegangen wie von dem Dorfofen, an dem ich mich mal gewärmt hatte. Es kam mir so vor, als ob sie auch anders roch. Aber als sie dann die ganzen Spionengeschichten erzählte, da war sie kalt, und ich dachte sogar, ob sie man nicht selber eine Spionin war, denn unser Rüssel hatte sie ja verdächtigt, hatte sogar am Fenster gehorcht.

Aber dann entschied ich, daß sie keine Spionin war. Spione sind anders. Über sie gibt's Gedichte: »In der Tür steht Polizei, und ein Fremder steht dabei, doch wir wissen, wer das sei.« Oder: »Ein ungeschriebenes Gesetz gibt's an der Grenze hier: Wir kennen jeden, wissen alles – von ihm, von mir, von dir.« Und wenn man vernünftig überlegte, was konnte ein Spion oder eine Spionin in unserm »Spez« schon wollen? Einen hungrigen Schakal mit Butter und Konserven füttern? Da gab's viele bei uns, die gern auf fremde Kosten gefuttert hätten. Und ein militärisches Geheimnis zu verraten war unmöglich, weil wir gar keins wußten. Ja, ich denke: Geheimnisse gibt's hier nicht! Gauner, die gibt's haufenweise. Aber das ist kein Geheimnis. Höchstens für diese Mascha.

Ich hielt den Atem an, klammerte mich an eine Wurzel, tauchte und blieb so lange unter Wasser, wie ich es aushalten konnte. Ich hatte immer geglaubt, unter Wasser kämen einem keine Gedanken, außer dem einen, wie man wieder auftauchte und möglichst kein Wasser schluckte. Aber auch unter Wasser kratzte aller mögliche Quatsch über Anton Petrowitsch und Mascha von innen an meinem Kopf. Da stieg ich aus dem Fluß und hüpfte auf einem Bein, um das Wasser aus dem Ohr zu kriegen, dann zog ich rasch die Hose an. In der Eile stolperte ich, fiel hin und riß mir die Knie auf.

Ich ging zu Mascha und sah, daß sie schon alles eingepackt hatte. Ärgerlich, die Konservenbüchse hatte sie ins Schilf geschmissen, da konnte man nun suchen und fluchen. Den Zigarettenstummel hatte sie auch weggeworfen, aber den sah ich im Gebüsch liegen. Sie sagte: »Komm mal schnell her, Sergej! Noch näher. Dein Knie blutet ja. Da wollen wir gleich was drauftun!«

Und ehe ich mucksen konnte, hatte sie ein Fläschchen

hervorgeholt und schmierte mir geschickt, ohne auf mein Geheul zu achten, das ganze Knie voller Jodflecke.

Wie ich auch trat und strampelte, sie ätzte weiter und ließ mich dann los. Sie hatte kräftige Hände. Obwohl ich mich widersetzte, war's doch angenehm, von ihr so hartnäkkig verarztet zu werden!

»Das war's«, sagte sie zufrieden. »Ein Glück, daß ich nach alter Gewohnheit Medikamente mit mir rumschleppe. Willst du mich noch zur Bahnstation bringen?«

»Nein«, antwortete ich.

»Warum nicht?«

»Das Knie tut weh.«

Das war meine Rache für die gewaltsame Behandlung. Aber ich zierte mich nur zum Schein. Ich wollte unheimlich gern mit zu der Bahnstation »Goljatwino«, noch dazu legal, unter ihrem Schutz. Allein durften wir dort nicht hin. Dieses Verbot umgingen wir natürlich. Aber wenn sie uns da erwischten, wurden wir ohne Essen in den Karzer gesteckt.

Noch strengere Strafen gab's nur für die Flucht.

Aber gerade die Bahnstation zog uns mehr an, als alle Lasterhöhlen der Siedlung, uns, die Rasselbande aus dem »Spez«. Hier fuhren die Züge von und nach Moskau, und sie hinterließen auf dem schmutzigen Bahndamm Apfelgriebse, Speisereste, Zigarettenstummel und manchmal auch noch Interessanteres. Bissig hatte einmal Glück, er fand eine Schachtel mit der Abbildung des Roten Platzes mit dem Leninmausoleum, und sie roch ... einen solchen Geruch hatten wir noch nie geschnuppert! Eine Woche lang hielten wir das Ding vor die Nase, umschichtig, und zogen den Geruch ein, und es drehte sich im Kopf!

Aber Mascha sagte ich nichts davon. Sie hätte es ja doch nicht verstanden. Wir gingen zur Station, aber nicht durch die Straßen der Siedlung, sondern auf dem Gleis; das machten viele, um den Weg abzukürzen. Mascha sprang leichtfüßig über die Schwellen, ich kam kaum mit. Später gingen wir nebeneinander, und ich fragte: »Wie hast du mich erkannt? Unter all den anderen?«

Das hätte ich sie längst fragen müssen, schon am Fluß.

Da hätte es nicht so im Kopf gekratzt. Aber jetzt stellte ich mir vor, sie könnte abfahren, ohne daß ich es erfahren hätte, wer ich nun wirklich war. Dieser Gedanke würde in mir bohren, ob ich nun tauchte oder nicht. Lieber ein Ende mit Schrecken.

Wie man so sagt: Frag – und kopfüber ins Wasser!

Mascha gab keine Antwort. Schweigend ging sie neben mir her. Und sie schwieg lange. Ich dachte schon, sie hätte meine Frage nicht gehört, und noch einmal zu fragen hatte ich keine Lust.

Plötzlich sagte sie: »Weißt du, Sergej ... Ich habe dir wohl schon zu viel erzählt.« Sie holte tief Luft. Und da erkannte ich, daß sie gütig und unglücklich war. Sie tat mir sogar leid. Mich würde es vielleicht eine Woche lang kratzen, aber sie peinigte es bestimmt schon seit Jahren. »Ist doch wahr.« Sie seufzte wieder. »Ich darf dir nicht solche Lasten aufbürden.«

»Ich weiß nicht«, antwortete ich.

»Aber ich weiß es. Und da habe ich mir selber befohlen: Halt den Mund! So wie euer Direktor, nicht? Und ich habe den Mund gehalten. Aber nun kommst du und fragst ... wühlst mich auf.«

»Na, das will ich nicht«, knurrte ich.

»Warum nicht?« fragte sie ärgerlich. Sie blieb sogar stehen und starrte mich an. So durchdringend, daß ich nicht standhielt und mich abwandte. »Natürlich werde ich dir antworten. Es geht ja um deinen Vater, Sergej, um deinen Vater.«

Ich schwieg und blickte zu Boden.

»Ich habe dich einfach erkannt ... Wie sollte ich nicht, mein Gott, du bist ihm ja wie aus dem Gesicht geschnitten!«

»Wem denn?«

»Na, deinem Vater doch! Anfangs konnte ich dich gar nicht richtig angucken vor Aufregung! Ich wußte nur, du bist es, du bist es ... Wie auf den Fotos aus seiner Jugend!«

Das gab mir einen schmerzhaften Stich. Vielleicht weil ich nie Fotos von mir gehabt hatte?

»Und ... wie sieht er aus?«

Ich sagte nicht »Vater«. Ich kriegte dieses unbegreifliche, ganz und gar fremde Wort nicht über die Lippen.

Hinter uns pfiff ein Zug. Wir verließen die Gleise, und während der Zug – ein Militärtransport mit abgedeckten Lastwagen oder Panzern – staubaufwirbelnd an uns vorbeidonnerte, versuchte Mascha mit Mimik und Gesten, mir von diesem Mann zu erzählen. Sie zeigte mit der Hand seine Größe, also hochgewachsen, dann die Schultern, sie hielt die Hände weit auseinander, dann zeichnete ihre Hand Ringe um den Kopf, also lockenhaarig. Sie schnitt Grimassen, und das war ulkig, wie im Stummfilm. Als der Zug vorüber war und der Lärm verebbte und nur noch die Schienen summten und ein Stück Papier herumwirbelte, gingen wir wieder über die Schwellen. Sie sah mich an und fragte: »Na, hast du etwas verstanden?«

Ich nickte. Ja, hatte ich. Was gab's da nicht zu verstehen? Wir waren nicht ganz so dumm, wie sie im »Spez« dachten. Nur eine winzige Kleinigkeit hatte ich nicht verstanden, eine Lappalie, wollen mal sagen, eine Bagatelle ... Ob dieser von ihr beschriebene schöne Mann wirklich mein Vater war. Dann konnte man mich ja glattkämmen und abfotografieren, und ich würde noch viel besser aussehen ... in der Breite und in der Größe! Aber ich spinne ja! Wie man mich auch knipste und jeden von uns – wer das Foto sah, würde auf den ersten Blick sagen: Der da? Ein Mickerling aus dem »Spez«! Und das lag nicht an der Größe oder Breite, obwohl wegen dem ewigen Hunger von Größe und Breite bei uns keine Rede sein konnte, nein, wir waren gebrandmarkt, das war's! Und wenn man's recht bedachte, der angebliche Vater war's ja schließlich, der uns sein Brandmal hinterlassen hatte. Um so schlimmer, daß es ihn gab ... Wenn's ihn gab ...

Und da fragte ich, und ich weiß selber nicht warum: »Und wo ist er ... jetzt?«

Mascha zuckte die Achseln und wandte sich ab. Wahrscheinlich mußte sie wieder weinen.

»Wir sind gleich da«, sagte ich. »Macht's dir was aus, wenn ich ein paar Kippen sammle? Nicht für mich, wirklich nicht. Für Bergmann!«

»Meinetwegen«, antwortete sie gleichmütig. Dann fragte sie: »Und wenn ich dir für ihn Papirossy mitgebe?«

»Das fehlte noch! An die ist er nicht gewöhnt. Besabberte Kippen sind für ihn das Schönste.«

Aber Mascha hatte keinen Sinn für meinen Humor.

»Was macht das für einen Unterschied«, sagte sie verwundert und nahm eine unangebrochene Packung Belomor aus der Handtasche. »Und du, rauchst du? Aber probiert hast du's schon mal?«

»Ja. Probiert haben wir alle schon mal. Sogar Sandra.«

»Na und? Scheußlich?«

»Weiß nicht.«

»Aber ich weiß. Hätten die mich nicht eingesperrt, ich würde nicht rauchen. Dein Vater hat übrigens auch nicht geraucht. Weißt du, er mochte Süßigkeiten.«

Da mußte ich lachen. Diese Mascha war doch ein Dummchen. Wer mochte denn nicht Süßigkeiten? Bloß, die mochten uns nicht.

Wir kamen auf die Station, und Mascha hieß mich warten. Sie blieb lange weg, ich hatte schon einen ganzen Haufen Kippen beisammen und obendrein eine leere Streichholzschachtel. Und einen Uniformknopf.

Sie kam zurück und sagte: »Alles erledigt. Die Fahrkarte hab ich, und nun haben wir Zeit. Möchtest du was essen?«

Die Frage war genauso dumm wie das mit den Süßigkeiten. Wer möchte nicht, zeigt mir solch einen Idioten, etwas essen, egal wann? Essen kann man alles und immer. Das Elend ist nur, keiner bietet uns was an. Im Gegenteil, sie tun alles, damit wir nicht mal das essen, was uns zusteht. Aber was steht uns schon zu? Vielleicht gar nichts. Wenn sie uns was geben, dann aus Gnade und Barmherzigkeit. Wir dürfen schon glücklich sein, wenn sie uns überhaupt was geben.

Mascha sah an meinem Schweigen, daß sie dumm gefragt hatte. Sie nahm mich beim Arm und zog mich zur Restauranttür.

»Hier setzen wir uns rein, bis der Zug kommt. Einverstanden?«

»Einverstanden«, sagte ich heiser.

Ich hatte Grund, aufgeregt zu sein, denn ich durchschritt eine unsichtbare Schranke, die uns Hiesige, Hungrige und Rechtlose von einem wirklichen Paradies trennte. Wenigstens kam es uns so vor. Mit angehaltenem Atem folgte ich Mascha, verwirrt von dem großen kühlen Saal mit dem Fußboden und den Säulen aus Marmor, in dem viele Tische standen, weiß gedeckt, mit etwas darauf. Vor lauter Schreck konnte ich nicht erkennen, was das war. Ich sah die Fenster mit den Samtvorhängen, derentwegen wir von außen nie etwas erkennen konnten, wenn wir uns an die Scheiben drückten. Richtige Bäume standen in Kübeln, und an der Wand hing ein riesiges Bild. Eigentlich war die ganze Wand ein Bild. Es zeigte wie lebendig einen Kiefernwald, in dem Bären herumspazierten. Ich riß den Mund auf, während ich das Bild anstarrte, doch dann kam ich zu mir und hielt mir die Hand vor den Mund. So was Schönes sah ich wahrhaftig zum erstenmal. Wenn das die Kuckuckskinder hätten sehen können, sie hätten vielleicht Augen gemacht! Aber ich würde ihnen ja alles genau ausmalen. Zwar mußte ich hinter der Tante her, doch ich prägte mir alles gründlich ein, die goldenen Bäume, von der Sonne beschienen, einer davon halb umgekippt, und ein Bärchen turnt daran nach oben. Es klettert also, während die andern daneben Futter suchen. Genau wie unsereins im »Spez«. Wenn mir jemand gesagt hätte, das Bild hieße »Rasselbande in Freiheit« oder »Rasselbande bei der Futtersuche«, ich würde es sofort geglaubt haben.

Ich wäre noch lange mitten im Saal stehengeblieben, doch ich kam zu mir, als Mascha mich sacht in den Rücken puffte.

»Komm zu dem Tisch da. Von dort kannst du alles sehen.«

II

Ich setzte mich so hin, daß ich das Tischtuch nicht berührte. Jetzt sah ich, auf dem Tisch standen eine Vase, leer, und noch irgendwelche Fläschchen, die, wie sich später herausstellte, Salz und noch was Kostbares enthielten. Und niemand mauste sie, stibitzte sie, steckte sie in die Tasche. Merkwürdig. Bei uns wären sie verschwunden, eher einer »piep« sagen konnte.

Schon kam ein Männlein in weißem Kittel angelaufen. Ein sonderbares Männlein, kleingewachsen, aber stimmgewaltig, mit den Augen eines Gauners. Wenn überhaupt wen, Gauner erkenne ich jederzeit. Ihr Blick ist frech und huschend.

Mascha nahm eine Karte mit bunten Abschnitten aus der Tasche. Das Männlein schnitt mit einer Schere ein paar davon ab, zeigte auf ein paar Gerichte in der Speisekarte und verschwand.

Mascha sah ihm lachend hinterher. »Das ist Filippok, so nennen sie ihn hier. Er hat mich schon voriges Mal bedient. Er sieht dem Clown Karandasch ähnlich. Hast du von dem schon mal gehört? Er tritt im Zirkus auf.«

Ich wunderte mich nicht mehr über Maschas dumme Fragen. Wer im »Spez« kannte Karandasch nicht? Erst kürzlich hatten wir ihn in einem Film gesehen, der hieß »Unser Hof«. Darin läuft Karandasch zu lustiger Musik mit einer Aktentasche herum, denn er ist Hausmeister, und er will die Säuberung des Hofes organisieren, aber er ist ein Tolpatsch, alles fällt ihm aus den Händen, und er kann gar nichts machen. Die anderen Werktätigen dagegen können alles sehr gut machen. Sie gehen einträchtig in den Hof, und während Karandasch lustig herumläuft und alle behindert, räumen die Werktätigen den ganzen Müll weg und machen eine schrecklich schöne Ordnung.

Während ich Mascha den Film erzählte, dachte ich, daß Filippok mit seinem komischen schwarzen Schnurrbärtchen sehr an Adolf Hitler erinnerte, so wie ihn die Zeitungen abbildeten. »Und er sammelt eine Truppe, die er nach dem Osten schickt, doch die ganze deutsche Truppe hat sich hier sogleich verdrückt.«

Mascha lächelte über den Reim. Sie erzählte von einem anderen Film, darin fährt ein Zug, und alle singen im Chor: »Ta-ta-ta, schöne Frau, wir ham bei uns ne Miau, Piepmätze und Köter, Pit den Schwerenöter ...« Na ja, sie singen, und Karandasch läuft wie hier im Restaurant mit einem Tablett rum, da fällt ihm alles runter, die Teller, das Brot ... Filippok ist freilich ein guter Kellner, ihm fällt nichts runter.

Eben kam er wieder angelaufen und stellte vor mich und Mascha richtige weiße Teller hin, von solchen hatte ich noch nie gegessen, und sie zu zertöppern ist kein Kunststück. In den Tellern dampfte was Leckeres, der Geruch ging mir durch und durch. Filippok legte mir noch zwei Metalldinger hin, ein Messer und eine Gabel. Das Messer befühlte ich auf seine Schärfe, es ging man grade, doch die Gabel gefiel mir, wenn man damit wen piekte, war das nicht schlechter als mit nem Nagel. Filippok kam schon wieder und brachte eine Karaffe mit rotem Wasser, dazu Gläser, die hier Pokale hießen.

Mascha sagte: »Das ist Mors, verdünnter Saft, ganz süß. Wir wollen trinken und essen.«

Ich dachte mir gleich, solchen Mors habe sie wohl mit Anton Petrowitsch getrunken.

Ich nahm das Glas mit beiden Händen und trank es in einem Zug aus. Dann leckte ich die Glasränder und meine Lippen. Aber essen konnte ich nicht, er hatte mir keinen Löffel gegeben. Und Filippok zu bitten traute ich mich nicht, dann schnauzte er mich womöglich an: Wo hast du den hingesteckt? Aber während ich noch überlegte, legte er mir von hinten einen Löffel hin.

»Bitte, mein Herr, das ist bequemer«, dabei griente er sich eins in den Schnurrbart.

Mein Herr, und das zu mir, wie im Kino! Wie hatte der geschickte Kerl mit den flinken Augen nur rausgefunden, daß ich einen Löffel brauchte?

Wir hatten's hier wirklich wie im Kino, wo ich nicht ganz ich selber war, sondern jemand, der mich spielte. Und es war merkwürdig, diesem Spiel zuzusehen und dabei zu wissen, daß da nicht jemand anderes saß, sondern wirklich ich, obwohl das kaum zu glauben war.

Die Kuckuckskinder würden's natürlich nicht glauben. Ich selber auch nicht, wenn ich mich morgen daran erinnerte. Mein Leben lang müßte ich hier den Platz besetzen, Messer und Gabel und die Glasdinger einstecken, damit sie keiner klaute, und vielleicht sogar den Stuhl mitnehmen.

Auf der Schulter oder auf dem Rücken. Er war ja nicht schwer.

In diesem Moment geschah noch ein Ereignis.

In einer Ecke des Saales, neben einem Baum, erschienen zwei Männer. Niemand außer mir hatte sie bemerkt. Alle fraßen hastig von ihren Tellern. Einer der Männer, der wie ein Gliederfüßler aussah, trug eine Militäruniform ohne Schulterklappen. Er klemmte eine Geige unters Kinn. Der andere, schwarzhaarig, dick und mit einer langen Nase, aus der Haare wuchsen, spielte plötzlich auf einer Harmonika etwas Langgezogenes. Der Geiger zappelte, stampfte mit dem Fuß, drehte den Kopf und ließ den Bogen flitzen – und so entstand Musik. Richtige Musik, die alle hören konnten. Aber alle kauten und taten so, als ob sie nichts hörten, und so hörte nur ich, und ich vergaß Löffel und Teller. Und was mich umwarf – der Geiger und der Harmonikaspieler taten auch so, als ob sie niemanden brauchten und nur für sich selber spielten. Na, und für mich. Ich hörte ja zu!

Mascha sah mich unverwandt an, sie konnte sich wohl denken, was in mir vorging.

»Das sind hiesige Musiker, gut, nicht?«

»Weiß nicht«, sagte ich.

»Doch, sie sind gut. Es ist ein alter Walzer. Wie heißen sie doch ... Gleich komm ich drauf ... Ja, richtig: Mark Moissejewitsch, das ist der mit der Geige, und der Harmonikaspieler heißt Roman. Sie haben auch voriges Mal gespielt. Aber iß doch, sie werden noch lange spielen.«

Das war ja ganz neu, daß ich gebeten wurde zu essen. Blitzschnell verschlang ich alles, was auf dem Teller lag, nur daß ich den Teller nicht ableckte. Ich sah ja, daß Mascha ihren nicht ableckte und die Leute an den anderen Tischen auch nicht. Mit dem Finger wischte ich alles auf und leckte den Finger ab. Und um nicht mehr ans Essen zu denken, blickte ich zu den Musikanten. Der Mark Moissejewitsch hieß, stampfte mit seinem dünnen Bein den Rhythmus und rief dem langsameren, schwerfälligen Roman in den Pausen zwischen der Musik ärgerlich zu: »Pfeffer, mehr Pfeffer!«

Ich guckte auf den Tisch und dachte, wir könnten ihnen

für ihr Spiel von unserm Pfeffer abgeben, wenn's nur Filippok nicht bemerkte. Gauner haben scharfe Augen. Aber Mascha fing meinen Blick auf und deutete ihn auf ihre Weise: »Hast du auch nicht zuviel gegessen, Sergej?«

Ich seufzte. Was sollte man schon auf eine so dumme, blödsinnige Frage antworten! Wie konnte ich ihr erklären, daß wir aus dem »Spez« viel, sehr viel zu essen vermochten, eigentlich soviel, wie wir kriegten. Und wenn sie uns endlos gaben, würden wir eben endlos essen. Sogar hundert Teller! Wobei uns nie jemand hundert Teller geben würde. In Maschas Film hatte der fette Dickwanst, der die ganze Zeit immer nur aß, bestimmt auch nicht hundert Teller auf einmal gekriegt!

Mascha deutete meinen Seufzer auf ihre Weise. Sie winkte, und sofort erschien Filippok, der wie Karandasch aussah und auch Hitler ähnelte. Er zeigte die Zähne unter dem Schnurrbart und sah mich an, als wäre nicht Mascha, sondern er meine leibliche Tante.

Mascha griff in die Tasche und holte wieder ihre Essenmarken hervor. Filippok schnitt mit seiner winzigen Schere zwei Marken mit Zahlen darauf ab, tat sie in seinen Brustbeutel und verschwand. Er erschien und verschwand wie im Märchen, blitzartig. Mascha hatte nicht hingeguckt, aber ich beobachtete für alle Fälle, ob er die Marken richtig abschnitt. Ich fragte Mascha nach den Marken. Die Kuckuckskinder würden ja auch wissen wollen, wie man im Restaurant sein Fressen erbeutete, und ich würde es ihnen genau erklären müssen. Sie würden ja nie im Leben in dieses Restaurant reinkommen und hatten keine Vorstellung davon, wie es darin aussah und auf welche Weise ich hier mein Essen gekriegt hatte.

Auch ich, auch ich würde hier nie wieder reinkommen! Ich war ja nur mit Mascha durchgerutscht, durchgewitscht durch die schmale Ritze, die nicht für uns Schakale bestimmt ist. Wie ein Herr sitze ich hier, wie ein Herr fresse ich, und wenn ich erst mal wieder raus bin, kommt irgendwer vorbei und eignet sich meinen Tisch an, meinen Stuhl und meinen Teller!

Das waren so meine Überlegungen, während Mascha erzählte, daß sie in einem Sanitätszug arbeite und damit immer an die Front fahre und von dort zurück und daß die verwundeten Soldaten während der Fahrt im Zug behandelt und gepflegt würden.

Sie sah wieder zur Uhr und erzählte, daß ihr Zug diesmal unweit von Moskau stehe und daß sie, wenn die Verwundeten aus den Waggons ins Lazarett gebracht wären, wieder an die Front fahren würden. Morgen oder übermorgen. So habe es ihr Vorgesetzter gesagt.

Die Musik spielte, der Geiger Mark Moissejewitsch stampfte mit dem dünnen Bein und drehte sich wie an Scharnieren, und das Publikum widmete sich dem Essen, als wäre das eine heilige Angelegenheit. Aber unter allen, die ich hier sah, Militärangehörige zumeist, war kein einziger junger Bengel. Ich vergewisserte mich nochmals: Söhnchen wie Karassik mit seinem Papa Napoleönchen wurden hier nicht reingelassen, von Besprisorniks wie mir ganz zu schweigen.

Mascha fragte auf einmal: »Möchtest du mit mir fahren?«

»Wohin?«

»Mit dem Zug, Verwundete holen, dann wieder zurück. Und wieder an die Front. Wir würden zusammen sein. Na?«

Sie sah mich an und biß sich auf die Lippen. Ihre Augen waren irgendwie leidend, als hätte sie Schmerzen.

»Und die Kuckuckskinder?« fragte ich.

Ich stellte mir so vor, wie wir alle unser verhaßtes »Spez« mit seinem Regime verließen und an die Front fuhren. Wir würden Essenmarken kriegen, damit wir auf den Bahnstationen von weißen Tellern fressen und süßen Mors trinken konnten. Das wäre ein Leben! Wir würden rufen: »He, Filippok, bring uns hundert Teller Fressen! Nein, nicht hundert, tausend! Hunderttausend! Und alle auf einmal!«

Aber mein Traum zerrann so schnell, wie er gekommen war. Mascha sagte schuldbewußt: »Nein, alle ... das geht nicht, Sergej. Für dich kann ich den Oberst, den Kommandanten des Zugs, bitten. Na, als deine Tante ... Ich habe ihm schon von dir erzählt. Ich bin eine gute Ärztin, und man schätzt mich. Verstehst du das?«

Ich nickte. Sie wurde dort geschätzt, wir Kuckuckskinder aber nicht. Ich hatte mal ein Märchen gehört, irgendwer hatte das im »Spez« erzählt, wie ein riesiger Adler am Himmel fliegt, und da schließt sich ihm ein winziges Vögelchen an. Einen Tag lang fliegt es hinter dem Adler her, dann noch einen, und am dritten wird es müde und ruft kläglich: »Aaadler, Aaadler, wo fliegen wir eigentlich hin?« Der Adler überlegt, dann antwortet er träge, ohne den Kopf zu wenden: »Weiß der Teufel!«

Haben wir es nötig, scharenweise dem Adler hinterherzulaufen, das heißt dem Zug, der sich wie alle anderen überhaupt nicht um uns schert? So wie sich nicht einer um Mark Moissejewitsch und Roman schert! Dabei geben die sich solche Mühe, und ihre Musik geht einem durch und durch.

Aber nun sind sie fertig, und wieder merkt das keiner. Sie packen ihre müden Instrumente still und leise ein und setzen sich an ein Tischchen in der Nähe. Teller mit Essen werden ihnen gebracht. Das wird wohl der Lohn für ihre Musik sein. Womöglich sind das genauso arme Hunde wie ich, sie kriegen zu essen und werden dann vor die Tür gesetzt. Ihre Musik interessiert ja hier keinen Menschen! Nur mich, der ich hier fremd bin!

Ich aß den zweiten Teller leer, der mir gebracht wurde, und sah betrübt, daß noch eine Menge braune Soße zum Ablecken drauf war, aber das wagte ich nicht. Der stille Filippok stand, in den Schnurrbart grienend, hinter mir und beobachtete meine Bewegungen. Bestimmt trug er dann den Teller hinter den Vorhang und leckte ihn selber ab. Das war seiner Visage anzusehen.

Ich sah Mascha nicht an und sagte: »Ohne die Kuckuckskinder kann ich nicht.«

»Warum nicht?«

Wieder dieses dumme »Warum«.

Wenn mich das im »Spez« einer fragte, sagte ich immer: »Ei warum, ei darum«.

»Ich kann nicht ... ich gehör doch dazu.«

Mascha sah mir ins Gesicht und sagte: »Wieso gehörst du dazu? Sie sind doch nicht mit dir verwandt! Begreifst du das nicht?«

Ich begriff schon, nur sie nicht. Im »Spez« waren wir alle miteinander verwandt, weil wir sonst zu keinem gehörten. Wollen mal sagen, so wie ein Straßenköter mit dem andern verwandt ist. Die Kuckuckskinder sind nicht einfach eine Rasselbande, sie sind eben die Kuckuckskinder, eine Rasse für sich.

»Sie sind ja gar keine Kuckuckskinder! Mein Gott, du heißt ja auch nicht Kukuschkin!«

»Sondern?«

»Jegorow heißt du!«

»Und sie?«

»Auch irgendwie.«

»Aber wie?«

Mascha blickte sich gehetzt um. Der süßliche Filippok stand hinter ihr und sah uns lächelnd an. Mascha holte hastig Geld hervor, ich konnte sogar sehen, daß es zwei Hundertrubelscheine waren, und steckte es Filippok zu, worauf er noch breiter griente.

Zu mir sagte sie: »Gehn wir! Der Zug kommt gleich.«

Wir durchquerten wieder den Saal, und ich verdrehte mir den Hals, um mir das Bild vom Wald einzuprägen. Als ich mich das letzte Mal umdrehte, sah ich Filippok, der mir verständnisvoll hinterher lächelte.

Ich sagte im stillen:

Herrgott, wenn es dich gibt, mach, daß ich irgendwann noch mal hierher komme, und wenn auch erst in hundert Jahren! Mach, Herrgott! Was kostet's dich schon! Ich tu auch, was du willst, ich ertrag das »Spez« und die Paten und alles! Ich würd auch von der Brotration was abgeben, wenn ich wüßte, es muß sein, damit ich irgendwann noch mal in solch ein Paradies komm!

Der Zug kam, aber nicht gleich. Mascha war irgendwie ganz hektisch, sie guckte immer wieder zur Uhr, und ich dachte mir, sie hätte Angst, sich zu verspäten. Mich sah sie kaum an.

»Vielleicht geh ich jetzt?« sagte ich. »Die werden mich schon suchen.«

»Die können warten!« antwortete sie heftig und nahm mich fest bei der Hand, als fürchte sie, ich könnte weglaufen.

Dann kam die Lokomotive in Sicht, und Mascha drückte meine Hand noch fester. Sie schrie, und ich konnte es kaum hören in dem Lärm: »Sergej«, ein Blick zur Lokomotive und zu mir, »Sergej, ich möchte dir was sagen ...«

Ich nickte. Sollte sie, wenn sie wollte. Ich war schon gewöhnt an ihre dummen Fragen und erhoffte für mich nichts Interessantes. Wenn sie wieder von ihrem Anton Petrowitsch anfing und mich mit ihren Tränen badete, würde ich abhauen. So stark war sie doch nicht, daß sie mich festhalten konnte.

Die Lokomotive hielt zischend. Leute liefen vorbei. Aber Abreisende waren wenig. Und da ertönte auch schon der Pfiff. Mascha rief mir zu: »Hör zu ... Sergej! Ich komme morgen! Für eine halbe Stunde! Es fährt ein Zug, mit dem kann ich gleich wieder zurück! Komm morgen früh her! Hast du verstanden? Sei um acht hier und warte! Genau hier!«

»Und das Frühstück?« fragte ich.

Ich mußte fragen, denn ich war so, und alle im »Spez« waren so, daß wir, wenn auch auf Vorrat gesättigt, doch unsere Ration haben wollten.

»Du kriegst von mir zu essen.«

»Hier?« fragte ich und malte mir sofort aus, daß sie mich vielleicht noch mal mitnahm in das uns allen verheißene Paradies.

»Und die Ration?« fragte ich wieder.

»Sei doch nicht so dumm!« schrie sie und rannte zum Waggon. Sie stieg die Trittbretter hoch, und der Zug fuhr an. Da beugte sie sich heraus und schrie, daß es über den Bahnsteig schallte: »Sergej! Morgen um acht! Komm!«

Ich winkte ihr, sie solle nicht in der Tür stehen und nicht schreien wie eine Psychopatin. Ich würde selber entscheiden, wie ich es halten würde mit der Ration und mit dem Zug. Am Horizont erschien ein Bulle, der mich von weitem beäugte, da machte ich mich in der entgegengesetzten Richtung aus dem Staub, um schleunigst nach Hause zu kommen.

12

In der Nacht schlief ich schlecht. Nicht daß mir diese Wendung mit Mascha die Ruhe geraubt hätte. Es war jetzt im Krieg wohl so, wie Tussi gesagt hatte, daß allen die Nerven durchgingen. Alle waren seelisch beschädigt und wußten nicht, was sie taten. Zwei Bewohner der Siedlung hatten sich deswegen schon vor den Zug geworfen, andere Vitriol oder Säure getrunken. Manche hatten sich auch erschossen. Mascha, das war ohne Brille zu sehen, machte sich mit ihrem Jegorow verrückt. Ihr dummer Kopf ließ ihren Füßen keine Ruhe.

Im übrigen, wenn ich mich in der Siedlung umhörte, wurde von uns und unserm »Spez« nicht besser geredet. Die einen meinten, wir wären kriminelles Gesindel, und das Kittchen sehnte sich nach uns, andere wiederum glaubten, wir wären psychisch krank, würden deshalb so streng behandelt und nirgendwohin gelassen.

Direktor Rüssel war gelegentlich auch schnell damit bei der Hand, uns als Psychopathen zu bezeichnen, wenn er uns bei der Miliz rausholen mußte. »Ihr wißt wohl nicht«, sagte er dann, »daß ich hier eine Klapsmühlenfiliale hab, und was die anstellen, das kann ich unmöglich verantworten.«

Das war natürlich Quatsch, und er sagte es bloß, um die einzuschüchtern; das war bequem für ihn, da konnten sie ihm nichts anhaben. Aber wer uns sah, mochte schon meinen, daß wir uns wie Psychopathen benahmen. Sandra zum Beispiel ging am Zahltag vor dem Tor der Uniformschneiderei betteln, und wenn sie genug Geld beisammen hatte, lief sie zum Bahnhof, um nach Moskau zu fahren. Das letztemal hatte sie Wurzel mitgenommen. Sie wurden aufgegriffen, als sie schon im Zug saßen.

Rüssel fragte sie in seinem Arbeitszimmer: »Was treibt dich nach Moskau? Kannst du mir das sagen?«

Nein, das konnte sie nicht. Wurzel antwortete für sie: »Wir wollten in den Kreml zum Genossen Stalin.«

»Wozu? Hat er euch eingeladen?«

Sandra hörte schweigend zu und starrte zu Boden. Aber

auch Rüssel blickte zu Boden; er hatte vergessen, die gestohlene Goldrandbrille aufzusetzen, um bedrohlicher zu wirken. Diese Flucht der beiden hatte ihn wütend gemacht.

»Wozu?« schrie er. »Wozu?«

»Wir wollten fragen ...«

»Was wolltet ihr fragen?«

»Na, nach unsern Eltern ...«

»Was für Eltern?« brüllte Rüssel. »Ihr habt keine Eltern! Nein! Und ihr hattet nie welche!«

In diesem Moment spielte das Radio ein Lied:

In den Weiten der herrlichen Heimat,
in Arbeit und Kampf vereint,
singen wir ein fröhliches Liedchen
von dem großen Führer und Freund ...

Rüssel warf einen wütenden Blick auf den Lautsprecher, der sein Verhör behinderte, lief hin und riß den Stecker raus. Wir andern sahen das alles durchs Fenster. Ohne uns zu bemerken, schrie er den Milizionär an, der Sandra hergebracht hatte: »Da sehen Sie's, sie ist bescheuert! Die sind alle bescheuert bei mir! Die gehören alle von der Gesellschaft isoliert!«

Er sprang zu Sandra und packte sie am Kragen; sie zog vor Angst den Kopf ein, wir auch, denn wir dachten, er würde sie hauen. Bissig flüsterte: »Wenn er ihr eine ballert, schmeiß ich ihm die Fenster ein.«

Aber Rüssel schlug Sandra nicht, er fuchtelte nur mit der Faust vor ihrer Nase herum.

»Also«, schrie er ihr ins Gesicht. »Das ist schon das dritte Mal, daß du mir das ganze ›Spez‹ durcheinanderbringst! Halt den Mund! Wenn du noch einmal abhaust, sperr ich dich ein! Ins Lager! Oder nein! Nein! Ich steck dich für einen Monat zu Koslow! Jawohl! Dann kannst du's bei ihm abarbeiten!«

Zu Sandra »halt den Mund« zu sagen war sinnlos. Sie hielt ihn immer. Aber das mit Koslow war keine leere Drohung. Dieser Koslow, der Stationsvorsteher, war ein dürres altes Männlein mit auffallend roten Lippen und dreistem Blick. Die Augen waren hellblau und groß wie Untertassen, und sie guckten unverschämt. Koslow war es, der unsern

Rüssel mit wertvoller Kohle versorgte, die er ihm nach Hause karrte, und wir mußten sie ausladen. Dafür schickte Rüssel ihm Mädchen zur Arbeit. Einmal hatte er auch Sandra hingeschickt, aber sie machte sich schon nach einer Stunde aus dem Staub. Mit zerrissenen Sachen kam sie wieder, legte sich ins Bett und heulte. Wir kriegten nichts aus ihr heraus, wir kapierten nur, daß man sie nicht zu Koslow schicken durfte. Wenn nur sein Name fiel, zuckte sie zusammen und wurde weiß wie Schnee. Es war wohl bequem für die, daß Sandra nicht reden konnte. Wenn wir alle geschwiegen hätten, wär's noch bequemer gewesen. Andererseits, wie hätten sie uns dann verhören sollen, besonders wenn eine Militärkommission anreiste? Allein schon Sandras Stummheit brachte sie rein außer sich. Man mußte sich mal vorstellen, das ganze »Spez«, hundert Mann, tritt an und sagt kein Wort. Und bestrafen geht nicht, denn alle sind stumm. Ein Stummfilm!

Die Kommission kommt, wundert sich, ärgert sich, guckt uns in den Mund, und wir stoßen wie kleine Idioten nur unartikulierte Laute aus! Und dann schreit die Kommission: »Sie sind ja unkontrollierbar! Ab mit ihnen zu Koslow! Zu Koslow!«

So malte ich mir alles aus, dann schlief ich ein.

Und plötzlich sah ich eine grüne Wiese, deutlich wie in Wirklichkeit, und wir Kinder aus der jüngsten Gruppe des Pionierlagers sind in Zweierreihe beim Spaziergang. Vor uns geht die Pionierleiterin mit einem Kranz aus gelbem Löwenzahn um den Kopf.

Warum habe ich mich nie an dieses Ferienlager erinnert, in dem ich vor dem Krieg ein einziges Mal war? Selbst der kahlköpfige Offizier, der uns verhörte, hatte dieses Lager nicht aus mir herausquetschen können!

Jetzt, wo ich gar nicht darüber nachdachte, erschien es mir plötzlich von selbst in einem farbigen Traum. Wir gehen und halten uns bei den Händen, und vor uns liegt die Wiese voller grünem Gras und bunten Blumen, und der Fluß glitzert in der Sonne. Die Pionierleiterin, das weiß ich genau, heißt Ljuba. Wir alle lieben unsere Ljuba, wie nur

Kinder lieben können, und wir rufen ihr aus vollem Halse zu: »Ljuba, Ljuba, wir wollen Erdbeeren sammeln!« Wir wissen nämlich, daß es im Gras neben dem Weg große reife Erdbeeren gibt.

Ljuba dreht sich zu uns um, geht rückwärts, hüpft ulkig wie ein kleines Mädchen, sieht uns lächelnd an, klatscht in die Hände und ruft: »Und wer singt das Lied vom Kuk-kuck? Na, wollen wir?«

Wir antworten im Chor: »Ja, wir wollen!«

Und wir singen, mein Gott, wie konnte ich vergessen, daß dieses Lied vom Kuckuck immer in mir gelebt hatte! Jetzt wurde mir die Luft knapp von den schlichten Worten:

In der Ferne hinterm Fluß ertönt's zuweilen:
Kuckuck, Kuckuck, Kuckuck, Kuckuck ...
Dort im Weidenbusch, da sitzt und singt der Vogel:
Kuckuck, Kuckuck, Kuckuck, Kuckuck!

Unsere Stimmen verschmelzen wie die der himmlischen Engel, rein und klar und weithin schallend, und vom anderen Ufer antwortet uns das Echo. Unsere Herzen hüpfen vor Begeisterung über diesen herrlichen Tag, dem ein zweiter und ein dritter folgen wird und so immer weiter, alle Tage werden so sonnig und so glücklich sein, und wir alle haben einander lieb, und auch unsere Ljuba haben wir lieb, und so geht es bis zum Ende des Sommers. Und dann noch bis zum Ende anderer Sommer und anderer Winter und des noch so langen, langen Lebens!

So stellen wir uns das ganze Leben vor: als den in der Sonne glänzenden Weg und das blanke Gras, umweht von dem wie von selbst zu uns gekommenen Liedchen: »Kuk-kuck, Kuckuck, Kuckuck, Kuckuck ...«

Am Morgen rannte ich zur Bahnstation, ohne den Kuk-kuckskindern auch nur ein Wort zu sagen, die natürlich gestern nach mir Ausschau gehalten hatten und alles wissen wollten.

Ich erwartete von diesem Morgen keine Wunder. Aber irgend etwas erwartete ich wohl doch. Und wenn ich Mascha als Psychopathin abtat, dann zum Trost, um es leichter verkraften zu können, wenn irgendwas schiefging. Dabei, ich sag's noch mal, hatte ich keine Ahnung, was ich erwartete. Auf der Station versuchte ich nicht, mich zu verstekken, denn ich wußte, was ich sagen würde, wenn sie mich schnappten. Nämlich: »Meine Tante kommt das letztemal mit dem Zug, ich will mich mit ihr treffen.«

Ich trieb mich mit Absicht in der Nähe von ein paar Bullen herum. Ich wollte, daß sie mich fragten: »Wo kommst du denn her? Nicht zufällig aus dem ›Spez‹? Du möchtest wohl gern in den Karzer?«

Aber niemand kümmerte sich um mich. Wenn die Tante wieder weg war, dann würden sie kommen. Dann war keiner mehr da, der für mich eintrat. Das ist so ein dummes Gesetz im Leben.

Ich bestaunte das riesige Schild »Goljatwino«. So hieß auch die Siedlung. Es wurde erzählt, als es die Siedlung noch nicht gab, habe an dieser Stelle eine Straßenkneipe gestanden, und die Leute hätten dort Wino (Schnaps) getrunken und ihre Kleider versoffen, so daß sie goljat (nackt) waren. Aber vielleicht stimmt das gar nicht, denn Schnaps wird überall gesoffen, sogar in Moskau geht's bestimmt nicht ab ohne Suff!

Ich dachte an das Restaurant, ging hin und betrachtete es. Auch früher schon hatte ich mich manchmal hier herumgetrieben, aber jetzt war das ganz was anderes. Die Fenster waren mit den roten Samtgardinen verhängt, und ich konnte nichts sehen, weder die Tische mit den weißen Tüchern noch die Bäume in den Kübeln und auch nicht die Hauptsache, das Bild an der Wand, das so aufregend schön war.

Und dann dachte ich daran, daß Rüssel und Natter und Napoleönchen und Koslow hier auch nicht reingelassen wurden. Aber ich war schon drin gewesen! Wenn ich wollte, konnte ich die Tante bitten, noch mal mit mir reinzugehen. Dann müßten sie alle hier auf dem Bahnsteig antreten, Rüssel und Natter und Koslow und Napoleönchen, und ich würde lässig an ihnen vorbei ins Restaurant gehen. Und sie, diese Dorftrottel, würden zusehen und vor Neid platzen, und die Spucke würde ihnen aus dem Maul triefen. Vielleicht würden sie sogar bitten, reinzudürfen, aber dann würde Filippok mit dem Fuß aufstampfen und sie mit seinem dünnen Baß anblaffen: »Packt euch, ihr Hundesöhne! Könnt ihr nicht kucken? Das hier ist nicht für euch! Das ist für besondere Leute, die ... die mit ihrer Tante kommen! Ihr habt keine Tante! Also husch! Mund halten! Marsch in die Zone!«

Über meinen Träumereien merkte ich gar nicht, wie der Zug angesaust kam und zischend hielt. Ich ließ den Blick die Waggons entlanggleiten, und mir schien, Mascha wäre nicht mitgekommen. Und komisch, ich erschrak bei dem Gedanken, hier wie ein Blöder umsonst gewartet zu haben. Als ich schon ganz wütend war, sah ich sie plötzlich in einiger Entfernung. Sie lief auf mich zu, als hätte sie mich verloren und nun wiedergefunden und fürchtete jetzt, ich könnte für immer verschwinden.

Mein Schreck verging, und sogar meine Freude verging. Na ja, Mascha war eben gekommen.

Ohne stehenzubleiben, packte sie mich am Arm und zog mich irgendwohin, ich konnte nicht mal fragen. Wir hasteten durch den Wartesaal hinaus auf die Straße, kamen durch eine Tür auf der Rückseite wieder in den Bahnhof, stiegen in einen kühlen Keller hinunter und standen plötzlich in einer großen Küche vor einem dicken Weib und Filippok. Beide sagten gleichzeitig: »Da hinein.«

Es war ein ganz kleines Zimmer, aber auch mit weiß gedeckten Tischen, darauf Vasen mit Blumen.

»Hier werden wir essen!« Mascha warf eilig ihre Tasche auf einen Stuhl und setzte sich. Ich setzte mich auch.

Sie sah sich um und fügte hinzu, das Restaurant oben sei noch nicht auf, und sie sei um vier Uhr früh hungrig von Moskau abgefahren, und in anderthalb Stunden gehe ihr Zug zurück, und das seien noch einmal vier Stunden Fahrt.

Filippok stellte uns weiße Teller hin, und obwohl ich den Blick abwandte, merkte ich doch, was drauf war: Brot, kleine Stücke Wurst, Zucker, Butter. Mascha griff in ihre Tasche und holte etwas in Papier Gewickeltes hervor, das legte sie neben sich hin. Ein paarmal berührte sie dieses Päckchen mit der Hand. Ich betrachtete die Blumen in der Vase und sah auf einmal eine Ameise. Die Ärmste war mit den Blumen vom Beet gepflückt worden, und nun kletterte sie hastig den Stiel hinauf und wußte nicht wohin. Wie sollte sie aus diesem Betonkeller hinauskommen? Sie saß in der Falle, und ihre Eltern im Ameisenhaufen weinten jetzt nach ihr. Vielleicht auch ihre Waisenhauskameraden, wenn sie keine Angehörigen hatte.

»Iß, gaffe nicht«, sagte Mascha und machte sich über ihren Teller her. »Iß und hör mir genau zu. Abgemacht?«

Ich nickte. Meine Zustimmung zum Essen war nicht schwer zu kriegen.

Mascha sah sich um – niemand war in der Nähe, sogar der unauffällige Filippok war in der Küche verschwunden.

»Also, Sergej, ich sagte dir schon, dein Vater war ein sehr bekannter Mann, und er hat für sein Flugzeug eine Riesenprämie bekommen. Aber die Wolken zogen sich über ihm zusammen, und er wartete jeden Tag, daß sie ihn holen kamen. Da hat er auf meinen Rat hin die ganze Summe auf ein Sparbuch auf deinen Namen eingezahlt. Das Sparbuch hat er mir in Verwahrung gegeben, und ich habe es bei einer Freundin versteckt. Nachdem sie mich wieder rausgelassen hatten, habe ich angefangen, dich zu suchen, natürlich unter dem Namen Jegorow, aber du warst schon Kukuschkin, und so gab es nirgendwo Informationen über dich. Ich habe Suchbriefe geschrieben, telefoniert, Reisen gemacht. Bis ich rein zufällig an eine Frau geriet, auch eine Ärztin. Sie hatte in der Zeit, als sie deinen Vater holten, in einer speziellen Kindersammelstelle gearbeitet. Durch die gingen die Kinder der Volksfeinde.«

Ich kann eigentlich schlucken, ohne zu kauen, aber jetzt blieb mir der Bissen im Halse stecken, und ich mußte husten.

»Kinder? Was für welche?«

Mascha trank konzentriert Tee und antwortete nicht sofort.

Dann sagte sie wie zu ihrer Rechtfertigung: »So nennen sie euch ... Entschuldige, so haben sie euch genannt. Versteh mal, ich würde es dir nicht sagen, wenn ich nicht wüßte, daß wir uns vielleicht nie wieder sehen. Niemand sonst kann dir das sagen. Aber ...« Sie sah sich um, obwohl noch immer niemand im Zimmer war. »Schweig darüber … Du verstehst … Das ist ja ein Geheimnis … ein gefährliches Geheimnis. Ich habe lange gezögert, bevor ich mich entschloß, es dir zu sagen. Aber ich dachte mir, du bist ja schon groß und mußt das von dir wissen, was sie euch verschweigen.«

Ich sah zu der Ameise, sie hastete den Stiel hinauf und hinunter. Wie lange würde sie noch so sinnlos herumlaufen?

»Wer verschweigt es?« fragte ich und sah Mascha nicht an.

»Alle.«

»Und sie … wissen es … alle?«

»Natürlich wissen sie's!« rief Mascha und sah sich wieder um.

»Auch unser Direktor?«

»Der in erster Linie!«

»Und warum wissen wir's nicht?«

In diesem Moment sah ich Filippok, der auf einmal neben uns stand. Er griente sich eins in seinen Schnurrbart, als wüßte er, worüber wir sprachen, und wäre beteiligt an unserm Gespräch, das geheimer war als alles auf der Welt.

Mascha legte die Hand auf das Päckchen und sagte zu Filippok: »Kann ich statt mit Marken mit Geld bezahlen?« Sie legte ihm Hundertrubelscheine hin und nahm mich wieder beim Ellbogen.

»Komm, wir gehen!«

Ich zögerte. Es war alles aufgegessen, aber da war noch die unglückliche und unbehauste Ameise, die zum Eingesperrtsein in diesem Keller verurteilt war.

»Gleich«, sagte ich und hielt ihr den Finger hin. Sie kletterte auf den Finger und gelangte so mit mir nach oben auf die Straße.

Hier atmete Mascha befreit auf; das Päckchen hielt sie in der Hand. Sie führte mich ans hinterste Ende des Bahnsteigs und erzählte, wie sie auf der Suche nach mir eines Tages an diese seltsame Frau von der Kindersammelstelle geriet.

»Sie hieß Kukuschkina. Merkst du was?«

»Nein«, sagte ich, bückte mich und pustete die Ameise von meinem Finger. Lauf, du Dummerchen, zu den Deinen und schlittere nie wieder in solche Geschichten rein. Die da unten im Keller hätten dich nie rausgelassen, die würden gar nicht auf die Idee kommen, daß du auch am Leben hängst.

»Was machst du denn da?« fragte Mascha. »Hörst du mir überhaupt zu?«

»Doch«, sagte ich. »Kukuschkina heißt sie, so wie wir ... und ich.«

»Das ist es ja! Sie hat euch ihren Namen gegeben. Versteht du jetzt?«

»Bloß wozu?«

»Sie hat euch chiffriert ... Damit's euch nicht noch schlimmer geht.«

»Schlimmer? Wieso?« fragte ich verwundert.

»Ach.« Mascha seufzte. »Ihr seid doch die Kinder von diesen Verhafteten. Da ist es besser, ihr habt andere Namen. Meinte sie. Und so hat sie euch und vielen anderen ... Na, sie hat euch gerettet, verstehst du?«

Ich verstand kein Wort. Aber ich sagte nichts. Denn ich fühlte mich wie die Ameise im Keller: kein Weg und kein Ausweg, nachdem sie mich mit der Blume abgepflückt hatten. Mascha wollte mich jetzt auf ihrem Finger rausschaffen ... Aber wohin? Sie fuhr doch weg ... Sie fuhr weg, und ich mußte jetzt und morgen und mein Leben lang mit dem Wissen herumlaufen, daß ich nicht einfach Sergej Kukuschkin war. Und daß sie mich hinter einem anderen Namen versteckt hatten.

Ich dachte an das Päckchen und fragte: »Darf ich mal sehen?«

»Es gehört jetzt dir«, sagte Mascha.

Ich wickelte das Päckchen auf. Es enthielt ein graues Büchlein, und auf der ersten Seite stand geschrieben: »Sergej Antonowitsch Jegorow.« Dabei ein runder Stempel. Oben drüber mit großen Buchstaben: »Sparkassen der UdSSR. Konto-Nr. 4102«, und ganz unten mit kleiner Schrift: »Sparkassenleiter (Kontrolleur)« und die Unterschrift. Ich blätterte um, die nächste Seite war leer. Fast leer. Nur in der Ecke links oben stand eine Zahl. Ich begriff erst mal gar nichts, denn sie war irgendwie komisch, nur lauter Nullen.

Mascha beugte sich zu mir und fragte leise: »Na, siehst du, wieviel er dir hinterlassen hat?«

Ich schüttelte den Kopf. Gar nichts sah ich. Aber das Wort »hinterlassen« weckte in mir ein seltsames Gefühl. Mir war nach Weinen zumute.

»Er hatte Angst, du könntest ohne ihn zugrunde gehen. Darum wollte er noch schnell etwas tun. Er sagte: ›Ich kann ihm im Leben nicht mehr helfen. Dann geht er zugrunde. Soll er wenigstens das hier haben. Für Notzeiten ...‹«

»Wieviel ist es denn?« Ich konnte diese komische Zahl wirklich nicht lesen. Dabei kannte ich doch die Zahlen.

Mascha lachte leise.

»Bist ein Dummchen. Da, lies. Was ist das? Eine Hundert, ja? Und dann noch mehr Nullen.«

»Und was kommt raus?«

»Überleg.«

Ich überlegte. Es wurde nichts.

»Hunderttausend kommt raus«, sagte Mascha mit sonderbarer Stimme und sah sich wieder um. »Und nun steck's ein. Du mußt es sehr, sehr gut verstecken.«

Sie nahm mir das Büchlein aus der Hand und wickelte es wieder in das Papier, während ich stumpf an das Geld dachte. Was bedeutet hunderttausend für einen, der im Leben höchstens mal drei Rubel hatte? Und auch das vor langer Zeit. Hundert Rubel hatte ich einmal in fremden Händen gesehen. Wieviel solcher Hunderter mochten das sein? Einen konnte ich mir vorstellen, auch zwei oder drei ... Zum Verrücktwerden! Sonst kam mir nichts in den Kopf. Nichts außer dem stockblöden Gedanken, daß ich dieses fremde Sparbuch nicht brauchte. Was sollte ich damit? Einen Zehner, den hätte ich genommen. Auch einen Hunderter. Aber nein, einen Hunderter lieber nicht, da würden sie mir in der Siedlung den Kopf abreißen.

Wie im Schlaf hörte ich Maschas Stimme: »Außer dem Sparbuch sind hier noch andere Papiere drin, verlier sie nicht. Deine Geburtsurkunde ... Auch ein beglaubigtes Papier von der Kukuschkina, die juristisch bestätigt, daß sie dir in der Sammelstelle den Namen Kukuschkin gegeben hat und daß du in Wirklichkeit Jegorow heißt. Aber das darf jetzt noch niemand wissen. Sie hat genug Schlimmes durchgemacht. Sie hat zu ihrer Verteidigung gesagt, ihr alle hättet eure richtigen Namen nicht mehr gewußt. Deshalb wäre sie gezwungen gewesen, euch ihren zu geben.«

Ich fragte Mascha: »Und wenn wir ihn wirklich nicht mehr wußten?«

»Für manche mag das stimmen«, antwortete Mascha.

»Sag mal ... ob ich mich vielleicht an nichts mehr erinnert hab, später dann aber doch?«

»An was erinnerst du dich jetzt?«

»Ans Lager«, sagte ich.

»Was für ein Lager?« Mir war, als ob sie zusammenzuckte.

»Na, das Lager«, wiederholte ich. »Der Wald ... der Wiesenweg, und das Lied ... das Lied vom Kuckuck ...«

»Vom Kuckuck?« fragte Mascha irgendwie sinnlos zurück.

»Ja, vom Kuckuck.«

»Also, hör zu.« Sie kam zur Besinnung und schob mir das Päckchen in die Tasche. »Versteck es gut. Ich hätte dir gern mehr mitgebracht, Briefe und Fotos, doch sie haben damals alles mitgenommen. Aber das Sparbuch ist ja auch ein Erinnerungsstück, nicht? Ich würde es selber aufbewahren, aber die Front ... Kann ja sein, daß ich nicht zurückkomme.«

Ich fragte noch einmal: »Aber im Lager war ich mal?«

»Wenn du dich erinnerst, warst du mal da«, sagte Mascha hastig und spähte in die Richtung, aus der der Zug kommen mußte.

Da kam er auch schon mit seinen donnernden Riesenrädern und hüllte alles in Dampf.

»Ich weiß aber nicht, ob ich mich erinnere oder nicht«, schrie ich, um die Lok zu übertönen.

»Aber das Lied weißt du noch?«

»Ja.«

»Also stimmt auch das übrige!« rief Mascha und gab mir einen Kuß auf die Backe. »Die möchten, daß nichts gewesen ist. Aber es war! Es war!«

13

Ich linse durch eine Ritze und gehe zurück zu Motja.

Ich weiß, daß er nicht schläft, er liegt da, das Gewehr fest umklammert, und belauert die verhaßten Bullen.

Gewehr und Bajonett nach vorn, und nicht geflennt,
mit einem Lied rückt vor das Schützenregiment.

»Schon hell«, sagte ich halblaut. »Bald fangen sie an.«

Ich sage »sie fangen an«, aber was das bedeutet, weiß ich nicht. Ich glaube, das weiß keiner. Sie werden anfangen, und fertig. Lieber nicht darüber nachdenken. Aber die Gedanken kommen von selbst. Und gesagt habe ich es, um meine Stimme zu hören. Und als Antwort will ich auch eine Stimme hören. Kein Weinen, kein Stöhnen, kein Lallen, sondern eine an mich gerichtete Stimme. Das Warten ist so quälend.

»Was werden sie machen … was denkst du?«

»Ich habe keine Lust zu denken«, antwortet Motja. »Denen eine zu ballern hab ich Lust.«

»Jetzt vielleicht lieber nicht?« fragte ich, aber nicht sehr überzeugt, denn wir alle hätten denen gern eine geballert. Bloß wie? Daran hätten wir gestern denken sollen.

»Wozu warten?«

»Na, vielleicht wollen die … ohne Schlägerei …«

»Und das glaubst du?«

Nein, den Polypen glaube ich nicht. Keiner von uns glaubt denen. Wir sind schon so abgebrüht, daß wir überhaupt keinem mehr glauben. Allenfalls dem Genossen Stalin, der von uns gesagt hat, daß man die Menschen sorglich und aufmerksam aufziehen muß, wie ein Gärtner seinen Lieblingsobstbaum.

»Dann laß uns von was Anständigem reden«, schlägt Motja vor.

»Von der Ration«, wirft Engel ein.

»Vom Tabak«, läßt sich Bergmann aus seiner Ecke vernehmen.

»Von Rache«, sagte Bissig. »Eine Handgranate müßten wir haben, au, wie würd ich die alle …!«

Sandra lallte etwas. Auch sie bedauert, daß wir keine Handgranate haben. Das bedauerten wir alle. Im übrigen haben wir keine Wahl. Das Berdangewehr zählt nicht. Es macht nur Krach, bringt aber keinen Nutzen. Das haben die Bullen, als sie uns gestern abend zum Ergeben aufforderten, nicht geschnallt. Vielleicht greifen sie uns deshalb nicht an, weil sie denken, wir wären alle bewaffnet. Sie stellen eine Truppe auf, an der Spitze der ruhmreiche Marschall Napoleönchen, der die Siedlung beherrscht und alle erbarmungslos straft, die er nur zu Gesicht bekommt: Die Weiber, die auf dem Markt Kartoffelpiroggen verkaufen, sind für ihn Schieberinnen, und jeder Bengel aus dem »Spez« gilt ihm als Verbrecher.

Ich sage zu Motja, wieder nicht sehr laut: »Napoleönchen war rasend vor Wut nach dem von gestern, der hätte beinah losgeballert.«

»Der nicht.« Motja winkt ab. »Die sind doch noch für uns verantwortlich.«

»Vor wem?«

»Na, vor allen.«

»Aber alle sind gegen uns.«

Und plötzlich sage ich das, was mich bis auf die Knochen durchbohrt. Ich muß es laut aussprechen.

»Alle, bis auf den Genossen Stalin. Wir müssen ihm einen Brief schreiben.«

»Denkst du, den kriegt er?« fragt Engel vom Wagen.

Sandra lallt im gleichen Ton wie er, sie bezweifelt das auch.

»Vielleicht schreiben wir jetzt gleich?« sagt Grille.

Bissig explodiert geradezu. »Jetzt gleich? Hier im Schuppen?«

»Ach, rauchen möcht ich«, seufzt Bergmann.

Alle verstummen.

Ich linse durch die Ritze, aber der Bahndamm und der Hügel sind nicht zu sehen, dichter Nebel dringt kalt in die Augen. Da beginne ich über den Brief an den Genossen Stalin nachzudenken.

Der Zug ist nach Moskau abgefahren und hat die mit mir nicht verwandte Tante Mascha mitgenommen. Ich habe mich auf den Weg ins »Spez« gemacht.

Aber ich kam nicht bis zum »Spez«. Um den Weg zu verlängern, bog ich in ein Sträßchen ab und noch eins und wunderte mich, als ich mich am Rand der Siedlung wiederfand, auf der freien Fläche, wo ich gestern unweit des Bahndamms und des Schuppens mit der Tante gesessen und gegessen hatte.

Wie wir sagten: Ich hatte mich vollgefressen.

Unsere Beine wissen besser als wir, wo es für uns gut ist. Dorthin tragen sie uns.

Ich setzte mich auf denselben Erdhuckel, hielt Umschau, wie gestern Mascha, und holte das Päckchen hervor, gegen das ich mich so gesträubt hatte. Die Dokumente waren in festes graues Papier gewickelt. Ich legte sie neben mir ins Gras und wandte mich ab, um nicht in Trübsinn zu verfallen.

Ich mußte mich entscheiden, was ich damit machte. Und mit mir.

Natürlich war mir klar: Wenn ich das Päckchen zum Beispiel wegschmiß oder vernichtete, hatte ich keine Probleme. Mit dem Päckchen jedoch konnte ich nicht normal leben. Getrennt konnten wir das sehr gut, wir hatten ja bisher ganz normal gelebt!

Ich brauchte bloß die Augen zuzukneifen, so wie es unser Direktor Natter bei der Geschichte machte, der dabei auch noch glücklich war, und mir ein für allemal zu sagen: DAS HAT'S NICHT GEGEBEN!

Was hat's denn gegeben? würde ich mich dann fragen. Und ich würde antworten: Nichts hat's gegeben! Ich bin nie von irgendwem geboren worden und habe vor dem Krieg mit niemandem gelebt. Ich bin in einem fremden Nest aus einem Kuckucksei geschlüpft, das heißt, ich bin eines Kuckucks Sohn. Das klingt beinahe wie Hundesohn.

In meinem Geschichtsbuch gibt es eine Geschichte vom sumerischen Zaren Sargon. Die Sumerer waren ein sonderbares Volk, die brachten alles fertig wie wir vom »Spez«, aber sie verschwanden plötzlich, und so blieb nichts von ihnen übrig als Tontäfelchen mit Aufschriften. Dieser Sargon sagte von sich: Meine Mutter war arm, und einen Vater hab ich nie gehabt. Meine Mutter hat mich geboren, in einen Schilfkorb gelegt, die Öffnung mit Pech verschmiert und den Korb in den Fluß gesetzt.

Klarer Fall, ein Korb für jeden von uns müßte sich finden lassen. So zu denken und zu antworten war nicht schwer: Wo kommst du her, Freundchen? Aus einem Korb! Auf einem Fluß bin ich angetrieben worden!

Dann war das einzige Dokument, das unsere Ankunft auf der Welt bezeugte, der Korb. Ich blickte zu dem Päckchen. Der Wind hob den Rand des Papiers, und es bewegte sich wie lebendig.

Es hatte Gefühle. Es raschelte. Es bat um sein Leben. Und ich wollte ihm gerade den Garaus machen! Und dann leichten Herzens zurückkehren in das mir von Gott gegebene »Spez«, wo meine Kuckuckskinder schon sehnlichst auf mich warteten. Ich würde ihnen lauter Geschichten erzählen von dem Restaurant, wo ich mich von weißen Tellern vollgefressen hatte, von Filippok, der mich bedient hatte und Karandasch ähnlich sah, vielleicht auch Hitler, von den beiden Musikanten, die bei dem Baumkübel gespielt und mit dem Fuß gestampft hatten, von dem Geiger und dem Harmonikaspieler. Pfeffer! Mehr Pfeffer. Du lachst dich tot! Ich kann sogar die Melodie trällern! Und wenn ich einen Kamm in Papier wickle und kräftig dagegen puste, klingt es wie ein ganzes Orchester. Auch von dem Bild an der Wand würde ich ihnen was vorspinnen: der Wald, die Tiere, nicht kleiner als ich, ein Leben in der Natur wie in unserm »Spez«. Dann sag ich, Bissig ist auf den Baum geklettert, Wurzel und Grille wühlen auf der Erde im Abfall. Schieflachen würden sich die Kuckuckskinder über dieses Bild! Bergmann würde lächeln und eine Belomor-Papirossa aus der kostbaren Packung rauchen, die ich ihm feierlich überreichen würde!

Hier auf dem Erdhuckel wühlte ich mit der Hand ein Loch in den weichen Sand. Ich hielt Umschau – die Tante hatte mich nicht umsonst belehrt –, legte das Päckchen hinein und schüttete sorgfältig wieder zu. Ich strich alles glatt, klopfte den Sand fest, streute Müll darüber. Ich hatte alles beerdigt, ohne nachzusehen, um mich nicht mit überflüssigem Wissen zu belasten. Denn: DAS HAT'S NICHT GEGEBEN!

Ich holte tief Luft, wischte mir den Sand von den Händen und machte mich, ohne auf den Schauplatz des Verbrechens zurückzublicken, auf den Weg zum »Spez«, wo meine Brotration auf mich wartete.

In den ersten Stunden fühlte ich mich besonders frei, und ich dachte an gar nichts. Ich fühlte mich wohl wie früher, als auch nichts war. Mit der Ration hatte ich Schwein, ein Kanten, wie ihn nur die Kriminellen kriegten und auch das nur einmal in hundert Jahren, und mit einem Zusatzstückchen, das, wie bei uns üblich, mit einem Streichholz daran gespießt war. Und obwohl ich noch nicht wieder hungrig war, aß ich das Extrastückchen auf und lutschte ein wenig an der Kantenrinde, dann ging ich die Kuckuckskinder suchen, um ihnen von meinen Abenteuern zu erzählen.

Aber die Kuckuckskinder waren nicht da, sie machten Patenarbeit in Rüssels Haus. Tussi, die mir die Ration aushändigte, sagte: »Du brauchst nicht mehr hin, die schaffen's auch ohne dich.«

»Gut, wenn ich nicht brauch«, sagte ich, beschloß aber, doch hinzugehen, um sie bald zu sehen.

Aber ich kam von Tussi nicht los, sie fragte mich nach der Tante aus, wer sie sei, was sie mache und was sie für Pläne habe. Sie ließ sogar ihre Arbeit liegen, nahm mich mit ins Zimmer des Direktors und platzte fast vor Neugier, sie klebte an mir wie Tante Mascha, als wäre sie auf einmal mit mir verwandt.

Ich log ihr die Hucke voll und sah, daß sie ganz Ohr war und mir jedes Wort glaubte. Ich sagte, meine Tante stünde im Rang eines Obersten und habe einen Sanitätszug unter sich, und ihr Mann wäre General. Die beiden würden bald wiederkommen und mich abholen. Sie würden mich schon jetzt mitgenommen haben, aber der General wäre im Krieg und die Tante ständig auf Achse. Die Wohnung in Moskau stehe leer, und dort alleine herumzusitzen hätte ich keine Lust. Hier im »Spez« wäre es lustiger. Wenn sie einen nicht so unter Druck setzten …

»Aber nein doch, nein«, zwitscherte Tussi rasch. »Wer

soll dich jetzt noch unter Druck setzen? Du bist doch was Besonderes ...«

»Was bin ich?« wollte ich wissen.

»Was Besonderes!«

»Wieso denn das, Natalia Wlassowna?«

»Wie soll ich sagen«, antwortete Tussi, aber da öffnete jemand die Tür und rief nach ihr, doch sie rief zurück, man solle warten, sie sei sehr beschäftigt. »Iwan Orechowitsch hat neulich auch gesagt, deine Tante ist bestimmt ein hohes Tier, und man wird deinen Fall überprüfen müssen, denn in den Papieren steht nichts von der Tante. Er hat selber nachgesehen.«

»Nachgesehen hat er?« fragte ich und freute mich im stillen über Tussis dumme Treuherzigkeit.

»Ja. Er hat auch irgendwohin geschrieben, und überhaupt ... Aber du brauchst keine Angst zu haben.« Tussi machte runde Augen und senkte die Stimme mit einem Blick zur Tür, hinter der ja unsere Spitzel horchen konnten. »Solange deine Leute nicht kommen, paß ich auf dich auf. Und wenn sie kommen, machst du mich mit ihnen bekannt, einverstanden?«

Ich willigte ein. Wenn sie kamen, würde ich ihnen ganz sicher Tussi vorstellen. Dabei dachte ich mir, daß Tussi zwar dumm, aber doch nicht ganz dumm, sondern durchaus bei Verstand sei. Nur würde sie recht lange warten müssen, daß »meine Leute« kämen. Rüssel und sie mußten warten, und sie würden Unrat wittern. Zumal sie aus dem Antwortbrief erfahren würden, daß er, also ich, keine Tante habe. Dann müßte ich ihnen das Papierchen unter die Nase halten, das über meine Geburt. Oder ob ich Rüssel das Sparbuch vor den Rüssel hielt?

Aber ich hatte das Sparbuch und die Papiere jetzt nicht da. Sie waren versteckt. Als ich Tussi verließ, mußte ich dauernd daran denken. Ich wollte eigentlich zu Rüssels Haus, um hier nicht allein rumzulungern, doch ich ging so seltsame Zickzackwege, daß ich gar nicht merkte, wie ich plötzlich bei meinem Erdhuckel ankam. Hier saß ich eine Weile, verspätete mich beinahe zum Abendbrot, und da kamen auch schon die Kuckuckskinder zurück.

Sie umringten mich und überschütteten mich mit Fragen, besonders Schwänzchen, er freute sich, hüpfte und sah mir in die Augen.

»Sersch, Sersch, warst du wirklich auf der Station?«

»Wirklich«, sagte ich und gab Bergmann die Schachtel Papirossy. Er kam nicht mehr dazu, sich zu wundern.

Wir mußten uns nämlich in der Kantine versammeln anläßlich des neuen Schuljahrs. Rüssel, dann Tussi und Schuldirektor Natter – dieser großartige Redner! – sprachen über Ordnung und Disziplin. Zum Unterricht hätten wir in Reih und Glied zu marschieren, für Schwänzchen setze es Karzer, na, und sonst das Übliche.

Wir nahmen alle diese alten Neuigkeiten schweigend auf. Eigentlich wußten wir ja, daß wir die Schule gar nicht brauchten. Auch Rüssel und Tussi und Natter brauchten sie nicht. Wir sind aus dem »Spez« – das hatte sich uns eingeprägt wie ein Brandmal, fürs ganze Leben. Auch künftig warteten alle möglichen »Speze« auf uns: Spezialberufsschulen (unter Aufsicht), Spezialhandwerksschulen, Spezialkolonien, Speziallager ...

Und selbstverständlich Spezialbewachung. Unsere Bewährungszeit, genauer gesagt, unsere »Spezialbewährungszeit«, rechnete von der Geburt an. Von dem Korb an, das heißt, schon ganz am Anfang war eine Art Gitter.

Und überall besondere Ausbildung, besondere Lehrer, eine ganz andere Schule. Hier galt Sabonejew gar nichts, denn er konnte den Karauschen helfen, zu überleben, aber uns unter den »Spezialbedingungen« beim Überleben helfen konnte er nicht.

Ja, mein Geschichtsbuch, das ich in einer hellen Stunde mitgenommen hatte ... Hell war sie gewesen, weil in der Nacht ein Haus brannte. Wir alle hatten aus dem Feuer geholt, was uns nur in die Hände fiel, zum Beispiel wurde ein Schränkchen mit Lebensmitteln leergefressen ... Ich kriegte nichts davon ab, und vor Kummer nahm ich das Buch mit, das schon glimmte. Ich sah es mir an – ein Geschichtsbuch! Der Brand, das war auch so eine Geschichte, offenbar sogar eine kriminelle, denn die Bullen kamen angewetzt. Wir nichts wie weg, und ich schnell das Buch eingesteckt. Es riecht bis heute nach dem Qualm! Wenn ich darin lese, habe ich immer das Gefühl, daß die Geschichten nach Rauch riechen. Da steht unter anderm die Geschichte von der Sintflut drin, als die ganze Welt überschwemmt wurde und nur ein alter Mann nicht aufgab, sondern ein Floß zimmerte und sämtliche Tiere darauf setzte, reine und unreine. So wurden sie gerettet. Vermutlich hat er sie in Körbchen gehalten ... An manchen Körben war bestimmt ein Schildchen »unrein«, damit er sie nicht verwechselte. So wie es von uns heißt, wir wären unrein, denn wir waren dreckig. Rüssel in der Rolle des alten Mannes. Bestimmt herrschte auf dem Floß ein »Spezialregime«, sonst wären sie ja alle ersoffen.

Es trägt uns zum Ozean, und wo wir festmachen werden ist ungewiß. Und ob überhaupt! Ja, dieser Sabonejew, der sich um Bleie und Karauschen sorgt!

Über meinen Betrachtungen hätte ich fast das Wichtigste verpaßt. Nämlich: die Schule fing erst in einer Woche an, und wir mußten in den Kolchos zur Rübenernte.

Das ging mir auf, als alle »hurra« schrien, denn die Fahrten in den Kolchos waren bei uns sehr beliebt. Im Kolchos war Freiheit, im Kolchos gab's was zu fressen! Wenn wir wollten, gingen wir aufs Feld oder in den Wald, da waren keine Bullen und keine Polypen, da war nur der besoffene Brigadier Onkel Fedja. Im Wald war freilich nicht viel zu holen, irgendwelche Pilze konnten wir da futtern oder Nüsse, das war alles. Dafür wuchs auf dem Feld allerlei Eßbares, Rüben zum Beispiel, die ließen sich roh fressen, auch Wruken oder Möhren. Mit Möhren sich vollzuschlagen, das war eine Freude!

Sie schickten uns ins Bett, da das Kolchosfahrzeug morgen ganz früh kommen würde. Ich legte mich hin und dachte an meine vergrabenen Papiere.

Kolchos hin, Kolchos her, ich mußte sie mir holen.

Ringsum schwirrten Gespräche über die morgige Fahrt, und es wurde von dem Besuch auf dem Kolchosmarkt letztes Jahr geschwärmt.

Auf dem Markt ließ sich sogar auf der Erde was finden. Die Leute verloren ja alles mögliche, da brauchte man ein geübtes Auge. Im »Spez« gab es welche, die wurden »Pilzsammler« genannt. Einer von denen prahlte jetzt, er habe gestern einen Zehnerschein gefunden. Ein anderer sagte: »Ich hab n Hunderter gesehn! Aber ich hab ihn nicht erwischt, den hat mir einer vor der Nase weggeschnappt.«

Da riefen alle: »He, macht Licht, ich will mir doch mal den Freier ankucken, der n Hunderter gesehen hat! Vielleicht hat er hundert Läuse gesehen! Aber keine hundert Rubel!«

Und alles wieherte.

Menschen verlieren bekanntlich Brieftaschen, Geldbörsen und sogar Brotkarten. Aber man weiß auch, daß zwar im »Spez« dauernd Legenden umgehen über große Geldfunde, daß jedoch in Wirklichkeit allenfalls Kleingeld gefunden wird, ein Rubel vielleicht oder zwei. Als Schwänzchen mal im Abfall wühlte, sah er da einen nassen Rubelschein liegen. Er griff zu, doch er war nicht heil, nur eine Hälfte! Der arme Schwänzchen durchwühlte den ganzen Abfall, um die andere Hälfte zu finden, dann weinte er vor Herzeleid.

Ich lauschte dem Geschwätz von dem Geld, das einer gefunden hatte, was er hoch und heilig beschwor, doch ihm wurde nicht geglaubt. Und das war richtig so. Ich hätte es auch nicht geglaubt, dabei hatte ich grade erst welches vergraben. Und nicht hundert, auch nicht tausend!

Plötzlich überlief es mich kalt bei dem Gedanken, daß es schon weg war, von jemand anderm ausgegraben. Denn jeder, der an dem Erdhuckel vorbeikam, und da trieb sich alles mögliche Gesindel herum, konnte sehen, daß die Erde aufgegraben war. Ich hatte mir nur eingebildet, das Loch sicher zugeschüttet und die Erde mit Müll bestreut zu haben. Einer wie unsere »Pilzsammler« hatte scharfe Augen, die wie ein Bajonett in die Erde drangen.

Ich fuhr sogar hoch bei der Vorstellung, daß mein in Papier gewickeltes Eigentum genau in diesem Moment geklaut wurde, in dem ich hier rumlag und mir blöde Geschichten von gefundenem Kleingeld anhörte.

Und mein Fund, der mir ganz richtig gehörte, ging in diesem Moment verloren!

Sersch, du bist mir ein schöner Tolpatsch! Irgendwem machst du ein kostenloses Geschenk! Jezt kannst du nur noch träumen, einen Zehnerschein zu finden!

Ich zog mir die Hose an und nahm das Hemd in die Hand, als ob ich zur Toilette auf dem Hof müßte. Dann schlüpfte ich raus auf die Vortreppe, da hatte grade unsere Tussi Dienst, sie schwatzte mit dem Nachtwächter. Der aber, das wußten wir, war zwar Invalide, aber er meldete alles Rüssel oder der Miliz. Ihm war irgendwo der halbe Unterkiefer abhanden gekommen, doch die andere Hälfte, die denunzierte, als wäre der Kiefer noch heil.

Für seine hiesigen Heldentaten bekam er sogar eine Sonderration! Und ob! Er bewachte ja nicht irgendwelche Bengels, sondern gemeingefährliche »Regimekinder«!

Ich trippelte an ihm und Tussi vorbei zu dem dunklen Klo. Mit der Haut spürte ich, daß es auch noch nieselte. Dann ging ich zurück und fühlte im Rücken die Blicke des Schiefmäuligen. Ich schlüpfte wieder unter die Decke. Als mir ein bißchen warm geworden war, überlegte ich weiter, wie ich meinen Fehler wieder gutmachen konnte. Wenn ich durchs Fenster klettern wollte, mußte ich eine Stunde wachbleiben, vielleicht auch zwei. Aber selbst wenn ich das fertigbrachte, in der Dunkelheit würde ich die Papiere nicht finden.

Die ganze Nacht lang hörte ich im Schlaf den Regen gegen die Scheiben trommeln. Ich träumte unentwegt, daß ich im Regen nach meinen Papieren suchte. Ich wühlte ein Loch in die Erde, nichts, ein zweites Loch, ein drittes, ein viertes ... Ich habe in dieser Nacht wohl an die hundert Löcher gegraben, aber nichts gefunden. Und als ich am Morgen erwachte, taten mir die Finger vom Graben weh.

14

Am Morgen lief ich los und buddelte meine Papiere aus, sie waren nicht mal feucht geworden. Die Erde hatte sie nicht schlechter verwahrt, als hätte ich sie bei mir getragen. Ich legte sie jetzt in das Geschichtsbuch und schob dieses tief unters Hemd. Bei mir waren sie am sichersten, wenn ich nicht gefilzt wurde. So fuhr ich auch mit in den Kolchos, und meine Haut spürte die Papiere am Körper.

Die Fahrt war nicht lang, an die zehn Kilometer. Die Gegend kannte ich, wir waren schon ein paarmal hier gewesen: das Feld, die kleine Schlucht und das Haus mit dem Vordach, das »Feldlager« genannt wurde.

Während nach dem Brigadier, Onkel Fedja, gesucht wurde, der immer angesäuselt war, schwärmten wir Kuckuckskinder ins Feld aus. Die praktisch Veranlagten suchten nach Möhren oder Steckrüben, andere machten auf dem Stoppelacker Jagd nach Schnecken, die wir bei uns im »Spez« lebendig verputzten; in der ganzen Umgebung waren keine mehr zu finden.

Ich ging in die Schlucht, setzte mich ins Gras und holte mein Päckchen hervor. Ich befühlte es, und es war erstaunlich trocken. Vielleicht hatte es auf meinem Erdhuckel nicht geregnet.

Ich wickelte das Papier auf, breitete es auf die Erde und legte die Dokumente darauf. Dann sah ich sie nacheinander an, und ich begann mit dem Sparbuch. Meine Geburt wollte, konnte ich nicht nachlesen. Das Buch hatte ich mir schon mit Mascha angesehen. Aber das war so, als ob eine ganze Truppe nur aus einer Schüssel futtert.

Anschauen wie auch fressen muß man allein. Damit alles nur einem selbst gehört: den Händen, den Augen, dem Magen. Sonst keinem! Nicht Rüssel und nicht Mascha und nicht mal dem Genossen Stalin!

Doch nein, dem Genossen Stalin, wenn man's mir sagte, dem würde ich ohne Zögern von meiner Ration ein Stück Brot abgeben!

Ich befühlte und streichelte das feste graue Papier, kostete mit der Zunge, schnupperte daran. Einen Geschmack hatte es nicht, doch es roch nach Rauch, es hatte ja in dem Geschichtsbuch gelegen. Auf dem Einband war oben das Wappen, und weiter unten stand in Großbuchstaben SPARBUCH.

Ich schlug die Seite auf, wo das Geld stand, Mascha hatte sie mir gezeigt. Aber mit Mascha hatte ich nicht richtig hinsehen können, auch nicht überlegen, was diese Zahl in Wirklichkeit bedeutete.

Aufmerksam studierte ich die Seite. Da stand: »Einzahlung«, »Abhebung«, »Restguthaben« und »Unterschriften«.

»Einzahlungen« und »Abhebungen« gab es nicht, ein »Restguthaben« war auch nicht vorhanden, nur eine Unterschrift stand da, noch dazu unleserlich. Von wegen »Sparbuch«! Nun beweise mal, daß du Geld eingezahlt hast. Einen Dreck kannst du beweisen! Einen Furz kannst du kriegen, aber kein Geld!

Es gab nur eine einzige Zahl, von Hand mit Tinte geschrieben: eine eins, dann lauter Nullen. Nur eine Eins, aber viele Nullen. Fünf Stück.

Ich wollte die Zahl aussprechen, aber meine Zunge machte nicht mit, sie gehorchte mir nicht, die Zahl war einfach zu unnormal. Wenn sie in der Schule in einer Rechenaufgabe vorkam, erschien sie normal, hier aber nicht. Wenn ich mir vorstellte, daß sie nicht zu einer Rechenaufgabe gehörte und daß sie sich nicht auf Tonnen Stahl oder von mir aus Kohle bezog, die durch Stachanow-Arbeit erzeugt worden war, sondern auf Rubel, die angeblich real existierten, dann wurde mir ganz mulmig. Aber ich glaubte nicht, daß es diese Rubel tatsächlich gab. Für irgendwen gab es sie vielleicht, doch bestimmt nicht für mich. Ich konnte nur die Nullen haben, ohne die Eins.

Fünf Nullen, die gehörten mir!

In diesem Moment wurden wir gerufen. Der Brigadier, Onkel Fedja, ein kurzbeiniger Mann, heute noch nicht betrunken, mit Gummistiefeln, einem langen Segeltuchmantel und einer Schirmmütze, eine Peitsche in der Hand, zeigte uns, was wir machen sollten.

Er stieß die Peitsche ins Feld.

»Rote Bete ziehen. Bis zu dem Strauch da, das ist die Norm.«

Auf dem Feld, hundert Meter von uns, stand ein einzelner Haselnußstrauch.

Der Brigadier setzte sich in den Pferdewagen und fuhr weg. Wir Kuckuckskinder zupften ein paar Bete und fraßen. Ein paar von uns hatten sich schon den Bauch vollgeschlagen, und ihre Gesichter und Hände waren rot gefärbt.

Motja sah dem Brigadier hinterher, der »natürlich gut«

war, dann hinauf zum Himmel und sagte: »Ziemlich weit bis zu dem Strauch.«

»Ja, ziemlich«, pflichtete Bissig ihm bei und blickte Wurzel vielsagend an. »Stimmt doch? Aber der Brigadier ist gut.«

»Nah ist es nicht«, bestätigte Wurzel, zog die Nase hoch und wischte sie mit dem Ärmel ab. »Aber der Brigadier ist wirklich gut.«

Zu dritt gingen sie Spaten holen, die unter dem Vordach lagen, dann begaben sie sich zu dem Strauch. Eine halbe Stunde später war der Strauch ausgegraben und sorgfältig an den Rand des Feldes verpflanzt, wo die roten Rüben anfingen.

»Gratuliere zur Normerfüllung«, sagte Motja. »Aber der Brigadier, der ist gut.«

»Er lebe hoch!« schrien die Kuckuckskinder und liefen los, um Beute zu machen.

Nur Schwänzchen wich nicht von meiner Seite. Motja, der sonst immer so gelassen und umständlich war, rief mir schon im Gehen zu: »Bist du krank, Sersch?«

»Wieso?« fragte ich erschrocken.

»Wie du aussiehst ...«

»Wie denn?«

»Na, als ob dir die Polente ...«

»Die Dokumente?« Ich griff mir mechanisch ans Hemd, denn ich hatte ihn so verstanden, daß die Polente meine Dokumente hatte ...

»Hast du denn Dokumente?« fragte er sofort.

Da kamen Wurzel und Bissig herzu, wischten sich den Mund und spuckten fette Erde von den Rüben zu Boden. Sie hörten zu. Schwänzchen griff sofort auf: »Polente – Dokumente! Polente – Dokumente!«

Und wirklich, in dieser Wortverbindung steckte ein nicht recht greifbarer Zusammenhang. Und dann mußte ich noch denken, daß Schwänzchen hier im Kolchos, mitten auf dem Feld, etwas von einem jungen Hund hatte, der in Freiheit gesetzt worden ist. Er lief herum, stellte sich auf alle viere wie ein fröhliches, richtiges Hündchen, schnupperte überall rum, und es fehlte nur noch, daß er bellte. So frei fühlte er sich hier ohne das Regime. Na, wir natürlich auch. Auch ohne Dokumente waren wir hier frei.

Und plötzlich wußte ich, daß ich mich ohne die Papiere besser fühlen würde. Ich griff ins Hemd und holte das Päckchen hervor. Es war nicht schwer, aber es drückte auf die Brust und störte beim Atmen. Mir schien sogar, als wäre es von den eigenen Nullen aufgequollen und dicker geworden als mein liebes Geschichtsbuch.

Ohne Hast wickelte ich das Päckchen auf, nahm die Papiere heraus und legte sie auf die Erde. Die Kuckuckskinder standen dabei und sahen zu.

»Da, lest, beneidet mich«, zitierte ich aus dem Gedicht von Majakowski, das wir in der Schule durchgenommen hatten; es handelte von einem roten Paß. Dann ging ich. »Da, lest, beneidet mich, ich bin Bürger der Sowjetunion.« Warum sich der Dichter so aufspielte ... Ich war ja auch ein Bürger ... Und einen Dreck wert ... »Aus breitem Hosenbausch ...« Ich hatte sie nicht aus dem Hosenbausch geholt, sondern aus dem Hemd, in der Hose bleibt ja nach dem Filzen nichts mehr drin!

Allerlei dummes Zeug ging mir durch den Kopf.

Nach ein paar Schritten drehte ich mich um und sah die Kuckuckskinder stehend auf die Papiere starren, die ich ihnen vor die Füße gelegt hatte, als hätten sie Angst, sie in die Hand zu nehmen. Vielleicht weil sie noch nie richtige Dokumente in der Hand gehabt hatten. Ihr Dokument war der Korb!

»Lest! Lest!« sagte ich drohend, ich weiß nicht warum. Und ich dachte: Dann werdet ihr wissen, aus was für Körben die Kinder kommen. Kinder ... Feinde ... na, des Volkes.

In der Schlucht, die mit niedrigem Weidengebüsch bewachsen war, stapfte ich bis zu dem Bach, überquerte ihn auf einem modrigen, glitschigen Baumstamm und ging vorbei an einem Sumpf voller Grasbüschel zum Kiefernwald.

Hier war es warm und trocken wie in einem Bauernhaus.

Ich legte mich auf die weiche Nadelschicht und schloß die Augen.

Wer im »Spez« mit anderen, nicht nur Kuckuckskindern,

zusammengeschlossen ist wie ein Kettenglied mit dem anderen, kann sich niemals absondern und allein sein, nicht mal für kurze Zeit. Aber ich war jetzt allein.

Ich hatte den Kuckuckskindern nicht gesagt, daß wir von irgendwelchen Feinden abstammten. Dabei wollte das mit Gewalt aus mir heraus. Aber so etwas von Mascha zu hören und es selber auszusprechen, das waren verschiedene Dinge. Und noch was war komisch: Als Mascha mir das auseinandersetzte, zog ich mir die Jacke nicht an. Was sie sagte, betraf irgendwen, nicht mich. So wie im Kino: Überall ringsum, sobald man die Wachsamkeit verlor, wimmelte es von Spionen und Diversanten, die nur darauf aus waren, irgendwas anzuzünden oder eine Erfindung zu klauen und an die Faschisten zu verkaufen. Wir dagegen, wenn man's richtig bedachte, waren zwar Regimekinder, aber doch sowjetische, das heißt, wir würden gegen die Faschisten kämpfen unter dem Kommando unseres Führers und Lehrers, des Genossen Stalin.

Doch jetzt sah es so aus, daß ich gar nicht gegen Feinde kämpfen würde, sondern selbst ein Feind war, denn ich war der Sohn eines Feindes. Auch die Kuckuckskinder und die anderen im »Spez« waren Feinde, denn sie alle waren Kinder irgendwelcher unbekannter Feinde, von denen mir Mascha erzählt hatte.

Und dann dachte ich noch, wenn es Kinder von Feinden gibt, muß es ja auch Frauen, Neffen und Cousinen von Feinden geben, vielleicht auch Väter und Mütter von Feinden. Ich konnte mir das nicht vorstellen. Bekanntlich sind ja die Menschen um uns rum alle mit irgendwem verwandt. Und wenn ich wirklich eine Tante hätte, und die hätte Kinder, dann wären diese Kinder meine Cousins und Cousinen und als solche auch Feinde, nur weil mein Vater ein Feind war. Und wenn sie groß würden und Kinder kriegten, dann müßten die ja auch Feinde sein, und so ging das endlos weiter. Folglich waren alle, die uns begegneten, Feinde, vielleicht sogar alle Menschen in der ganzen Sowjetunion! Kann denn so etwas sein?

Mit solchen Bocksprüngen im Kopf schlief ich ein. Die unruhige Nacht, in der ich im Traum die Dokumente ausgrub, machte sich bemerkbar. Jetzt hatte ich meine Last auf Motja und die anderen Kuckuckskinder abgeladen, und mir war sofort leichter. Nun begriff ich, warum die Leute sagten: »Tue Buße, und dir wird leichter!« Ich hatte also Buße getan, obwohl ich nicht wußte weswegen. Vielleicht weil ich ein Feind war? Aber obwohl ein Feind und Sohn eines Feindes, schlief ich mich aus wie ein ehrlicher Mensch, und am Abend kehrte ich vollkommen ruhig ins Feldlager zurück. Ich wurde erwartet.

15

»Also Jegorow heißt du?« fragte Motja.

Die Kuckuckskinder standen auf einem Haufen und sahen mich an. Selbst Schwänzchen kam mir nicht entgegengetobt, sondern lugte verschüchtert hinter fremden Rücken hervor.

Sie sind ja wirklich wie Fremde, mußte ich plötzlich denken.

Maschas Worte fielen mir ein: »Sie sind doch nicht mit dir verwandt. Begreifst du das nicht?«

Aber wer war denn mit mir verwandt? Mascha? Nein, die war noch nicht mit mir verwandt. Und schon gar nicht der mir unbekannte Anton Petrowitsch, obwohl er mir Geld hinterlassen hatte. Womöglich hatte ich jetzt überhaupt keine Verwandten mehr?

»Also Jegorow?« wiederholte Wurzel Motjas Frage, nur strenger. Wenn er schwieg, sprach er mit Motjas Mund, doch wenn er ihn wiederholte, bekamen Motjas Worte einen rauheren Sinn.

»Vielleicht Jegorow«, sagte ich. »Na und?«

»Und wie heißen wir dann?« schrie Bissig und machte einen Schritt auf mich zu, als wollte er sich mit mir prügeln.

»Woher soll ich das wissen?«

»Jedenfalls nicht Kukuschkin, was? Nicht Kukuschkin?«

»Tschakai! Tschakai!« sagte Engel friedlich, um für mich einzutreten. »Was kann Sersch dafür?«

»Ach, du ... Wenn du Kukuschkin heißt und nicht Jegorow«, fauchte Bissig Engel an, »dann red wie alle! Und tschake hier nicht rum! Du bringst mich ja ganz durcheinander!«

Engel zuckte die Achseln und lächelte still.

»Ich nicht! Ich wollte bloß sagen, warte doch mal! Aber nun sag mir, woher soll Sersch wissen, ob wir Kukuschkin heißen oder nicht? Er weiß es ja nicht mal von sich selber genau! Darum hat er ja die Papiere zu uns gebracht. Stimmt's, Sersch?«

»Warum zu uns? Was sollen wir damit?«

»Das mein ich auch!« rief Wurzel. »Wozu bringt die Tante die Dokumente her? Wir haben ohne sie gelebt und werden weiter ohne sie leben.«

»Die Tante ist schön«, hauchte Motja.

»Aber sie hat uns ganz häßlich angeschissen!« hetzte Bissig.

»Sie hat das Geld gebracht, das sein Vater ihm hinterlassen hat.«

»Also ist sein Vater schuldig.«

»Weil er Geld hinterlassen hat? Du bist ja gut!«

»Vielleicht ist das gar nicht sein Vater!«

»Wer sonst?«

»Es heißt ja – Feind der Völker ... Geklaut hat er, und ab!«

»Wieviel hat er denn hinterlassen?«

Alle sahen mich prüfend an.

Ich brachte die Summe nicht über die Zunge.

»Na, wieviel?«

»Da steht's drin«, sagte ich.

Sie klappten das Buch auf, und nun starrten die Kukkuckskinder auf die mit Tinte in die Ecke oben links geschriebene Zahl. Aber ihnen widerfuhr das gleiche wie mir: Sie konnten es nicht verstehen. Alle betrachteten die Eins mit den Nullen und schnauften wortlos.

»Sersch, Sersch«, rief Schwänzchen und drängte sich zu mir durch. »Darf ich auch mal sehen? Ich möcht auch!«

Ich nahm das Sparbuch und gab es Schwänzchen.

»Wieviel steht da?« fragte ich harmlos. Aber ich wußte,

was ich tat. Schwänzchen macht es nichts aus, dies auszusprechen. Alle starrten ihn wartend an.

»Hundert«, schoß er heraus.

»Hundert Rubel?«

»Oho, da können wir einen draufmachen!« rief Engel.

»Einen draufmachen«, äffte Bissig ihm nach.

»Zehn Kartoffelpastetchen!« ächzte Grille.

»Ich würd mir einen Sack Machorka kaufen«, sagte Bergmann träumerisch. »Da könnt ich rauchen, bis mir der Qualm zum Hintern rauskommt.«

»Ich würd mir Galoschen kaufen«, seufzte Wurzel.

Sandra lallte heftiger als sonst, sie wußte auch, wofür sie so viel Geld ausgeben würde.

Einzig Motja war nicht begeistert. Das fiel mir sofort auf. Er war eher als die anderen dahintergekommen, was diese Zahl wirklich bedeutete. Darum gab er sich keinen hastigen Träumereien hin. Aufregen konnte man sich wegen zehn oder, wollen mal sagen, hundert Rubeln. Wenn aber so viel Geld da war, daß man es nicht laut aussprechen konnte, war die Aufregung überflüssig. Das war so, als ob eines der Kuckuckskinder zur Stillung seines Hungers einen Silo voller Getreide geschenkt gekriegt hätte. Davon hatte er soviel wie ein Bettler von einem Palast! Ein Ranft Brot, der hätte ihn glücklich gemacht, und der Gipfel aller Träume wäre ein ganzes Brot gewesen!

Motja sah Schwänzchen an und verbesserte ihn herablassend: »Schwänzchen, wir wissen, daß du dich mit Zahlen auskennst. Du hast bloß das Schwänzchen weggelassen. Es sind nicht nur hundert Rubel. Stimmt's Sersch?«

Daß Motja mich mit meinem vertrauten Namen anredete, machte mir Mut.

»Stimmt«, antwortete ich und holte tief Luft.

»Wieviel denn?« rief Wurzel hartnäckig. »Zweihundert! Vielleicht sogar dreihundert! Oder dreihundertfünfzig!«

Motja schüttelte den Kopf.

»Nein, nein!« Er sah mich abwartend an. Auch die anderen sahen mich an. Schwänzchen stellte sich auf die Zehenspitzen und starrte mir in den Mund, als könnte er die Zahl dort herausfliegen sehen.

Ich wußte, was sie von mir erwarteten, aber ich brachte es nicht fertig, die Zahl laut auszusprechen. Ich brachte es einfach nicht fertig. Das hätte ja so ausgesehen, als ob ich daran glaubte. Doch ich glaubte nicht daran.

Mit einem seltsamen Grienen antwortete Motja für mich: »Na schön, ich sag's. Da drin steht ...« Er sah mich wieder an und blickte dann in die gespannten Gesichter der Kuckuckskinder. »Es sind ... hunderttausend.«

Diese Zahl auszusprechen machte ihm gar keine Mühe. Ich dachte mir sogleich, daß er auch nicht an diese Irrsinnszahl glaubte und sie abstrakt betrachtete wie eine Rechenaufgabe im Unterricht.

»Wieviel ist das, Sersch?« krähte Schwänzchen. »Mehr als hundert Rubel?«

Aber die anderen schwiegen. Sie stellten keine Fragen. Die Frage hing in der Luft, denn die Zahl hatte nicht ich genannt, dem sie nicht zu glauben brauchten. Motja, dem glaubten sie immer. Er konnte nicht lügen.

Inzwischen hatte Grille in dem Sparbuch geblättert und gefunden, was den anderen entgangen war.

»Hier, ganz hinten«, sagte er, »da steht: ›Zur Information des Sparers‹.«

»Los, vorlesen!« befahl Bissig. Auch Sandra, die lange geschwiegen hatte, stieß einen fordernden Laut aus. Wenn sie vor der Fabrik bettelte, bekam sie nie mehr als einen Rubel. Jetzt wollte sie genau wissen, was es mit dieser Summe auf sich hatte.

Grille las laut vor: »Der Staat garantiert das Geheimnis des Guthabens, seine Vollständigkeit und die Auszahlung auf Wunsch des Sparers ...«

Motja nahm Grille das Sparbuch aus der Hand und las es nach. Dann sagte er: »Hier steht, man kann verhaftet werden!«

»Wer?« schrien die Kuckuckskinder mehrstimmig. »Verhaftet? Sersch?«

Alle sahen mich respektvoll an. Und wirklich, für solche Gelder mußte man ja eingesperrt werden, das begriff auch ein Idiot. Da konnte man fragen, wen man wollte, er würde sagen, daß ein ehrlicher Mensch so viel Geld nicht haben kann. Und wenn doch, muß es gestohlen sein! Man würde ja fragen: Mein guter Mann, woher? Sag an! Darauf konnte ich keinen Ton sagen! Ein gewisser Anton Petrowisch hat's mir geschenkt ... Liebe Leute, wer soll denn glauben, daß man solchen Zaster bei uns einfach so geschenkt kriegt? Holt ihn doch mal her, diesen Anton Petrowitsch, damit er uns erzählt, wo ein Volksfeind wie er eine so unsowjetische Summe Geld herkriegt, daß die Leute sie nicht mal aussprechen können! Den haben sie abgeholt!, würde man sagen. Aha, abgeholt, also nicht ohne Grund, grundlos wird bei uns keiner abgeholt. Und jetzt tritt das Söhnchen in die Fußstapfen seines Papis ... Will auch gesellschaftlichen Reichtum einraffen, für nichts und wieder nichts, davon träumt er! Aber wir »garantieren« ihm ganz »geheim« zehn Jahre!

Über unsern Gesprächen merkten wir gar nicht, daß es Nacht geworden war. Wir umstanden Motja und hatten es nicht eilig, ins Haus zu gehen, wo der Fußboden mit Stroh bedeckt war und wir uns mit einer gewaltigen Persenning zudecken mußten. Um es warm zu haben, krochen wir zusätzlich in Kartoffelsäcke.

»Sersch, du mußt nach Moskau fahren«, sagten sie mir. »Am besten schon morgen. Mit den Rüben werden wir auch ohne dich fertig.«

Sandra ließ ein lautes Lallen hören, und alle dachten, mit ihr ginge etwas vor. Sie war sehr erregt, und wir hörten förmlich, wie es sie schüttelte.

»Was hat sie denn?« fragte Motja.

»Sie will mit nach Moskau«, erklärte Wurzel. »Zum Genossen Stalin. Da wollte sie doch auch schon früher hin.«

»Na, soll sie doch«, entschied Motja. »Sie wird Stalin sehen. Der wohnt da im Kreml, das ist nicht weit vom Bahnhof.«

16

Unsere Bahnstation heißt Goljatwino. Ihr gegenüber, gleich hinter den Gleisen, stehen nebeneinander sechs Baracken mit der Schmalseite zur Station. Auf diesen Schmalseiten, die sicherlich früher mal weiß waren, jetzt aber grau sind vom Ruß, stehen seit urdenklichen Vorkriegszeiten mit unabwaschbarer grüner Farbe die Worte des bekannten Liedes: WIR SIND GEBORN UM MÄRCHEN WAHR ZU MACHEN! Auf jeder Baracke ein Wort. Auf der ersten Baracke WIR, auf der zweiten SIND, auf der dritten GEBORN und so fort bis WAHRZUMACHEN.

Wie sich's in den Baracken so lebt, weiß man ja, das Lied soll's ein bißchen leichter machen. Die Menschen, die hier wohnen, machen sich das Lied zunutze, indem sie mit den Wörtern die Baracken unterscheiden. Einer fragt: »Wo haben Sie das Speiseöl gekriegt?« Die Antwort: »Im MÄRCHEN, bloß es ist schon alle. Aber im WAHRZUMACHEN gibt's auf Fleischmarken Heringe.«

Man kann auch dies hören: »Wohnen Sie nicht im GEBORN?« – »Nein, wir sind da weggezogen, jetzt haben wir ein Eckchen im WIR, und unsere Eltern sind im UM eingetragen.«

Im WAHRZUMACHEN sind wir übrigens schon gewesen, dort ist unsere geliebte Goljatwinoer Miliz untergebracht. Wenn sie doch abbrennen wollte! Um sie ist's nicht schade, höchstens um die Baracke. Des öfteren sind wir dort zu Gast gewesen. Nebenan, im MÄRCHEN, sind das Bestattungsbüro, das Standesamt und die Sparkasse, leider nicht die für uns zuständige, und noch ein paar Siedlungsbehörden.

Hierher kamen wir nach zwei Stunden strammen Fußmarsches auf der staubigen Landstraße. Aufgebrochen waren wir noch bei Sternenschein.

Um den Bullen nicht aufzufallen und selber Aufregungen zu vermeiden, versteckten wir uns zwischen den Baracken MÄRCHEN und WAHRZUMACHEN hinter den kümmerlichen Akaziensträuchern.

Um warm zu werden, schlug Grille vor, ein Lied zu singen. Wir wußten: Wenn man singt und sich im Rhythmus bewegt, wird einem wärmer.

Wir sind geborn, um Märchen wahr zu machen,
kühn aufzustoßen unsrer Zukunft Tor;
aus Stahl sind unsre Hände, unsre Flügel,
und unser Herz – ein flammender Motor!

Den Kehrreim sang Grille etwas anders:

Wir steigen aufs Dach, immer höher,
und saufen dort nicht zu knapp,
und sollte Alarm einer schlagen,
dann schmeißen wir Flaschen hinab.

Dann hauen wir einfach ab – so mußte es heißen. Überhaupt handelte das Lied von uns. Gestern noch war uns die Fahrt nach Moskau wie ein Märchen vorgekommen, und jetzt wurde es wahr gemacht. Natürlich nur, wenn uns die Polypen nicht schnappten und uns im letzten Moment aus dem Zug holten. Wir wußten, daß unsere Hände nicht aus Stahl und unsere Herzen keine Motoren waren. Unsere Hände und Finger waren krumm vor Kälte, und wir wärmten sie, indem wir sie vor den Mund hielten, und was die Herzen betraf, so waren sie keineswegs flammende Motoren, nein, in dem Moment, als wir beschlossen, das Tor unserer Zukunft aufzustoßen und nach Moskau zu fahren, wo noch keiner von uns gewesen war, hämmerten sie so laut, daß wir glaubten, die ganze Siedlung müsse es hören!

Engel, der beim Bahndamm im Gras saß, kuckuckte halblaut, was bedeutete, daß der Zug kam.

Da sahen wir auch schon die drei Lichter aus der grauen Dämmerung heranbrausen. Ein Kommando wurde nicht gegeben. Wir stürmten quer über die Gleise und sahen uns nach Sandra und Schwänzchen um, damit sie gottbehüte nicht stolperten oder mit dem Fuß in die Weiche gerieten. Wir kamen glücklich hinüber und spürten mit dem Rücken, wie die Lokomotive, bösartig zischend, uns in Dampf hüllend und, die Erde erschütternd, hinter uns vorbeidonnerte, und sie verströmte wie ein zischender Kessel einen Geruch von Hitze, heißem Metall, überhitztem Öl und Kohlengas.

Aber alle diese Geräusche und Gerüche verwehte der Fahrtwind der Waggons, Staub wölkte auf, und der Zug hielt. Menschen liefen an uns vorbei.

In mehreren Gruppen, um den Bullen nicht aufzufallen, sahen wir uns die Waggons an, um eine geeignete Zugbegleiterin zu finden. Wir wußten, was für eine das sein mußte. Beim dritten Waggon fanden wir sie: nicht jung und nicht alt, im Eisenbahnermantel mit Schulterklappen, darunter aber ein Kleid und Filzstiefel. So stand sie breit in der Tür und betrachtete mit schläfrigen Augen die Bahnstation.

Wir teilten uns folgendermaßen auf: Ich und Sandra, das heißt die Abreisenden, standen ein wenig abseits, um mit ein paar Sprüngen die Tür erreichen zu können, Motja wartete bei einem der Waggonfenster, neben ihm Wurzel. Grille und Engel hatten sich rechts und links von uns aufgebaut, um uns Deckung zu geben und Alarm schlagen zu können. So war es schon gestern abend geplant worden.

Bergmann, der Schwänzchen bei der Hand hielt, ging ruhig auf die Zugbegleiterin zu. Wir sahen, daß er sie etwas fragte; sie antwortete widerwillig. Da holte er lässig eine Schachtel Belomor hervor, zündete sich eine an und hielt auch ihr die Schachtel hin, ein so großzügiges Geschenk würde sie ja wohl nicht ablehnen. Jetzt sagte er wohl zu ihr: »Wir wollten den Vater abholen, aber er kommt nicht raus, womöglich ist er eingeschlafen ...« – »Aber ich hab doch ausgerufen«, wunderte sich die Zugbegleiterin. – »Ach«, Bergmann griente, »er ist doch schwerhörig, neben dem können Sie ne Bombe hochgehn lassen.«

»Mein Gott«, hörten wir, »wie soll ich ihn denn finden?«

Sie hatte wirklich Mitgefühl, danach hatten wir sie ja auch ausgesucht!

»Da, mein kleiner Bruder geht mit!« Bergmann puffte Schwänzchen ins Kreuz. »Ich bleib hier und paß auf. Keine Bange.«

»Na, von mir aus!« Die Zugbegleiterin und Schwänzchen verschwanden im Waggon.

Bergmann machte uns ein Zeichen. Wir preschten los und sprangen in den Waggon, mitten hinein ins Dickicht der sitzenden und liegenden Reisenden. Da sollte uns mal einer finden!

Wir fanden uns schnell zurecht und waren bald wie zu Hause. Sandra erklomm die dritte Pritsche, schob fremde Säcke beiseite. Wir hörten die Zugbegleiterin nach dem verschwundenen Schwänzchen rufen; er sollte sich nach unserm Plan vor ihr verstecken, um Zeit zu schinden, und dann durchs Fenster zu Motja hinausschlüpfen.

Die Zugbegleiterin kam vorübergesaust, sie eilte zur Tür,

doch ohne Schwänzchen, da ruckte der Zug auch schon an und rollte langsam los, die Räder ratterten. Ich blickte aus dem Fenster, um einen der Unseren zu sehen, wenigstens Bergmann, doch ich sah keinen. Da guckte ich hinauf zu Sandra, sie lag reglos, fast ohne zu atmen, ich bemerkte nur, wie ihre Wange vor Anspannung zitterte. Bestimmt dachte sie daran, wie sie in einem ebensolchen Waggon von einer ebensolchen Pritsche unter Geschimpf heruntergezerrt und zum Ausgang gestoßen wurde.

Die Bullen machen in solchen Fällen nicht viel Federlesens, sie drehen einem die Arme nach hinten und biegen einen runter, so daß man mit der Nase den Staub vom Erdboden wischt. Als ob man so was vergessen könnte! Nun wartete sie, daß an der Tür einer rief: »Faßt sie! Banditen haben sich in den Waggon eingeschlichen! Ein Mädchen und ein Kerl! Sucht sie, spürt sie auf, sonst stechen sie euch alle ab!«

Aber der Zug fuhr immer schneller, und die Leute, die auf ihren Sachen schliefen, eine Oma und ein Opa, trotz des Sommers im Schafpelz, ein Offizier mit Rucksack, eine Frau mit zwei kleinen Kindern zu dritt auf einer Pritsche und noch jemand in Steppjacke und Lumpen, sie alle schnarchten friedlich und machten, daß wir uns heimelig fühlten; sie gaben uns die Zuversicht, daß wir mit ihnen reisten und niemand nach uns suchte.

Ich stieg auf eine Kante und berührte Sandra an der Hand, und das hieß: »Keine Bange! Wir fahren! Alles bestens!«

Sie zuckte bei der Berührung zusammen, öffnete die Augen und versuchte ein Lächeln. Aber ihre Lippen zitterten, und das Lächeln wurde zur Grimasse. Da stieg ich zu ihr hinauf und zwängte mich zu ihren Füßen neben einen Koffer. Da saß ich nun und blickte sie an, und ich sah sie weinen, lautlos, nur mit den Lippen, sie hatte nicht einmal Tränen. Das war auch unsere »Spez«-Schule – weinen durfte man nur insgeheim. Aber ich tröstete sie nicht, sollte sie sich ausweinen, das würde sie erleichtern. Wenn sie uns schnappten, würde sie bestimmt nicht weinen, sondern schreien und um sich beißen. Jetzt weinte sie ja vor Freude, daß sie uns nicht geschnappt hatten.

17

Jemand zog mich am Hosenbein. Ich wehrte ab und blickte hinunter: Schwänzchen!

Er stand da und griente wie Buratino, den Mund breit bis zu den Ohren, und seine Augen strahlten vor Freude. Im stillen ächzte ich auf, aber ich sagte kein Wort, das wäre gefährlich gewesen. Die Leute bewegten sich, hoben den Kopf, sie schliefen nicht mehr, dösten nur noch.

Ich glitt von Sandras Pritsche hinunter, schob das jüngste Kuckuckskind hinter irgendwelche Gepäckstücke und zischte ihm ins Ohr: »Was machst du hier? Bist du nicht mehr rausgekommen?«

Schwänzchen nickte freudig. Laut flüsternd erzählte er, wie er sich vor der schwerfälligen Zugbegleiterin unter einer Bank verkroch, wie sie dort nach ihm tastete und er atemlos dasaß, und als sie dann zum Ausgang eilte, sei der Zug schon angefahren, und das Fenster habe geklemmt und sich nicht öffnen lassen. Motja draußen habe ihm nur gewinkt – dann fahr halt mit.

»Sersch, Sersch«, sirrte Schwänzchen mir ins Ohr wie eine Mücke, »ich fahr mit, ja? Ich krieg Moskau zu sehen, ja?«

Ich nickte und sah mich um, denn mir war, als ob neben uns jemand sich bewegte und die Augen öffnete.

»Sersch, sieh mal, was ich hab!« Er öffnete die Faust und zeigte mir ein Stück Dörrbrot. Ich bedeutete ihm zu schweigen, obwohl Dörrbrot natürlich nicht zu verachten war. Er hatte es unter der Bank gefunden. Für drei war das leider zu wenig, ebenso wie die rote Rübe, die Sandra in der Tasche hatte. Bald würde Sandra aufwachen, und dann würde auch der Waggon nicht mehr pennen, und wir mußten tätig werden.

»Iß und sei still!« sagte ich Schwänzchen nur mit den Lippen. »Am besten, du verkriechst dich wieder unter deiner Bank! Wenn nötig, rufen wir dich.« Schwänzchen nickte und verschwand. Ich sah mir für alle Fälle die Reisenden genau an, um zu wissen, wer von ihnen uns gefährlich werden konnte. Die am eigenen Leib gemachte

Erfahrung sagte mir, daß es ganz ungefährliche Menschen nicht gab. Manch einer schlief jetzt friedlich, doch wenn man ihm unversehens in die Quere käme, würde er sogleich die Zähne blecken. Wie man's auch drehte und wendete, die ganze Welt teilte sich in uns aus dem »Spez« und alle übrigen. Diese waren verschieden: gut oder böse, tatkräftig oder faul, Militär oder Krepierling. Aber zu fürchten waren sie alle! So auch hier: Gefährlich war die Zugbegleiterin, denn sie war im Dienst; gefährlich war der Offizier mit dem Rucksack, denn er war stärker als die anderen; gefährlich waren die alten Leutchen, denn sie hatten Angst vor Gaunern und witterten überall welche! Aus demselben Grund war die Frau mit den kleinen Kindern gefährlich.

Nachdem ich so die Lage gepeilt hatte, stieg ich wieder zu Sandra auf die Pritsche und wartete. Unbemerkt schlief ich ein, die schlaflose Nacht vor der Abfahrt machte sich bemerkbar, und im Traum sah ich Moskau, viele langgestreckte Baracken in einer Reihe und darauf mit großen Buchstaben die Wörter: DIE HAUPTSTADT GRÜSST DIE KUCKUCKSKINDER! HERZLICH WILLKOMMEN, LIEBE BESPRISORNIKS!

Auf dem Bahnsteig schmettert ein Blasorchester furios das Lied von Murka, und eine Menschenmenge schwenkt Fahnen, Transparente und sogar Blumen. Alle erkennen uns, rufen »hurra«, stürmen zu den Waggontüren, stoßen einander beiseite. Aber plötzlich treten die Menschen auseinander, und von hinten erscheint in knisternder Uniform und blankgewichsten Stiefeln, eine nagelneue Uniformmütze auf dem Kopf, Napoleönchen, gefolgt von unsern Goljatwinoern: Rüssel, Natter, Koslow, Tussi, Tomate, dem schiefmäuligen Wächter und anderen.

Ich sehe, wie Schwänzchen sich duckt wie vor einem Schlag und wie Sandra blutrot anläuft, und auch mir rutscht das Herz in die Hose, und die Angst macht mich starr und stumm. Wir müßten abhauen, aber wohin? Von hinten drängt die Zugbegleiterin, und vor uns steht die Menge wie eine dichte Wand.

»Sersch, Sersch!« schreit Schwänzchen durch den Lärm

und reckt das verängstigte Gesicht zu mir hoch. »Haun wir ab, sonst schnappen sie uns!«

Und wirklich, sie kommen so daher, als ob sie uns schon im Gehen verurteilen, und ihre Gesichter sind entschlossen, unerbittlich, zornig, anklagend.

Napoleönchen macht mit einer herrischen Handbewegung dem Lärm ein Ende. Er ist hier der Chef, und die Zusammenkunft ist für ihn persönlich einberufen.

»Na, wo wollt ihr denn hin?« fragt er und tastet uns mit einem raschen Profiblick von oben bis unten ab.

Schwänzchen sagt nichts, und Sandra, heftig erregt, wendet sich schutzsuchend zu mir um. Ich sehe ihre Wange zittern, und ihre Augen füllen sich mit Tränen.

Ich antworte für uns drei: »Wir wollen zum Genossen Stalin! Übrigens erwartet er uns!«

»Wir vertreten ihn hier«, spöttelt Napoleönchen, nimmt die Mütze ab und betrachtet liebevoll den Rand und den spiegelnden Lackschirm. Um dessen Glanz zu verstärken, behaucht er ihn mit vorgestülpten Lippen und fährt mit dem Ärmel darüber. Dann sieht er uns mit stählernem Blick an. »Wir vertreten hier den Genossen Stalin! Kapiert ihr das nicht?«

Sandra zuckt unruhig und sieht mich wieder an. Tränen rinnen über ihr Gesicht und tropfen vom Kinn. Ich merke, daß sie sagen will: »Gib nicht nach! Wir müssen zum Genossen Stalin, nicht zu dem da! Nicht zu dem! Der kann uns gar nichts nützen! Er belügt uns ja doch!«

»Wir wollen zum Genossen Stalin!« wiederhole ich, obwohl mir dämmert, daß unsere Sache verloren ist. Die Menschenmenge hat es schon vor mir begriffen, denn sie löst sich auf, wird vielleicht auch weggebracht und irgendwo eingesperrt.

»Was wollt ihr denn von ihm?« fragt Napoleönchen; er betrachtet jetzt seine blitzblank gewienerten Stiefel, erst den einen, dann den anderen. »Was wollt ihr vom Genossen Stalin?«

»Wir müssen zu ihm!« schreit, mutig geworden, Schwänzchen, preßt aber für alle Fälle den Rücken an mich. »Und Sie kenn ich! Sie sind ja bloß ein Bulle! Ja! Ja! Ja!«

»Er kennt mich!« brummt Napoleönchen zufrieden und wendet sich seiner Suite zu; ihm zunächst steht Rüssel, blickt zu Boden und lächelt verstehend. »Ich bin ja auch einer, den man kennen muß! Gerassimow hat mich auf seinem Gemälde in Lebensgröße abgebildet, zwei mal drei Meter! Ich und der Genosse Stalin bei einem Spaziergang an der Kremlmauer! Wenn ihr's noch nicht gesehen habt, könnt ihr's euch in der Tretjakow-Galerie angucken. Ein Gemälde ist das, o-ho-ho, wie gemalt! Und wie die Stiefel glänzen!«

»Sersch, glaub ihm nicht, glaub ihm nicht! Ich weiß, auf dem Bild ist nicht er, sondern der Genosse Woroschilow! Er ist gar nicht drauf! Nein!« ruft Schwänzchen mir mit letzter Kraft zu.

»Ich glaub's ja nicht«, sage ich. »Ich werd den Genossen Stalin selber fragen.«

»Fragen wird er ihn!« sagt Napoleönchen kopfschüttelnd und wendet sich wieder an Rüssel, der ihm zunickt. »Fragen wird er ihn!« Und auf einmal brüllt er wie auf einem Exerzierplatz: »Dir werd ich's zeigen! Weshalb bist du nach Moskau gekommen? Zu Stalin willst du, dem Genius aller Völker, dem besten Freund der sowjetischen Milizionäre? Hast du überhaupt einen Paß? Einen Paß aus rotem Leder? Wer keinen Paß hat, darf nicht nach Moskau zu Stalin! Ich hab euch gleich erkannt! Vom Spezialregime seid ihr, und das Taganka-Gefängnis sehnt sich schon nach euch! Das Durchgangsgefängnis! Und sämtliche Straflager von Magadan!«

»Sersch!« schreit Schwänzchen verzweifelt und zerrt mich am Hemd. »Er denkt, wir haben keine Papiere! Aber wir haben doch Papiere! Sag ihm, wir haben welche!«

Ich besinne mich, taste hastig nach der Brust. Aber unterm Hemd ist nichts, denn abgefeimte Gauner oder Milizionäre haben mir all unsern Reichtum in Form des Geschichtsbuchs und der Papiere geklaut. Darum blecken sie auch so die Zähne, die satten Moskauer Visagen, weil sie sicher sind, daß wir vom »Spez« nichts Eigenes haben. Keine Papiere! Und kein Geschichtsbuch!

Wir sind im Korb geboren!

Ich erwachte voller Angst und spürte zum Schluß noch, wie meine Stimme in der allgemeinen Taubheit unterging, ich versuchte zu schreien und hörte mich selber nicht: »Papiere! Papiere! Papiere!«

Von unten drangen Stimmen herauf, die Papiere verlangten. Ich sah, daß Sandra auch nicht mehr schlief, sie horchte unruhig.

Ich linste hinunter und erblickte Soldaten mit Armbinde, sie kontrollierten die Papiere des Offiziers mit dem Rucksack, der alten Leute und der Frau mit den kleinen Kindern. Dann hoben sie den Kopf und musterten rasch die Pritschen und uns ganz oben. Natürlich sahen sie uns, aber sie stellten keine Fragen und gingen. Klar, das waren keine Bullen, wir interessierten sie nicht.

Um Sandra zu beruhigen, sagte ich: »Siehst du«, als könnte sie von meinem Alptraum mit Napoleönchen wissen, »wir brauchen gar keinen Paß für Moskau! Sie haben uns bloß Angst eingejagt!«

18

Schwänzchen erschien, wie ein Teufel unterm Ofen hervor, kaum daß Sandra und ich heruntergestiegen waren. Wir wollten mit der Arbeit beginnen: Die Reisenden wunderten sich nicht über uns: Wenn wir von der Pritsche runterkletterten, mußte das wohl so sein. Wir drängten uns zur Mitte des Waggons durch und stellten uns so auf, daß Schwänzchen vorn stand und für alle zu sehen war. Hinter ihm stand Sandra und dann ich. Schwänzchen verkündete mit schallender Stimme: »Liebe Väter, Mütter, Schwestern, Brüder, Seeleute, Flieger und sowjetische Kriegskämpfer, aber auch werktätige Bevölkerung, die ihr im Kampf gegen die verfluchten Faschisten unsern gemeinsamen Sieg über den Feind schmiedet! Namens der sowjetischen Waisenkinder, die von dem verfluchten Hitler Hunger und Entbehrungen auszustehen hatten, nehmt unsern Gruß entgegen und unsere armselige Bitte um eure Hilfe!«

Verfluchter Hitler, was hast du getan,
all meine Lieben umgebracht,
meine Eltern in die Sklaverei gejagt,
meine kleine Schwester totgemacht ...

Nach dem pathetisch vorgetragenen Vers holte Schwänzchen tief Luft und schmetterte:

Steh auf, steh auf, du Riesenland!
Heraus zur großen Schlacht!
Den Nazihorden Widerstand!
Tod der Faschistenmacht!

Hier fiel ich ein, und Sandra lallte mit:

Es breche über sie der Zorn
wie finstre Flut herein.
Das soll der Krieg des Volkes,
der Krieg der Menschheit sein.*

Die Menschen, die eben erst von Schlaf aufgestanden waren, drehten sich nach uns um, manche kauten was, aber es war zu spüren, daß sie uns zuhörten, wie auch nicht! Wir wußten ja selber – im Gegensatz zu anderen Bettlern, die Straßen und Eisenbahnzüge überschwemmten, sangen wir keine kitschigen Lieder vom abgestürzten Flieger, der von seiner ungetreuen Frau, einem Flittchen, betrogen wird, sondern sprachen gefühlvolle Verse und sangen ein Lied, das häufig im Radio erklang und irgendwie vertraut war und doch nicht vertraut. Das nicht Vertraute war unsere Wiedergabe, im Radio sang ein rauher Männerchor, hier waren es zwei schutzlose Kinderstimmen, und das wirkte auf die Zuhörer wie ein Hammerschlag auf den Kopf. Ich sah, daß besonders die Militärangehörigen ergriffen waren, und die gaben die besten Almosen, das wußten wir!

Nun folgte wieder ein Gedicht, ich trug es lauthals vor:

Du hörst uns freundlich zu, Genosse Stalin,
uns Waisenkindern – räche uns am Feind,
für unser Land, das er so sehr geschändet,
ziehn wir ins Feld und sind im Kampf vereint.

Dann sangen wir ein Lied, das unserm geliebten Führer gewidmet war:

* Nachdichtung von Stephan Hermlin

Die Orden haben wir nicht umsonst bekommen,
das wissen alle unsere Soldaten,
wir sind bereit zum Kampf, Genosse Woroschilow,
wir sind bereit, Genosse Stalin, unser Vater.

Fürs Vaterland, für Stalin in den Kampf!
Die Kampfesehre ist uns lieb und wert.
Die satten Pferde schlagen mit den Hufen,
der Feind wird stürmisch aus dem Land gekehrt.

Wir guckten nicht überall herum, sondern waren auf unsern Auftritt konzentriert, und doch spürten wir genau, was ringsum vorging. Nur die Zugbegleiterin sah ich nicht gleich, Sandra stieß mich mit dem Ellbogen an – sieh mal, auch »die« ist da! Ob wir uns verstecken müssen?

Ich nickte ihr beruhigend zu: Sing weiter, keine Bange! Ist nicht schlimm. Für alle Fälle schielte ich hin, aber die Zugbegleiterin stand an die Wand gelehnt und hörte zu, und es ging nichts Bedrohliches von ihr aus. Mochte sie zuhören, wenn sie nur nicht störte. Ganz zu Anfang hätte sie uns schnappen und rausschmeißen können, aber jetzt nicht mehr, die Reisenden würden's nicht dulden. Überhaupt war's nicht üblich, Bettlern und Waisenkindern im Zug was zuleide zu tun, besonders wenn sie den Leuten Lieder vorsangen.

Es warten auf dich Mutter, Braut und Vater,
erwarten dich als Sieger aus dem Feld.
Sie nehmen dich beglückt in ihre Arme
und drücken dich ans Herz – du bist ein Held!

Nach diesem feierlichen Gedicht, das unsere Treue im Hinterland für die Frontkämpfer bekundete, sangen wir noch das berühmteste und beliebteste Lied: »Ein Mädchen bringt den Soldaten in seine Stellung«. Damit war unser Konzert beendet.

Aber wir stürmten nicht sofort los, um milde Gaben einzusammeln, sondern warteten einen Moment, damit die Zuhörer zu sich kommen, unsere Darbietung einschätzen und ihre Möglichkeiten erwägen konnten. Und in ihrem Gepäck nachsehen, was ihnen nicht leid tat wegzuschenken. Aber wir warteten nicht lange, damit sie uns nicht vergaßen und ihre Eindrücke nicht abkühlten. Zu dritt, vornweg Schwänzchen, der am meisten bekommen würde, gingen wir durch den Waggon und blickten langsam nach allen Seiten, um jeden zu sehen und keinen auszulassen. Von drei Augenpaaren konnte sich keiner so leicht abwenden! Wenn uns einer was gab, sagten wir laut, damit's die anderen hörten: »Danke, lieber Onkel Soldat« (als Variante: » ... liebe Tante Kolchosbäuerin«), »im Namen aller sowjetischen Waisenkinder der Sowjetunion, aller unglücklichen Opfer des verfluchten Hitler!« Wenn ein Kanten Brot abfiel oder ein Stück Ölkuchen oder noch was Besseres, machten wir einen Diener und fügten hinzu: »Gesundheit für Ihre ganze Familie und Ihre Kinder, mögen sie im Leben mehr Glück haben als wir!«

Der Waggon spendete reichlich, so was kannten wir in Goljatwino nicht. Vielleicht waren wir heute auch die ersten. Es regnete Rubel und Zehner, Eier, Kartoffeln, Dörrbrotwürfel, ein paar Salzgurken, drei Tablettchen Sacharin in Papier und zwei winzige Karamelbonbons voller Tabakskrümel.

All das spendeten die Reisenden Schwänzchen, und wir nahmen es ihm ab und taten es in Sandras gerafften Rock, damit er die Hände freibekam für neue Gaben.

Ein altes Mütterchen schenkte ihm eine Flasche Milch und bekreuzigte uns hastig mit zitternder Hand. Ein junger Soldat, dem anzusehen war, daß er noch nicht im Krieg gewesen war, suchte verwirrt in seinem Sperrholzkoffer und fand nichts, doch dann brachte er eine Rasierklinge zum Vorschein. Wir nahmen sie gern, so was liegt schließlich nicht auf der Straße.

Wir wußten natürlich, daß die Leute nicht nur von unseren Liedern beeindruckt waren, sondern auch von unseren Gesichtern, unseren Klamotten und unserm Verhalten. Indem wir das Mitleid der Erwachsenen erregten, fühlten wir uns natürlich keineswegs unglücklich. Wir hatten auch mit den anderen kein Mitleid. Wollen mal sagen, wir waren sogar hartherzig in bezug auf diese Menschen, denn wir wußten ja am besten, was wir mit ihnen machten, und wir berechneten sorgfältig im voraus, an welchen inneren Fäden wir sie schmerzhaft zupfen mußten, um sie zu Tränen zu rühren und mehr geschenkt zu kriegen.

Als wir den Waggon hinter uns hatten, schlüpften wir auf die Plattform und besichtigten unsere ehrlich verdienten Schätze, dabei erwogen wir zugleich, was wir schleunigst verputzen mußten und was wir für später aufheben oder sogar verscheuern konnten. Wahrscheinlich dachten wir drei das gleiche: Dies würde für alle Kuckuckskinder reichen! Schwänzchen sprang um Sandras Rock herum, blickte begeistert hinein und sagte immer wieder: »Sersch, Sersch, das ist alles unsers, ja?«

»Wer dran ist, kann was nehmen«, sagte ich streng.

Aber er, Schwänzchen, war ja dran, mochte er nehmen, was er wollte, er hatte sich seinen Anteil verdient. Ich wußte schon, was er haben wollte: die Karamelbonbons voller Tabakskrümel! Wo sollte er so was je wieder herkriegen?

Hinter uns war auf einmal wieder die Zugbegleiterin. Ich spürte es mit der Haut und fuhr herum. Sandra preßte den Rockschoß an sich. Auch Schwänzchen war ganz Abwehr. Wir dachten natürlich, sie wollte ihren Anteil abhaben, und überlegten hastig, um welchen Preis wir uns loskaufen konnten. Aber die Zugbegleiterin verlangte nichts.

Sie sah uns an wie vorhin im Waggon, und in ihren Augen war ein freundliches Licht.

»Was starrt ihr mich so an?« fragte sie mit einem Blick auf Sandra. »Ich beiße nicht! Kommt mit!« Und sie wiederholte: »Kommt, kommt! Ihr könnt in meinem Haus reisen, und ich geb euch auch noch Tee.«

Sie führte uns in ihr Kabuff am andern Ende des Waggons, das durch eine Zeltplane abgeteilt war. Wir mußten uns auf die untere Pritsche legen. Sie holte einen mächtigen Teekessel aus Blech, gab uns Becher, auch aus Blech, goß uns Tee ein und sich aus einem Fläschchen etwas Stinkendes. Wir kauten mit vollen Backen und tranken Tee, und die Zugbegleiterin sah uns schweigend zu, schenkte sich nur ab und zu aus dem Fläschchen nach. Als wir dann außer dem, was wir zuerst hatten essen wollen, auch das, was für später bleiben sollte, weggeputzt hatten, nahm die Zugbegleiterin das Wort.

»So«, sagte sie erleichtert, als hätte sie sich auch gesättigt. »Na schön, na schön. Ich heiß übrigens Dunja, also Tante Dunja. Ich hab ja gleich mitgekriegt, daß ihr mich für dumm verkaufen wolltet. Von wegen schwerhöriger Vater! Angeführt habt ihr mich alte Frau.« Sie lachte herzlich und hielt sich die Hand vor den Mund, weil ihr ein paar Zähne fehlten. Dann sprach sie Sandra an: »Was ist mit dir, Mädel? Du sagst ja nie was. Hast du deine Zunge verschluckt?«

»Sie hat wirklich keine Zunge, Tante Dunja.«

»Stumm also? Ich kuck schon ...« Tante Dunja schüttelte den Kopf. »Dafür hast du ne Stimme für zwei. Wer hat dir beigebracht zu singen, hm?«

Ich sah Schwänzchen ängstlich an, womöglich plauderte er aus, daß wir aus dem »Spez« kamen. Aber er antwortete richtig: »Das Leben hat's mir beigebracht.«

»Ja, ja«, stimmte sie zu. »Das Leben und der Krieg.«

Damit griff sie unter die Bank, holte einen Leinenbeutel hervor und daraus ein Brot. Für jeden von uns brach sie ein Stück ab; Sandra bekam das größte, sie schien Tante Dunja zu gefallen. Sie goß uns auch Tee nach und sich selber etwas aus dem Fläschchen.

»Ich bin immer auf Achse«, sagte sie, nahm einen Schluck und roch an einer Brotrinde. »Mein Mann ist gestorben, die Kinder sind an der Front gefallen. Mein Jüngster war noch keine achtzehn ... Was soll ich allein in der kalten Kate! Darum fahr ich dauernd durchs Land. Und Lieder mag ich unheimlich gern. Ich sing auch gern! Vor dem Krieg haben sie mich auf die Moskauer Landwirtschaftsausstellung geschickt mit meinen Liedern.« Tante Dunja guckte zu dem Fläschchen, streckte auch schon die Hand aus, ließ es dann aber. Und plötzlich sang sie mit heller Stimme langgedehnt wie im Radio:

Montag hab ich das Dampfbad geheizt,
Dienstag saß ich darin im Hemd,
Mittwoch hat Qualm meine Augen gereizt,
Donnerstag hab ich die Haare gekämmt,
Freitag, ein Tag, da wird nicht gesponnen,
nicht gesponnen, nicht gespult, nicht gewebt,
Samstag wird gedacht der Lieben,

die vor langer Zeit gelebt.
So geht jede Woche hin,
Liebster mein, wo liegt der Sinn?

Sandra lauschte angespannt, und ich sah, daß sie erregt war. Schwänzchen guckte Tante Dunja sogar in den Mund, so sehr interessierte er sich für ihren Gesang.

Sie unterbrach sich und sagte zu Sandra: »Laß uns doch zusammenbleiben, Mädel! Wir fahren durch Rußland! Ich mag dich sehr. Wollen wir?«

»Und ich?« fragte Schwänzchen. »Kann ich mit?«

»Ja, warum nicht? Ihr könnt mit mir arbeiten!«

»Das geht nicht«, sagte ich für alle. »Wir müssen zuerst nach Moskau.«

»Nach Moskau, in den Radau?« sagte Tante Dunja verwundert. »Was wollt ihr da?«

»Zum Genossen Stalin!« krähte Schwänzchen.

»Ach nee!« sagte Tante Dunja ungläubig. »Direkt zu ihm?«

»Ja«, bestätigte ich. Sandra lallte etwas.

»Wir haben Papiere! Richtige!« fügte Schwänzchen hinzu.

Tante Dunja schüttelte den Kopf.

»Was denn für Papiere?«

Vergeblich zwinkerte ich Schwänzchen zu, er merkte nichts. Tante Dunja aber nahm es wahr.

»Brauchst nicht die Augen zukneifen«, sagte sie freundlich. »Ich bin nicht die Miliz, daß ich nach Papieren frag. Ich bin ja selber mit ner Bescheinigung vom Kolchos das erstemal in die Stadt gekommen. Als ob ich wem was tun könnte ... oder wen einschüchtern ...«

»Sersch!« sagte Schwänzchen bittend. »Zeig sie ihr!«

Sandra nickte: Ihr konnten wir trauen.

Ich griff ins Hemd, holte das Buch heraus und aus dem Buch das Päckchen. Dieses wickelte ich auf, und ich dachte, Tante Dunja würde erst mal das Sparbuch sehen wollen. Ich schob es ihr auch gleich hin, damit sie nicht dachte, daß wir Bettler wären. Das waren wir wahrlich nicht! Aber Tante Dunja warf nur einen Blick in das Buch und legte es ohne Interesse weg. Die Geburtsurkunde aber nahm sie und las sie aufmerksam durch, wobei sie die Lippen bewegte.

»Jegorow, Sergej Antonowitsch, so heißt du? Wo sind sie denn, deine Eltern?«

»Gestorben.«

»Deine Mutter auch?«

»Ja.«

»Wer sagt das?«

»Meine Tante«, sagte ich. »Mascha.«

»Sie lügt,« brummte Tante Dunja auf einmal ärgerlich. Und wandte sich ab.

»Warum?« fragte ich. Worauf sich das bezog, wußte ich selber nicht.

»Sie ist ja jung«, erklärte Tante Dunja. »An der Front war sie bestimmt nicht. Warum soll sie gestorben sein? Sie lebt ...«

»Wo lebt sie?« fragte Schwänzchen mit großen Augen und hätte beinahe das Fläschchen zu Boden gestoßen. Tante Dunja fing es eben noch auf. Und nahm gleich einen tüchtigen Schluck.

Sie wischte sich mit der Hand den Mund und sagte: »Und wo lebe ich? Zwischen Himmel und Erde.«

Sandra lallte etwas. Nicht mal ich begriff, was sie wissen wollte. Ich nicht, aber Tante Dunja verstand sie gut.

»Wundere dich nicht, Mädel«, sagte sie schlicht. »Ich weiß selber nicht, wie es kommt, aber in diesem Fläschchen sehe ich alles. Nur die Adresse kann ich nicht nennen. Vielleicht sagt Stalin sie euch. Er ist da oben ... Und wir sind unten.« Sie stützte das Kinn in die Hand und sang traurig gedehnt:

> Am klaren Himmel scheint der Mond,
> ich geh mit meinem Freund spazieren,
> die Mutter schilt mich fürchterlich,
> ich dürft so spät nicht rumflanieren ...

Und Tante Dunja weinte.

Sandra fing auch gleich zu weinen an. Die beiden umarmten sich, und Tante Dunja erzählte von ihrem Leben vor dem Krieg. Wie sie Zucker und sogar Mehl im Hause hatten. Nicht immer, vorher hatten sie auch tüchtig hungern müssen, als der Kolchos gegründet wurde. Später ging's dann, die Leitung hatte ihr sogar für ihre fleißige Arbeit eine Stalin-Büste aus weißem Gips geschenkt! Dazu eine Wattehose. Und sie nach Moskau geschickt, auf die »Ausstellung«, das war das reinste Paradies. Mit sieben anderen Frauen aus verschiedenen Dörfern wurde sie in einem Steinhaus untergebracht, mit warmer Toilette, und sie bekamen in der Kantine dreimal täglich zu essen! Einmal wurden sie zum Radio gebracht, in ein sonderbares Zimmer mit viel Glas und einer dicken Tür, dort mußten sie singen. Anfangs hatte sie Scheu, doch der Mann vom Radio war vernünftig, erklärte ihr alles genau, stand dann hinter der Glasscheibe und winkte. So bin ich Künstlerin geworden! Davor war ich eine dumme Gans und fand mich in Moskau nicht zurecht. Und nun Künstlerin! Wäre nicht der Krieg gekommen ...

19

Tante Dunja sank in sich zusammen und nickte ein. Aber sie schlief nicht lange, noch vor Moskau kam sie zu sich, zupfte sich zurecht und redete Sandra wieder zu, bei ihr zu bleiben. Aber wir sagten, daß wir unbedingt zum Genossen Stalin müßten.

Tante Dunja wollte wissen, wann wir zurückfahren würden, und sagte, wir sollten zu ihr in den dritten Waggon kommen, sie werde übermorgen wieder auf dem Bahnhof sein. Wir könnten sie leicht finden.

Sie sah meine Papiere durch und teilte sie auf. Das Sparbuch sollte ich im Futter der Wattejacke verstecken, und das andere, die Dokumente und das im Waggon gesammelte Geld, dreiundfünfzig Rubel, schlug sie in Papier ein und schob es mir in die Tasche, die sie mit einer Nadel zusteckte. »Schön festhalten, hier wimmelt's von Gaunern.«

Und als wir schon in Moskau waren und der Zug hielt, fragte sie seufzend: »Wißt ihr denn, wie ihr gehen müßt? Moskau ist riesengroß! Wie ein groooßes Dorf.«

»Wir müssen zum Kreml«, antwortete ich. »Und bis zum Kreml soll's nicht weit sein.«

»Nicht weit!« äffte sie nach. »Und in welche Richtung?«

Ich schwieg. Ich wußte ja: Wenn ich in Moskau auf den Platz komme, seh ich gleich alles. Der Kreml mußte doch zu finden sein!

Die Fahrgäste, für die wir gesungen hatten, stiegen aus, und schon drängten andere gegen die Tür. Tante Dunja stand in der Tür und hielt sie zurück.

»Ich weiß ja selber nicht ... wo der Kreml ist ... Aber ich denk mir, ihr müßt gehen, wie alle gehen. Lauft einfach hinterher! Zu Stalin wollen bestimmt viele, den wollen viele um was bitten. Wen sollen sie sonst bitten! Er ist unser Gott und Fürsprecher! Ich hab vor seiner Büste ein Licht aufgestellt.«

Wir nahmen Abschied von Tante Dunja. Sie verschloß die Tür, ging zum Ende des Zuges und holte für Sandra den Leinenbeutel mit Brot. Dann umarmte sie das Mädchen. »Ach, meine Kleine, ach, meine Kleine ...« Und zog die Nase hoch. Sie strich Schwänzchen und mir über den Kopf und ging.

Mit der Menge der Schieber und Militärangehörigen stiegen wir die Stufen in die Stadt hinunter und fanden uns auf einem Platz. Wir waren ganz baff von dem Lärm. Autos brummten, Menschen schrien, Straßenbahnen ratterten. Die hatten wir schon im Kino gesehen. Die Häuser auch, sie waren hoch, aus Steinen und hatten jedes wohl an die tausend Fenster. Aber die waren geschlossen, und wir sahen keinen sich herauslehnen.

Von dem ganzen Hin und Her schwirrte uns der Kopf. Sandra, ganz blaß, drehte sich nach mir um. Aber ich konnte sie nicht trösten, ich war selber durcheinander. Schwänzchen machte die Augen zu und stieß mir den Kopf in den Bauch. So standen wir auf dem Platz wie Dorftrottel und wußten nicht wohin. Die Leute gingen um uns herum, und wenn wir ihnen nach Tante Dunjas Rat hätten folgen sollen, hätten wir in verschiedene Richtungen gehen müssen, nach links und nach rechts und sogar unter die Erde.

Ich reckte den Kopf hoch, konnte aber den Kreml nicht sehen, und seine Sterne auch nicht. Dabei stand bei uns in einem Buch, sie wären von überall und sogar von allen Ländern aus zu sehen.

Da faßte ich einen Entschluß. Ich befahl meinen beiden, stehenzubleiben wie angewurzelt und sich nicht wegzurühren, selbst wenn sie mit allen Kräften geschoben würden. Dann ging ich ein Stückchen und blickte bei jedem Schritt zurück, um sie nicht zu verlieren und selber nicht verlorenzugehen, da sah ich einen bärtigen Hausmeister mit Besen. Er stand da, auf seinen Besen gestützt, und rauchte ruhig. Ich ging um ihn herum und guckte ihm unter den Bart. Dann stellte ich mich vor ihn hin und fragte möglichst höflich: »Onkel, wie muß ich zum Kreml gehen?«

Der Hausmeister ragte vor mir wie das Denkmal für einen berühmten Hausmeister und zeigte bei meinen Worten nicht die geringste Bewegung. Sein Besen auch nicht.

Ich dachte mir, er könnte vielleicht schwerhörig sein, und rief lauter: »Onkel, zum Kreml, wie muß ich da gehen?«

Der Hausmeister wurde lebendig. Aber nicht für mich. Er hob den Kopf, blickte mit eingekniffenen Augen über den Platz, warf den Kippen auf die Erde und fegte ihn sogleich weg. Als ich mich abwandte, weil ich mir dachte, daß meine Stimme ja doch nicht durch seinen Bart drang, brummte er mir in den Rücken: »Mit der Metro ... bis Ochotny Rjad ... Verstanden?« Plötzlich schrie er ärgerlich: »Da kommen sie alle an und denken, Moskau wär aus Gummi! Gehen und gehen und schmeißen alles voll. Lassen einen nicht in Ruhe arbeiten!« Dabei holte er mit dem Besen aus und wirbelte Staub gegen mich.

Ich sprang beiseite, um nicht unter den Besen zu geraten, und kehrte eilig zu meinen beiden zurück, die mich von weitem beobachteten.

Schwänzchen lief mir entgegen.

»Sersch, du hast ihn gefragt, ja? Wo ist der Kreml?«

»Ja, ich hab gefragt«, antwortete ich. »Mit der Metro müssen wir fahren.«

»Lassen sie uns da auch rein?«

Sandra lallte etwas und schüttelte den Kopf. Sie bezweifelte wie Schwänzchen, daß sie uns in die Metro reinlassen würden. Da brauchte man bestimmt einen Paß oder Passierschein. Schade, daß Tante Dunja nicht da war, die hätten wir fragen können, ehe wir es riskierten. Lieber nicht die Moskauer erheitern und sich ungebeten irgendwo reindrängen. Motja hatte ja sogar behauptet, daß der Kreml gleich um die Ecke lag. Und Motja wußte alles.

Wir gingen also los und hielten uns fest bei den Händen, damit uns die Menge nicht auseinanderriß. Wir wußten schon, wenn sich einer von uns festgaffte, und zu gaffen gab's genug, dann war er verloren. Wie sollten wir uns dann wiederfinden? Das hier war nicht Goljatwino, wo wir unsereins schon auf einen Kilometer sehen konnten. Sich dort zu verlieren war unmöglich, die Miliz fand einen bestimmt!

Wir gingen lange, und als wir schon nicht mehr glaubten, bald da zu sein, bogen wir um eine Hausecke und erstarrten! Vor uns, wie auf der Bonbonschachtel, lag der Kreml, wie er leibte und lebte, mit dem Turm und der Mauer und dem roten Lenin-Mausoleum davor. Und vor all dem, direkt auf dem Platz, gingen Leute herum, als wär das ganz normal, da zu leben und herumzugehen.

»Sieh doch! Der Kreml! Der Kreml!« schrie Schwänzchen, und ich hielt ihm rasch die Hand vor den Mund. Ich wußte schon, daß man in Moskau nicht schreien darf. Wenn einer schrie, ließen die Bullen rasch die Augen flitzen: Wer schreit? Warum schreit er? Und überhaupt, wo kam einer her, der sich anders als die hiesigen Passanten benahm und losschrie?

Aber ehrlich gesagt, ich war wie Schwänzchen geplättet angesichts des leibhaftigen Kreml und weil wir aus dem Goljatwinoer »Spez« hier vor ihm standen. Wir blieben erst mal stehen, um zur Besinnung zu kommen und uns daran zu gewöhnen, daß wir hier waren. Wir wußten natürlich, daß wir ein Tor finden mußten, und das war bestimmt in dem Turm am anderen Ende des Platzes. Der Platz aber war abschüssig! Und er war so gepflastert, daß wir, um nicht zu stolpern, vorsichtig auftraten und immerfort den Kopf nach allen Seiten drehten, weil wir keine Ahnung hatten, wie man auf dem Roten Platz vor dem Kreml zu gehen hat. Wollen mal sagen, man geht auf Zehenspitzen oder hält die Hände an der Hosennaht, oder man richtet wie in Reih und Glied den Kopf nach dem Kreml aus. Es konnte ja nicht sein, daß hier gegangen wurde wie überall! Dies war ja nicht das beschissene Goljatwino, wo man auf den Erdboden spucken konnte, und keiner merkte was! Und nicht nur spucken, man konnte hinter einer Ecke auch mal pinkeln und dabei laut einen fahren lassen! Aber das versuche mal hier! Da würden sie einen sofort an der Stelle pakken, von der der Ton kam, und einen anschnauzen: Ihr ungewaschne Bande, wie könnt ihr hier die Luft beim Kreml verstänkern? Der Genosse Stalin und die anderen Führer, sollen die das vielleicht riechen?

Es waren natürlich idiotische Gedanken, die mir in den Kopf krochen, aber ich habe schon mal bemerkt: Wenn ich wegen aller möglichen Bedrängnisse nachdenken muß, kommen mir mancherlei Dummheiten in den Kopf, die mir zeigen, daß wir als verlauste »Spezler« nichts Anständiges verdienen und schon gar nicht würdig sind, uns beim Kreml aufzuhalten und nachzudenken.

Eines hinterm anderen, dauernd Ausschau haltend nach den Bullen, die hier so dicht standen wie Latten am Zaun, gingen wir von einem Ende des Platzes zum anderen und blieben nur am Mausoleum ein Weilchen stehen, wo die Posten einander mit weit aufgerissenen Augen anglotzten. Sie fraßen sich förmlich mit den Blicken! Als ob sie Zwinkern spielten. Und wer als erster zwinkert, kriegt eins vor den Latz. Die Holztür zwischen den Posten war geschlossen. Es wurde erzählt, daß Stalin hier allein herging. Er geht rein, erzählt Lenin alles, wischt eine Träne weg, reibt sich den feuchten Schnauzbart und sagt so ungefähr, Iljitsch, du hast mich zurückgelassen, und es fällt mir schwer, im Kreml zu sitzen und zu telefonieren, ich bin schon ganz zermürbt. Klim Woroschilow und Semjon Budjonny könnten mich doch manchmal vertreten, wenn ich an die Front muß. So beklagt sich unser Führer, dann holt er tief Luft und geht mit frischen Kräften ans Werk.

So malten wir uns das aus, dann gingen wir zum Tor, um den Genossen Stalin möglichst bald zu trösten. Wir würden ihm sagen: Wir sind bei dir, Genosse Stalin, wir gehen mit dir, wohin du willst, wenn auch ohne Lenin, aber auf Lenins Weg. Dann würden wir ihn fragen, wie wir als Kukuschkins weiterleben sollten, wir hätten doch keine Väter und wüßten nicht, wo wir sie suchen sollten. Dann würde er einen seiner Untergebenen zu sich bitten und ihm befehlen, unsere Väter und Mütter schleunigst ausfindig zu machen.

Wir hatten das Tor zum Kreml noch nicht erreicht, da sahen wir, daß es geschlossen war. Es war ein hohes Eisentor, und davor wachten ein paar Bullen.

Aber ich wußte schon weiter, ich sagte halblaut zu meinen beiden: »Geschlossen. Na und? Also muß es ein anderes Loch geben! Das ist wie mit dem Zaun von Siwolap – alles dicht, aber ein Loch hat er übersehen.«

Ich sagte es, aber mal ehrlich, ich wußte nicht, wo ich das Loch suchen sollte. Überhaupt hatte ich bis heute gedacht, der Kreml wäre ein Turm mit einem Stern wie auf den Bildern immer, und da wäre ein Tor. Und in dem Turm drin wohnte der Genosse Stalin. Jetzt sah ich eine Mauer, und hinter der Mauer waren noch Häuser, und ich dachte mir sogleich, daß wir drumherum gehen mußten wie um den Zaun, wenn wir in einen Garten schlüpfen wollten. Irgendwo mußte ein Loch sein. Zäune ohne Löcher gab's nicht.

Eine geschlagene Stunde gingen wir zu Fuß um die Mauer herum und gerieten in ein Gebüsch, das war wie ein Wald. Man konnte sich darin verirren! Aber ich war auch nicht dumm, ich guckte dauernd nach oben zu den Zinnen, um nicht vom Kurs abzukommen. Unten in der Mauer waren einstweilen keine Löcher. Dafür kam auf einmal wie ein Hase aus dem Busch ein Mann hervorgesprungen, der wie ein Feuerwehrmann aussah. Er klopfte dürre Blätter von sich ab und schrie: »Wohin? Wohin? Weg hier! Hier darf man nicht gehen! Hier ist die Zone!«

Das Wort »Zone« ließ uns aufmerken, denn Rüssel liebte es abgöttisch, trotzdem freuten wir uns über den Mann und wollten ihn gern fragen, ob es hier nicht ein Loch gab. Aber er ließ uns gar nicht zu Wort kommen, sondern kam angelaufen, puffte uns in den Rücken und sagte immer wieder: »Geht weg! Weit weg! Sonst findet ihr euch nicht wieder!«

So ein Blödmann, als ob wir zum Kreml gekommen waren, um uns wiederzufinden! Und ohne den Kreml, wie sollten wir uns da wiederfinden?

Aber als ich ihm das erklären wollte, stieß er uns aus dem Gebüsch auf den Weg und war wie vom Erdboden verschwunden.

20

Wir fanden ein Tor! Ich hatte ja gewußt, daß es Zäune ohne Tor nicht gibt! Aber sie ließen uns nicht zu dem Tor. Dabei waren wir so geschickt hingeschlüpft, daß die Bullen uns nicht gleich entdeckten. Von denen gab's hier mehr als Bäume im Wald! Und alle irgendwie nagelneu und blitzblank, als kämen sie eben erst aus der Stanze, die sahen anders aus als unser schmuddeliger Napoleönchen! Als sie uns aber spitzkriegten, stürmten sie uns entgegen, als hätten sie auf uns gewartet. Das heißt, nicht alle, nur zwei, aber die im Laufschritt, die übrigen bildeten einen Halbkreis, als müßten sie auf die beiden aufpassen und hätten Angst um deren Leben. Dabei spähten sie scharf nach allen Seiten. Wenn ein Auto rein- oder rausfuhr, lang, schwarz, auch blitzblank, da salutierten sie sofort! Wem sie salutierten, war nicht zu erkennen, denn die Wagen waren dunkel, wie mit Decken verhängt.

Die beiden, mit roter Armbinde, drückten uns sogleich an die Mauer.

»Wer? Wohin? Was wollt ihr hier?«

Damit sie Schwänzchen nicht zerquetschten, stellte ich mich vor ihn. Auch Sandra bedeckte ich mit meiner Schulter. Sie preßten uns den Mantel ins Gesicht; ich hielt beide Hände vor, um den Mund freizubekommen, und schrie in den Mantel hinein: »Wir wollen zum Genossen Stalin!«

»Wer ist wir?« fragte es von oben. »Weswegen?«

»Wir kommen aus Goljatwino ... Er ist ja unser Freund!«

»Wer? Wer?« Der sich an mich preßte, lachte schallend und beugte sich zurück, um uns in Augenschein zu nehmen. Ich sah ihn auch an. Eine Visage wie bei den überlebenden Burshuis auf den Bildern! Von denen hieß es: »Hellblaue Schulterklappen, rote Visage«. Und als er beim Lachen den Mund aufriß, sah ich von unten, er hatte goldene Zähne! Noch blanker als seine Uniformknöpfe!

In diesem Moment fürchtete ich die beiden nicht. Gleich nebenan, hinter dem Tor, ging der Genosse Stalin mit Klim Woroschilow an der Mauer spazieren. Er würde nicht zulassen, daß sie uns etwas taten! Er würde uns sehen und zu sich rufen, uns auf den Schoß nehmen wie Gelja Markisowa, uns eine Schachtel Bonbons schenken und dann sagen: »So, nun erzähl mal, mein Lieber, erzähl mir alles, diese Miliz hält mich auch an der Gurgel fest, läßt mich keinen Schritt zum Volk tun, bewacht mich!« Aber wir würden uns nicht beklagen, wir würden gleich mit dem Wichtigsten anfangen, mit den Dokumenten. Nein, nicht mit den Dokumenten, sondern mit Jegorow, von dem die Dokumente stammten. Und mit den Vätern der anderen Kuckuckskinder.

Der Bulle lachte noch immer. Er drehte sich zu den anderen, jüngeren um und wiederholte: »Ha-ha ... Freund ... Hast du das gehört? Er ist ihr Freund ... Ha-ha! Freund! Von dem da!«

Da schrie Schwänzchen hinter meinem Rücken, ich hatte es gar nicht von ihm erwartet: »Wir haben ja Dokumente!«

Und ging wieder in Deckung. Mir wurde der Rücken heiß, als er sich dagegen drückte, kaum atmend vor Angst.

Da hörte der mit den Goldzähnen, die wie Uniformknöpfe glänzten, zu lachen auf, drängte nicht mehr gegen uns und sagte: »Her damit!« Und da ich schwieg, wiederholte er mit stählerner Stimme: »Die Dokumente, hab ich gesagt!«

Der zweite, jüngere, brummte von der Seite her: »Was soll der schon für Dokumente haben! Junger Bandit! Der wird nicht mal seinen Namen wissen.«

Er hatte es erraten! Vor einem Monat hatte ich ihn wirklich nicht gewußt. Jetzt aber wußte ich ihn! Und ich konnte es denen beweisen! Damit sie nicht mehr so grinsten!

Ich griff in die Tasche, machte die Nadel los und holte das Päckchen hervor.

»Da! Die Dokumente! Richtige!«

Ich glaubte noch, daß es nur um die Dokumente ging und daß sie uns, wenn sie sich überzeugt hatten, daß wir richtige Dokumente besaßen, gleich zum Genossen Stalin lassen würden.

Sie schnappten nach dem Päckchen, als hätten sie Angst, ich würde es ihnen nicht geben. Und kehrten uns sogleich den Rücken zu.

Mit gesenktem Kopf lasen sie darin, und die anderen Bullen standen in einiger Entfernung und sahen uns an. Und sie waren gar nicht so gutmütig gestimmt wie die beiden. Ich dachte sogar: Wölfe sind das! Grau, einer wie der andere, die Zähne tierisch gefletscht. Sie waren auf der Jagd, bloß worauf? Auf solche wie uns?

Ich drehte mich um und sah, daß Sandra alles von ihnen wußte und daß sie vielleicht schon früher als ich begriffen hatte, denn in ihren Augen war nicht Angst, sondern Haß! In ihnen brannte ein Flämmchen wie bei einem Tier in der Falle.

Die beiden drehten sich wieder um, und ich sah, daß der Ältere meine Dokumente in die Tasche steckte.

»Gut, wir untersuchen das. Führ sie ab, sollen sie ein Weilchen bei den Filzern und Gaunern sitzen. Auch das Mädchen. Ich würd sie ja gebrauchen, aber sie ist zu klein.«

Der Jüngere fügte hinzu: »Die Kleinen sind die schärfsten! Sie ist bestimmt nicht mehr heil!«

»Führ sie ab, dann sehen wir weiter.«

»Und die Dokumente?« fragte ich. Vom Genossen Stalin sprach ich nicht mehr.

»Was für Dokumente?»

»Unsere Dokumente!«

»Später, später«, sagte der Jüngere mit einem sonderbaren Grienen. »Ihr kriegt eure Dokumente, irgendwann am ersten!«

Der Ältere kehrte uns den Rücken zu, um zu gehen. Und da, ich merkte gar nicht, wie es geschah, sprang Sandra zu und schlug die Zähne mit tödlichem Biß in den Tuchärmel. Er kapierte zuerst gar nichts und schüttelte den Arm, aber Sandra hielt fest. Hielt fest und schrie, daß es über den Platz gellte. Da stürzte der Jüngere herzu, um sie loszureißen, und zwei von den anderen packten Sandra quer um den Leib, hoben sie hoch und zerrten. Aber da umklammerten Schwänzchen und ich schon den anderen Arm des Älteren, damit er Sandra nicht abwehren konnte. Und auch wir brüllten aus Leibeskräften. Wir hörten uns selber nicht, aber wir machten wohl solch ein Geschrei und Gekreisch, daß der Genosse Stalin, wenn er wirklich mit Klim Woroschilow im Kreml spazierenging, unbedingt herausschauen würde, um zu sehen, wer da dermaßen schrie.

Plötzlich war alles zu Ende. Ich hatte gar nicht gemerkt, wie sie uns losließen. Jetzt standen sie stramm vor jemandem, der erschienen war. Es war ein altes Männlein, mager, klapprig, kleingewachsen, aber in Uniform. Der Alte stand da und sah die Bullen an. Und sie, diese Lachbolde, diese fröhlichen Kerle mit den goldenen Zähnen, die unsere Dokumente eingesteckt hatten, standen jetzt stramm und zitterten wie kleine Jungs vor ihrem Lehrer.

»Was ist das für ein Lärm?« fragte der Alte und sah uns mit schmalen Augen an.

»Die da, sie wollten eindringen. Wir haben sie festgehalten.«

»Wen habt ihr festgehalten?« fragte er schwer atmend.

»Diese ...«

»Wir haben Dokumente! Richtige!« schrie ich, denn ich wußte, daß wir nichts zu verlieren hatten. Schlimmer konnte es nicht kommen.

»Jawohl, Dokumente«, sagte hastig der mit den goldenen Zähnen. Und holte unsere Dokumente aus der Tasche.

»Na und?« fragte der Alte wieder schwer atmend.

»Eine Geburtsurkunde ...«

»Na und?« wiederholte der Alte und schloß die Augen.

»Wir müssen sie abschreiben. Festhalten sozusagen. Präzisieren ... Die Wachsamkeit steht über allem!«

Der Alte winkte ab.

»Freilassen. Wachsamkeit gegen Kinder!« Er drehte sich um und ging. In einiger Entfernung wartete sein Wagen.

Er stieg ein und fuhr weg, ohne sich umzusehen. Die

beiden, die uns jetzt gar nicht beachteten, schrieben etwas aus unseren Papieren in ihre ab.

Ich hörte den Älteren sagen: »Diese kleine Hündin hat mir ein Loch in den Ärmel gebissen. Kannst du dir das vorstellen?«

»Nächstes Mal«, antwortete der Jüngere ruhig. »Die entkommen uns nicht!«

Der Ältere besah nervös den Mantel und fragte auf einmal: »Was meinst du, ob sie tollwütig sind?«

Der Jüngere sah uns an, wohl um festzustellen, ob wir tollwütig waren. Aber als er Sandras wilden Blick auffing, wandte er sich ab.

»Wer soll das wissen bei denen? Am besten wär's, die beißen sich gegenseitig tot. Dann haben wir weniger Ärger. Abknallen müßte man die wie kleine Wölfe, dann hätte sich's!«

Der Jüngere, ohne mich anzusehen, gab mir die Dokumente in die Hand. Der Ältere stand da, als sähe er uns gar nicht. Er hatte vor unsern Augen einen tüchtigen Rüffel einstecken müssen.

Ich nahm die Dokumente, und erst jetzt fiel mir ein, daß in dem Päckchen Geld gewesen war. Dreiundfünfzig Rubel! Jetzt sah ich, daß das Geld fehlte.

»Wo ist das Geld?« schrie ich. Aber ich war unsicher, weil ich mir nicht vorstellen konnte, daß die Bullen imstande waren, uns vor aller Augen hier und jetzt auszuplündern. Vielleicht hatte Tante Dunja das Geld woanders hingesteckt?

»Was denn für Geld?« fauchte der Jüngere mit gefletschten Zähnen. »Sei zufrieden, daß dein Kopf heil ist!«

»Und paß auf deine kleine Hündin mit den scharfen Zähnen auf! Wenn die mir noch mal in die Hände kommt, brech ich ihr nicht nur die Zähne, sondern auch das Kreuz!« zischte der Ältere, damit es niemand außer uns und seinem zweiten Mann hörte.

Und obwohl die Bullen, die uns in einiger Entfernung umstanden, nichts gehört hatten, traten sie ein wenig auseinander, damit wir uns nicht durchzwängen konnten. Als wir zwischen ihnen hindurch wollten, nutzte einer doch noch die Gelegenheit und verpaßte mir einen schmerzhaften Stiefeltritt in die Arsch, so daß ich auf alle viere flog. Auch Sandra hauten sie eins über den Rücken, nur Schwänzchen erwischten sie nicht, der wutschte zwischen ihren Beinen hindurch.

21

»Hör mal, Sersch«, sagt Motja halblaut. »Die Bullen, die euch in Moskau ausgenommen haben, sind das genausolche? Oder andere?«

Ich äuge durch den Spalt, doch es ist nichts zu sehen. Engel bleibt stumm, als er die lebendige Stimme hört, auch Sandra. Sandra, so denke ich mir, würde die Bullen niemals vergessen.

»Andere«, sage ich widerwillig. Ich habe wirklich keine Lust, mich an sie zu erinnern. Aber ich füge hinzu: »Aber genau solche!«

Plötzlich muß ich daran denken, wie wir vor ihnen weggelaufen sind. War das eine Jagd! In meinem Kopf hing wie an einem Nagel der Satz, hingeworfen von dem jüngeren Bullen, der uns anfangs nicht so schrecklich vorgekommen war wie der Ältere, der mir den Mund mit seinem Bauch zugehalten hatte. Der Jüngere hatte wie beiläufig gesagt, ich wußte es noch genau: »Nächstes Mal! Die entkommen uns nicht!«

Und wir waren nicht entkommen! Sie würden uns abknallen wie kleine Wölfe. Und dann hatte sich's!

»Also haben sie damals schon alles gewußt«, sagte Motja auf einmal.

»Was haben sie gewußt?« schrie Bissig. »Daß wir schießen werden?«

»Nicht doch. Sie haben gewußt, daß wir ihnen doch noch in die Falle gehen würden.«

»Was gab's da zu wissen?« fragte Bergmann und hustete. »Natürlich gehen wir in die Falle. Wir hatten nur den einen Weg.«

»Wirklich?«

»Ja! In den Schuppen!«

»Du meinst, der Polyp hat den Schuppen gemeint?«

»Er hat gesagt: ›Nächstes Mal ... Die entkommen uns nicht.‹«

Sandra lallte laut, und wir wußten, daß auch sie aufgestört war von der Erinnerung an die Geschichte beim Kreml. Ob sie das Gespräch der beiden über sie mitgekriegt hatte? Ich hatte zuerst gedacht, sie hätte es nicht mitgekriegt. Aber dann sah ich unterwegs das haßerfüllte Flämmchen in ihren Augen, das bis auf den heutigen Tag (die heutige Nacht) nicht vergangen, sondern stärker geworden war! Jetzt dachte ich: Natürlich hat sie's mitgekriegt! Ob sie deshalb losgesprungen ist und dem Idioten ein Loch in den Mantel gebissen hat?

Wir waren wirklich wie tollwütig weggerannt. Wahrscheinlich hatten wir die Worte ernstgenommen, daß wir nicht weit kommen und daß sie uns noch in Moskau abknallen würden wie kleine Wölfe! Wir sausten von einer Straße in die nächste, und sie sahen für uns alle gleich aus. Damals hatte sich mir eingeprägt, daß dies gar keine Straßen waren, sondern Steinwände bis zum Himmel auf beiden Seiten, und man kam nicht von ihnen weg. Alle Fenster verriegelt, verrammelt und verhängt! Alle Türen verschlossen!

Was war das für eine irrsinnige Stadt, wo alles verrammelt war!

Hineingetrieben in den schmalen Korridor zwischen den Häusern, rannten wir und versuchten nirgends abzubiegen. Wir konnten uns schon denken, daß das extra so gemacht war, damit wir nirgendwo abbiegen konnten. Mit letzter Kraft rannten wir nur vorwärts, geführt von diesen Mauern! Zeitweise schien uns, daß wir uns im Kreis bewegten, wie vorhin um den Kreml. Endlich hatten wir keine Puste mehr. Schwänzchen gab keinen Laut von sich, aber er klammerte sich an mich, hing beinahe an meinem Rücken, und auch die schweigende Sandra war schon entkräftet. In diesem Moment sahen wir den Bahnhof!

Bahnhof! Da war sogar ein Schild: BAHNHOF.

Ganz perplex blieben wir stehen, rangen nach Luft und glotzten die Schrift an. Wir waren blindlings gerannt, und nun standen wir vor dem Bahnhof. Wenn das kein Wunder war!

Vielleicht aber war die Stadt so merkwürdig eingerichtet, daß alle Straßen und Mauern zum Bahnhof führten, um Fremde abzuschieben, um alle Unerwünschten, Verdächtigen hinauszuekeln und in den Zug zu setzen! In ihr Goljatwino!

Laufend und voller Angst gelangten wir auf einen Bahnsteig, um schleunigst wegzufahren, aus Moskau zu fliehen. Aber dann fiel uns ein: Es fuhren ja wohl nicht alle Züge zu uns nach Goljatwino?

Wir kamen nicht gleich dahinter, daß auch der Bahnhof, obwohl er so hieß und unserm sogar ähnlich sah, keineswegs unser Bahnhof war. Nur die Züge waren die gleichen und auch die Reisenden, sie trugen graue Wattejacken, und ihr Gepäck bestand aus Säcken und Umhängetaschen.

Wir fragten einen Mann mit einem Sack, dann eine Frau in Militäruniform und einen Lokführer in Arbeitszeug mit einer Ölkanne in der Hand, doch keiner hatte je von Goljatwino gehört!

Da setzten wir uns auf die Stufen vor dem Bahnhofseingang zwischen Kassen und Verkaufsbuden und besprachen unsere Situation. Das heißt, wir wollten uns etwas einfallen lassen, aber wir waren von Moskau, vom Kreml und von der Miliz so erschöpft, daß die Einfälle ausblieben.

Wir wollten bloß eines – abhauen, verschwinden, wir waren jetzt sogar einverstanden mit unserm beschissenen »Spez«, das uns von hier aus wie die Freiheit, vom Gefängnis aus wie ein Paradies vorkam.

Wir sahen jetzt die Leute, die um uns wimmelten, mit anderen Augen an; wenn sie wie wir in die Moskauer Falle gegangen waren, war ihr Leben auch kein Zuckerlecken! Vielleicht ging es ihnen sogar noch schlimmer als uns! Welcher Dummkopf würde auch ohne Grund und ohne Not in diese Höhle kriechen, die sich selbst verbarrikadierte und vor allen anderen absperrte! Nur die Bullen standen überall herum! Wie viele von denen mochte es in Moskau geben? Wenn die zum Beispiel allesamt nach Goljatwino zögen, würde der Platz dort bestimmt nicht reichen!

Schwänzchen legte mir den Kopf in den Schoß und schlief ein. Sandra lehnte sich auf der anderen Seite an mich und schloß die Augen. Ich wußte jedoch, daß sie nicht schlief, sondern litt. Wenn sie doch lallen wollte, ihr würde leichter!

In diesem Moment ging ein Bulle vorbei, nicht ganz so blitzblank wie die am Kreml. Aber die Augen waren bei denen allen gleich, angespannte Wächteraugen. Er ging vorbei, ging langsamer, drehte sich sogar um, aber ich tat so, als ob ich ihn nicht sah. Dabei ließ ich kein Auge von ihm, blieb wachsam und angespannt. Nur war meine Anspannung eine andere: abhauen oder warten! Als er weg war, fühlte ich nach den Dokumenten in der Tasche. Ich nahm sie heraus, betrachtete sie, steckte sie wieder zurück und verschloß die Tasche mit der Nadel, wie Tante Dunja gesagt hatte. Das Geld war natürlich weg!

Die Bullen hatten uns die ehrlich verdienten Rubel geklaut. Wenn es wenigstens unsere Leute aus Goljatwino getan hätten, die mußten von Natur aus stehlen, aber dies waren Moskauer Bullen, die Stalin bewachten! Wie konnten sie ihn bewachen, wenn sie selber Gauner waren! Womöglich beklauten sie auch den Führer des Weltproletariats und den Genius aller Völker! Vielleicht hatten sie es schon getan!

Der alte Mann, unser Befreier, der war nicht schlecht, nur schade, daß er es eilig gehabt hatte, dem hätten wir schon was von diesen Bullen erzählt!

An dieser Stelle verschwammen meine Gedanken, und ich sank unbemerkt in eine Art Halbschlaf, in dem der Bahnhof und Schwänzchen und Sandra spürbar existierten, aber auch der rettende alte Mann, der sonderbarerweise bei uns war und mir aufmerksam zuhörte und mich verstand. Und wir wären wohl mit ihm völlig ins reine gekommen, doch eine fremde Stimme verhinderte das.

Direkt über unsern Ohren Gebrüll: »Looos! Schneller! Was sitzt ihr hier rum!«

Wir drei fuhren erschrocken hoch und wußten aus Gewohnheit, daß wir irgendwohin gehen mußten. Aber wir konnten keine Bullen und keine andere Gefahr erkennen.

Eine stimmgewaltige muntere Frau trieb eine Kinderschar an uns vorüber, zwanzig vielleicht, und ich sah sogleich, daß es welche von uns waren, als hätte man sie eben aus unserm »Spez« geholt.

Die Frau trieb die Zurückgebliebenen an und rief uns im Gehen zu: »Schneller! Anschließen! Wenn ihr zu spät kommt, seid ihr selber schuld!«

»Sersch, wohin, wohin?« fragte Schwänzchen schlaftrunken und wußte noch nicht, wohin sie ihn rief.

Wenn ich das wüßte! Aber ich stieß Sandra an, und wir drei rannten den anderen hinterher, schoben uns ins dichteste Gedränge und spürten förmlich mit der Haut, daß wir unter unseresgleichen waren und es damit nicht schlecht getroffen hatten.

22

Auf dem Platz stand ein Autobus. An der Tür wirtschaftete eine Frau in einer Wattehose; sie sah aus wie ein rundes Brot. Seitlich vom Motor war eine Art Kessel angebracht, in den sie Holzklötzchen füllte. Sie wartete, bis es qualmte, dann sagte sie geschäftig: »So, mein Samowar brennt, wir können fahren.«

Der Wagen fuhr also mit Holzgas.

Er zischte, röhrte, heulte und fuhr nicht sehr flott durch die Straßen der Stadt, überholte aber Menschen und sogar Straßenbahnen.

Die Kinder juchzten und pfiffen beifällig. Ich sah über die Köpfe hinweg Sandra und Schwänzchen, die im Bus ganz nach hinten gegangen waren und zu zweit auf einem Platz saßen.

Neben mir saß ein hochgewachsener Junge mit dünnem Hals, den alle Bonifazius nannten oder kurz Bonja. Rothaarig, mit lustigen Sommersprossen, drehte er den Kopf und antwortete allen. Aus den kurzen Antworten entnahm ich, daß hier Kinder aus zwei Waisenhäusern der Moskauer Umgebung auf einer Exkursion waren, denn die Kinder kannten sich nicht alle, und die Erzieherin kannte auch nicht alle.

Bonifazius fragte mich: »Ihr aus Malachowka, wart ihr auch im ›Blauen Vogel‹?«

Ich wußte nicht, was für einen Vogel er meinte, im Zoo vielleicht, und antwortete für alle Fälle, wir hätten blaue und grüne und rote gesehen. Alle möglichen Vögel!

»Uns hatten sie's versprochen, aber es ist nichts draus geworden«, sagte Bonifazius betrübt. »Bei uns in Tomilino ist ein Ding passiert. Verstehst du, da haben sie einen Stollen entdeckt, durch den wollten welche zum Brotschneideraum, da hat unser Eber ganz schön getobt! Danach war nichts mehr mit Theater. Ein paar haben sie in die Handwerksschule geschickt und andere sogar in den Kaukasus verfrachtet!«

»Eber ist wohl euer Direktor?« fragte ich verständnisvoll.

»Ja.«

»Unser heißt Rüssel!«

»Klarer Fall, alles eine Sorte!« Bonifazius nickte. »Und diese Ausstellung von Beutewaffen, die geht schon lange. Ein paar von uns sind selber hingelaufen; andere wollten auch, und da hat Eber gesagt, fahrt mit denen von Malachowka, also mit euch Schakalen. Sonst laufen sie von sich aus hin. Also sind wir losgefahren. Das ist sie schon! Da!« rief er und zeigte zum Fenster.

Der ganze Bus summte aufgeregt. Rechts vor uns, hinter einem breiten Fluß mit Granitufer, gab es einen freien Platz, vollgestopft mit aller möglichen Militärtechnik. Geschütze, Granaten, Fahrzeuge, Panzer und Selbstfahrlafetten mit dem weißen Kreuz!

Der Bus fuhr über eine mächtige Brücke, von der aus der Platz noch besser zu sehen war. Wir rollten flott hinunter, bogen nach rechts ein und fuhren durch ein gewaltiges Eisentor, über dem mit großen Buchstaben stand: »Kultur- und Erholungspark Maxim Gorki«.

Kaum ging die Tür auf, stürmten die Kinder aus dem Bus und liefen unter Hurra-Geschrei zu dem durcheinanderstehenden Kriegsgerät.

Als ich mich zum Ausgang drängte, hörte ich die Fahrerin zu der Erzieherin sagen: »Lauf ihnen nicht hinterher! Reg dich nicht auf! Laß ihnen die Zügel locker, halten kannst du sie sowieso nicht! Wenn sie Hunger haben, kommen sie von selber zurück, sogar im Laufschritt. Bleib lieber hier sitzen, und ich erzähl dir, wie ich mich vor dem Krieg in diesem Park mit meinen Verehrern verabredet hab. Au, ich war scharf! Klein, aber scharf! Und übermütig!«

Wie scharf sie war, hörte ich mir nicht mehr an, denn kaum war ich draußen, rannte ich aus Leibeskräften hinter den anderen her, um nicht zu spät zu kommen und das Wichtigste zu verpassen. Schwänzchen und Sandra liefen mit.

Ich kam an zwei kleinen Kanonen, einem »Panther«, so stand es auf einem Brettchen, und einem Sturmgeschütz »Ferdinand« vorbei. Dieses wurde von den Waisenhauskindern belagert, die es beklopften und untersuchten.

Ich suchte mir einen »Tiger« aus – so stand es auf einem Brettchen, das an der Geschützmündung hing. Ich betrachtete das weiße Kreuz am Turm, das Geschütz und die zerfetzte stählerne Seite, die einen Volltreffer abgekriegt haben mußte, dann kletterte ich hinauf, um den Panzer rasch zu besetzen. Er hatte mir gleich gefallen. Es machte nichts, daß noch vor kurzem die verfluchten Faschisten darin gesessen hatten und daß der »Tiger« in dem verfluchten Deutschland gebaut worden war. Gegen uns, gegen mich persönlich! Natürlich auch gegen Sandra und Schwänzchen. Aber wir hatten gesiegt, indem wir ihn abschossen, also waren wir stärker, und der Panzer gehörte jetzt uns! Mir ... Ich klopfte auf die Panzerung und sagte rasch: »Anschlag für mich! Meiner! Meiner!«

»Sersch, warte!« rief Schwänzchen von unten, und ich hörte ihn nicht gleich in dem allgemeinen Lärm. »Ich will zu dir, Sersch!«

Er kam nicht auf die Gleiskette rauf, rutschte immer wieder ab, fiel hinunter und versuchte es wieder. Ich hielt ihm die Hand hin und winkte Sandra. Sie stand in einiger Entfernung, hielt die Hand über die Augen und sah von unten zu mir herauf. Aber sie guckte ohne Neid, ja, ohne Interesse. Der von mir besetzte Panzer interessierte sie nicht. Ihr war es nur darum zu tun, daß wir von da oben nicht abstürzten.

Ich linste durch die Luke ins dunkle Innere des Kampfwagens, schob dann die Beine hinein und kletterte hinunter, dabei stieß ich mir schmerzhaft das Knie an einem Metallteil. Aber zum Jammern war keine Zeit, ich rieb mir das Knie und sah mich um. Es war dunkel, und es roch scharf nach Rauch, es biß sogar in die Augen. Ich setzte mich auf das Skelett des verbrannten Sitzes und versuchte mir vorzustellen, wie vorher hier die Faschisten gesessen hatten, wie sie auf deutsch, auf faschistisch plapperten, vielleicht sogar »Heil Hitler!« brüllten, ihr Geschütz richteten und feuerten.

Oben in der Luke erschien vor dem hellen Himmel Schwänzchens Kopf. Da er nichts sehen konnte, greinte er in die Dunkelheit: »Sersch, ich will zu dir!« Auf einmal konnte er sich nicht mehr halten und fiel auf den Kopf. Ohne mich hätte sich das Dummchen vielleicht den Hals gebrochen! Nach ihm erschien auch Sandra. Sie bat um nichts, sondern kletterte schweigend, hartnäckig herunter. Ich half ihr, indem ich ihr die Schulter hinhielt. Und setzte sie auf den Platz des Geschützführers.

»Du bist jetzt Geschützführer und Richtschütze«, sagte ich wie ein Kommandeur. Schwänzchen schob ich ganz nach vorn zum Sehschlitz, damit er beobachten konnte, was draußen vorging, und auf der Hut war.

Wir wollten nicht glauben, daß uns hier in dem Eisenkasten keiner was tun oder uns abführen konnte.

Wenn wir das den Kuckuckskindern erzählten, sie würden's nicht glauben, daß wir in einem faschistischen »Tiger« herumgeklettert waren und hinterm Geschütz gesessen hatten, und hätten wir Munition gehabt, dann hätten wir auch schießen können, vielleicht sogar fahren!

Ich faßte die beiden Hebel und zog sie zu mir heran wie der Schauspieler Krjutschkow in einem schrecklich interessanten Film.

»Wo fahren wir hin, Leute?«

Es sollte ein Scherz sein, aber Schwänzchen, der vorn saß, antwortete, als könnten wir uns wirklich in Bewegung setzen: »Dahin!« Und er zeigte zum Fluß.

»Was, auf die Brücke?«

»Ja, Sersch! Und drüber weg! Dort ist unser Kreml!«
»Du willst wohl in den Kreml?«
»Ja, Sersch! Genau in den Kreml! Aber schnell!«
Er winkte ungeduldig, und Sandra nickte. Sie war auch dafür, daß wir zum Kreml fuhren!
Nein, für Schwänzchen und Sandra war es kein Spiel, sie waren überzeugt, daß wir mit unserm polternden Ungetüm jetzt gleich lospreschen würden.
Und da kommandierte ich: »Motor anwerfen!«
»Motor läuft!« rief Schwänzchen.
»Kupplung loslassen!«
»Gemacht, Sersch!«
Ich wußte nicht, was eine Kupplung ist, aber so hatten sie in dem Film gesagt, als gezcigt wurde, wie Krjutschkow die Japaner schlug und dann das Lied von den drei Panzermännern sang: »Drei vergnügte Panzermänner, eine volle Kampfbesatzung!«
»Vorwärts, für die Heimat, für Stalin!« schrie ich und zog die Hebel.
Unser Ungetüm erbebte, schwankte und rasselte so laut, daß die Ohren taub wurden von dem Gebrüll und Gepolter; es hörte sich an wie ein entgleisender Zug. Der Panzer kroch die Uferstraße entlang.
»Hurra!« schrie Schwänzchen begeistert, und Sandra lallte im gleichen Ton. Übrigens konnte ich es in dem Lärm kaum hören. Den Asphalt walzend und fast das eiserne Tor mitnehmend, bogen wir auf die Brücke, die unter unsern Ketten dumpf widerhallte.
»Ich sehe Napoleönchen«, schrie Schwänzchen.
»Feuer auf den Halunken!« befahl ich Sandra.
Sie nahm eine hellblinkende Granatpatrone aus der Kiste und schob sie in den Lauf. Dann biß sie sich auf die Lippe und feuerte. Den Schuß hörten wir nicht, aber der stählerne Leib des »Tiger« erbebte.
»Ich sehe Direktor Rüssel!«
»Feuer auf den Halunken!«
Sandra schoß wieder. Ihr Gesicht zeigte keinerlei Zweifel.
»Ich sehe Tomate und Natter!«
»Feuer ...«

»Ich sehe Koslow am Bahnhof!«

Hier brauchte ich nicht zu kommandieren. Sandra feuerte gleich dreimal. Ihr Gesicht war weiß dabei.

»Ich sehe Tussi!« sagte Schwänzchen.

Ich gab wieder kein Kommando, sondern blickte Sandra an. Ruhig lud sie das Geschütz und zielte auf jemanden vorn.

»Tut sie dir nicht leid?« rief ich.

Sie schleuderte mir einen Blick zu, den seltsamen Blick eines Menschen, dem der Haß den Verstand raubt. Ihr Gesicht leuchtete in der Dunkelheit wie das einer Ikonenheiligen. Da begriff ich, sie würde alle töten, die sich uns in den Weg stellten.

Schwänzchen brüllte: »Da ... Die Bullen bewachen den Kreml!«

Da nahm sich Sandra die Freiheit. Sie feuerte Schuß um Schuß ab, und von den vielen Schüssen wurde es qualmig im Innenraum und so heiß, daß wir kaum atmen konnten. Aber Sandra merkte nichts davon. Ich dachte mir, sie würde ganz Moskau in Trümmer geschossen haben, wenn die Munition gereicht hätte. Das Holzpflaster mit den Gleisketten zermalmend, brausten wir gegen das gußeiserne Kremltor, wo sie uns vorhin wie Häftlinge behandelt hatten. Jetzt sollten sie mal probieren, uns mit ihren blanken Knöpfen gegen die Wand zu drücken oder sich uns in den Weg zu stellen! Allen, allen hätten wir's gezeigt!

Das Tor stürzte um, kaum daß wir es mit der Geschützmündung angestoßen hatten. Dann das zweite Tor, das dritte ... Du liebes bißchen, waren hier viele Tore!

Da sagte ich zu Sandra: »Hast du genug Munition?«

Sie nickte.

»Dann baller auf die anderen Tore, damit sie auch aufgehen! Das ist schließlich der Kreml, kein Gefängnis!«

Sandra kurbelte die Richträder und schoß.

»Sie hat ein Loch in die Mauer geschossen«, schrie Schwänzchen.

»Gut so! Das ist für ... für die ›Spez-Kinder‹ ... und für alle andern ... Sollen sie reinklettern, wie sie wollen, und Genossen Stalin besuchen!«

Und ich sang:

Aus hunderttausend Batterien,
für Stalin, wir verehren ihn,
für unsre Heimat: Feuer! Feuer!

Und da sahen wir den Genossen Stalin.

Der beste Freund der sowjetischen Kinder stand auf der Marmortreppe des Palastes und rauchte nachdenklich seine Pfeife, und er war nicht verwundert, daß wir so geräuschvoll in sein Territorium eindrangen. Aber der scharfe Blick der eingekniffenen Augen folgte unserm Panzer, und der graue Schnurrbart bewegte sich sacht.

Ich bremste den Panzer und kletterte aus der Luke. Schwänzchen und Sandra befahl ich, auf Gefechtsposten zu bleiben.

Wie von einem Berg hinunter rutschte ich von dem Turm, der heiß war vom Kampf, und wäre fast hingefallen, landete aber auf meinen Füßen, nahm jedoch sofort Haltung an und ging im Stechschritt zum Genossen Stalin.

»Genosse Stalin!« schrie ich so laut wie möglich. »Die Besatzung des Kampfwagens, früher ein Beutestück und jetzt sowjetisch, hat den Kreml gestürmt, um Sie von der Bewachung durch die Bullen zu befreien, die den Sowjetmenschen nicht erlauben, ihren teuren und geliebten Führer zu sehen und mit ihm zu sprechen!«

Ich erwartete, der Genosse Stalin, der versonnen über den Platz blickte, würde majestätisch antworten, wie es sich für einen Führer gehört, aber ich hatte mich geirrt. Er warf die Pfeife wie ein überflüssig gewordenes Spielzeug zu Boden, machte einen Schritt auf mich zu und breitete die Arme aus.

»Mein Lieber!« sprach er und wischte eine Träne weg. »Mein Lieber! Ich habe ja gewußt, daß du kommen würdest! Hole auch die anderen, alle meine Freunde, hol sie alle her! Ich möchte sehen, ich möchte wissen, wie ihr, meine Herzensfreunde, so lebt. Tun euch die Bullen auch nichts? Kriegt ihr auch zu essen, kriegt ihr Kleider und Schuhe, wie es euch zusteht?«

Ich winkte zum Panzer hin, damit Sandra und Schwänzchen herzukämen. Sie stellten sich neben mir auf. Und auf einmal waren da auch die anderen Führer, die wir nur von den Bildern im Lehrerzimmer kannten. Jetzt standen sie vor uns: Molotow, Kalinin, Kaganowitsch, Woroschilow, Shdanow, Mikojan und noch einer, und sie lächelten uns zu.

Stalin persönlich stellte sie uns vor, und über uns sagte er: »Ich bitte euch, sie zu lieben und zu achten, es sind meine besten Freunde aus Goljatwino!« Dabei lächelte er verschmitzt.

23

Nachdem wir in unserem »Tiger« übernachtet hatten, machten wir uns am Morgen, es war noch kühl, auf die Suche nach Frau Kukuschkina. Wir waren zwar Wilde aus Goljatwino, aber ihre Adresse stand auf dem Papier und mußte sich finden lassen. Sie wohnte ja nicht im Kreml, wo man uns nicht zu ihr gelassen hätte. Eigentlich wollten wir gar nicht so gern zu ihr. Ich weiß nicht mal weshalb. Wahrscheinlich störte uns, daß sie auch Kukuschkina hieß. Dieser Name hatte uns ganz durcheinandergebracht.

Aber ich hatte es mir überlegt und beschlossen, daß wir zu ihr mußten, zumal sie, wie uns der einbeinige Wächter der Ausstellung, Onkel Mitja, erklärte, in der Frunse-Uferstraße wohnte, genau gegenüber hinterm Fluß. Wie es so schön heißt, herzlichen Gruß an Frau Kuckuck von den Kuckuckskindern. Schreiben Sie uns mal, unsere Moskauer Adresse ist die Beuteausstellung, der »Tiger« mit dem Loch in der Seite, der neben dem »Panther« steht! Wir warten sehnlichst auf Nachricht!

Onkel Mitja war ein Wächter, der nichts zu bewachen hatte. Er war sozusagen verantwortlich für alle diese »Tiger« und »Panther«. Was gab es da schon zu verantworten, wenn sie einfach dastanden und nichts zu essen verlangten? Onkel Mitja hatte sich eingerichtet, er machte sich ein Feuerchen, kochte sich eine Suppe im Kochgeschirr und trällerte Lieder vor sich hin, und wir störten ihn in keiner Weise.

Die Uferstraße, wo unsere Frau Kukuschkina wohnte,

war wirklich nicht weit, wir mußten nur über die gewaltige Brücke, die sie hier Krim-Brücke nannten, dabei lag sie in Moskau, und der Fluß unter ihr war die Moskwa.

Wir gingen und stellten den Passanten keine Fragen, um nichts zu riskieren. Der redselige Wächter hatte uns freundlich erzählt, daß schon Jagd auf uns gemacht wurde. Nicht auf uns persönlich, sondern auf alle, denn solche wie uns aus verschiedenen »Spezen« und Kolonien, die Moskau belagerten, gebe es hier viele, und sie wohnten nicht nur in der Ausstellung, sondern auch in Kellern und auf Dachböden und sogar im Gebüsch, manchmal direkt am Kreml, und sie alle lauerten auf den Genossen Stalin.

Aber die Bullen hatten das spitzgekriegt, und es gab den Befehl, sie, daß heißt uns, einzufangen, einzubuchten und abzutransportieren, und die Einwohner waren schon vor der ihnen drohenden Gefahr gewarnt. Und nicht nur die Miliz war hinter uns her, sondern auch die Sanitätsstation, die sich um Ratten, Schaben und streunende Hunde kümmerte! Jetzt wurde den Leuten zur Abschreckung eingeredet, daß wir ansteckend wären, plünderten und sogar mordeten.

»Die Zeitungen schreiben«, dabei sah sich Onkel Mitja um, »es wäre eine Verschwörung von Halbwüchsigen aufgedeckt worden, die sich ›Rache für die Eltern‹ nennt. Die hätten einen zerbrochenen Lauf von einem MG oder Granatwerfer gehabt, den sie auf einer Müllkippe bei Moskau gefunden hatten. Und mit diesem Lauf hätten sie den Genossen Stalin ermorden wollen!«

Bei uns in der Ausstellung gab's solche Jungs nicht, wir liebten und vergötterten unsern lieben Führer, aber das war den Bullen egal, wenn sie Befehl hatten zu jagen, jagten sie auch!

Onkel Mitja hatte uns aufgetragen, keinen anzusprechen und uns vorzusehen. Wir fanden selber das Haus; die Tür war natürlich verrammelt. Lange hämmerten wir dagegen, bis uns die Fäuste weh taten. Als wir schon gehen wollten, erschien eine Frau, die uns seltsam ansah. Da fiel mir auf, daß uns ALLE so seltsam ansahen. Manche angstvoll, andere mitleidig, manche sogar voller Haß. Dabei wandten sie die Augen ab.

Auch diese Frau sah uns seltsam an und wandte die Augen ab. Aber im Vorbeigehen rief sie uns zu: »Die Tür ist auf dem Hof!« Dann entfernte sie sich eilig und drehte sich noch ein paarmal um.

Wir gingen um das Haus herum, und wirklich, da war noch eine Tür. Und ein Wunder, sie war nicht verrammelt! Sie ließ sich öffnen, und wir konnten hineingehen.

Jetzt begriffen wir, wie man in Moskau in die Häuser kam: Man mußte die andere Tür suchen, die auf dem Hof, nicht auf der Straße!

Als wir uns in dem dunklen Hausflur umsahen, kam eine alte Frau heraus, einen Eimer in der Hand. Komischerweise erschrak sie nicht vor uns, sondern fragte: »Zu wem wollt ihr, junge Leute?«

So hatte uns noch kein Moskauer angeredet. Was waren wir auch schon für »Leute«, besonders hier in Moskau? Das war unseren ungewaschenen Gesichtern anzusehen. Die Alte mußte blind sein.

Schwänzchen sagte: »Wir suchen die Wohnung zweiunddreißig!«

»Ihr steht davor«, antwortete die Alte. »Zu wem wollt ihr? Zu den Meschkows, Jelinsons, Kukuschkins ...«

Dabei sah sie Schwänzchen an.

»Zu den Kukuschkins«, sagte ich.

Die Alte seufzte.

»Zu meiner Tochter ... Verstehe ... Zu Alewtina Petrowna.« Sie rief durch die halboffene Tür in den dunklen Korridor: »Alewtina! Besuch für dich. Deine ...«

Dieses »Deine« fiel mir nicht gleich auf. Aber die Alte mußte eine Hellseherin sein, sie hatte gleich erkannt, wer vor ihr stand!

Aus der Wohnung drang eine langsame dumpfe Stimme: »Wie viele sind's, Mama?«

»Nur drei!«

»Na, laß sie rein.«

»Geht rein«, sagte die Alte. »Geradeaus, dann rechts. Sie erwartet euch.«

Sie erwartet uns! dachte ich.

Die Alte, ohne den Eimer abzusetzen, sah zu, wie wir

uns durch den dunklen Korridor tasteten, und sagte gleichsam zu sich selbst: »Drei, das ist nicht viel. Wenn sie zu zehnt kommen!«

Ich drehte mich um, sah sie aber nicht mehr. Und ich dachte wieder, daß sie uns durchschaut hatte. Bestimmt waren wir nicht die ersten! Es waren wohl schon andere Kukuschkins hiergewesen!

Mit diesem Gedanken, auf einen Fehlschlag gefaßt, betrat ich als erster das Zimmer. Es war mit Möbeln vollgestellt wie unsere Beuteausstellung mit Kriegsgerät. Die Möbel standen kreuz und quer, so daß wir uns zwischen Schränken und Tischen in die hinterste Ecke durchzwängen mußten. Dort am Fenster saß in einem gewaltigen Sessel UNSERE Kukuschkina.

Sie kam mir gar nicht groß, sogar klein vor, und sie hatte ein ganz weißes Gesicht. Aber was mir gleich gefiel: Ihre Augen guckten nicht erschrocken wie bei den andern, sondern ganz ruhig. Sie wußte schon, wer wir waren und was wir von ihr wollten. Sie wandte auch nicht den Blick zur Seite, sondern sah uns aufmerksam an, bestimmt um sich an uns zu erinnern.

Wir drei sahen sie mit großen Augen an und versuchten uns an sie zu erinnern. Unsere Begegnung mit ihr lag ja nicht ewig zurück. Irgendwas von ihr mußte doch in uns geblieben sein!

Aber weder Sandra noch Schwänzchen, das sah ich an ihren Gesichtern, konnten diese Frau in ihrer Erinnerung wiederherstellen, deren Namen wir wie ein Geheimnis, ohne es zu wissen, unser Leben lang in uns getragen hatten.

»Setzt euch doch hin«, sagte sie. Ihre Stimme klang auch hier aus der Nähe langsam und etwas dumpf. Sie war krank, und auch ihre Stimme war krank. Auch ihr Gesicht und die Augen, alles an ihr war krank. Das war jetzt deutlich zu sehen.

Wir setzten uns nebeneinander auf ein Sofa, ganz auf die Kante, um es nicht zu beschmutzen. Auf solch einem Sofa saßen wir zum erstenmal, wie wir auch zum erstenmal in einer richtigen Wohnung mit richtigen Möbeln waren. Bei uns im »Spez« gab's solche Möbel natürlich nicht, da war volkseigenes Zeug aus Brettern: Bänke, Hocker, Tische. Hier sahen wir einen Schrank, der einem geschmückten Palast glich, und der Tisch war blank wie aus Stein und hatte krumme Beine, und das Sofa hatte einen weißen Schonbezug und eine hohe Lehne mit einem Spiegel drin!

Während wir uns umsahen, wartete die Frau.

Dann sagte sie: »Ihr seid also Kukuschkins!« Ihr Blick blieb an Schwänzchen haften. Etwas in ihrem Gesicht lebte auf.

»Ja, wir sind Kukuschkins«, antwortete ich, und Sandra nickte.

»Und wie heißt ihr?«

»Ich heiß Sergej. Und sie Sandra. Seinen Vornamen wissen wir nicht. Wir nennen ihn Schwänzchen.«

»Stimmt«, prahlte Schwänzchen. »So nennen mich alle.«

»Mama!« rief die Frau etwas lauter und sah zur Tür, die offen geblieben war. »Mama, setz Tee auf! Wir müssen doch was anbieten!«

»Hab schon aufgesetzt«, kam die Antwort aus dem Korridor.

Die Frau sah Sandra an und dann mich, und plötzlich fragte sie: »Ist deine Tante gekommen? Der ich das Papier geschrieben habe?«

»Sie ist nicht meine Tante.«

»Trotzdem. Ich hab's ihr geschrieben. Aber ehrlich gesagt, ich kann mich nicht an dich erinnern.«

Darauf sagte ich nichts.

»Du weißt vielleicht nicht, daß sie deine Angehörigen gefunden hat.«

Ich schwieg weiter. Meine Befürchtung war eingetroffen. Ein sonderbares Leben hatte für mich begonnen! Sparbuch, Geburtsurkunde, Angehörige ... Jegorow, mein Vater! Und all das nur für mich! Auf drei verteilt wär's leichter gewesen!

Frau Kukuschkina sah mir ins Gesicht und schien zu begreifen, zu erraten, was in mir vorging.

»Du brauchst ja nicht zu ihnen zu gehen«, sagte sie. »Ich habe sie auch nicht gesehen. Ich habe keine Vorstellung, wie sie sind. Aber ich kann es mir denken. Jedenfalls wissen sie etwas über deinen Vater. Du willst mich doch nach ihm fragen? Nach Jegorow?«

Ich zögerte. Aber dann entschloß ich mich doch, zu bejahen.

»Dann fahr zu ihnen. Ich kann dir erklären, wie du sie findest!«

»Und sie?« Ich zeigte auf Sandra und Schwänzchen. »Wissen Sie etwas von ihnen?«

Die Frau schüttelte den Kopf und seufzte müde.

»Ihr wart doch so viele. Ich konnte euch nicht mal zählen, nicht mal jedes Gesicht anschauen. Hätte ich es doch getan!«

»Aber warum ...«, fragte ich und spannte mich. »Warum waren wir so viele? Und warum ... wurden wir nicht bei unserm Namen genannt? Sondern bei Ihrem?«

Da sah ich, wie Sandra aufhorchte und blaß wurde. Schwänzchen guckte nicht mehr in der Wohnung herum, sondern starrte die Frau an. Sie gab keine Antwort. Sie blickte wieder zur Tür und sagte, ohne die Stimme zu erheben, in den Raum: »Mama, was ist mit dem Tee?«

»Gleich«, tönte es aus dem Korridor. »Ich bring ihn schon.«

Obwohl wir nur die Mama hörten, hatte ich plötzlich das Gefühl, daß da noch wer im Korridor war. Füße schlurften, Dielen knarrten, dann ein Hüsteln.

Die Frau wartete geduldig und sah zur Tür, und wir sahen sie an.

24

Mama Kukuschkina kam herein, und sie war jetzt nicht mehr eine schwarze alte Frau wie im Flur, sondern eine elegante Dame mit roter Bluse und rotem Kopftuch, und sie hatte ein Tablett in der Hand. Es glänzte wie aus Silber, und darauf standen schöne Tassen, wie im Restaurant, noch schöner sogar, und eine Teekanne, ganz und gar verziert, und auf einem Schälchen lagen kleine Fladen, die wir natürlich sofort zählten, vier Stück!

Die Mama stellte das Tablett auf den blanken Tisch mit den krummen Beinen und ging. Frau Kukuschkina goß uns dreien und sich Tee ein und hieß uns, von den Plinsen zu nehmen, so nannte sie die Fladen.

»Zucker habe ich nicht«, sagte sie rechtfertigend, als wäre sie vor uns schuldig. »Aber Plinsen aus gefrorenen Kartoffeln, die sind süß. Vielleicht schmecken sie euch.«

Sandra und Schwänzchen nahmen je eine Plinse; nach der Tasse zu greifen fürchteten sie sich. Sie sahen mich an. Immerhin hatte ich schon einmal solches Geschirr benutzt, doch sie noch nie.

Mit aller Vorsicht nahm ich die Tasse, doch ich verschwappte Tee auf den Fußboden. Erschrocken sah ich die Frau an.

»Kein Wunder«, sagte sie ruhig. »Sie ist ja heiß! Hast du dich verbrannt?«

Mein Gott, wovon redete sie? Wir wollten ja nur nichts beschmutzen oder zerschlagen! Um uns ging's doch gar nicht! Mir wär lieber gewesen, ich hätte mich verbrannt, aber nicht den Fußboden naß gemacht. Wenn wir weg waren, würde sie noch denken: Was ist von denen schon zu erwarten. Die können ja nicht mal eine Tasse halten! Irgendwie unfertig!

Jetzt hielt ich die Tasse mit beiden Händen und sah, daß Sandra und Schwänzchen es ebenso machten und in den Tee pusteten.

»Gießt was in die Untertasse«, empfahl die Frau.

Weitere Vorkommnisse gab es nicht, Mama Kukuschkina kam noch zweimal und brachte auf einem Teller vier Plinsen, die backte sie wohl in der Küche. Und immerzu schlurften im Korridor irgendwelche Schritte.

Ich dachte mir, wenn ich die Plinsen gebacken hätte oder einer von uns, wir hätten uns erst mal selber vollgefressen in der Küche und erst dann daran gedacht, irgendwelche Besucher damit zu bewirten oder auch nicht! Was trieb sich nicht alles für Volk in der Stadt herum! Plinsen gab's wenig, aber solche wie uns viele! Für alle reichte das Essen nicht!

Frau Kukuschkina sah zur Tür und sagte: »Seid ihr wenigstens ein bißchen satt geworden? Das ist gut. Mädel, geh, mach die Tür zu, es zieht.« Sandra tat es. »Und jetzt will ich eure Frage beantworten, warum ihr so viele wart. Weil auch eure Leute, na, eure Eltern so viele waren ... Dort ...«

»Wo?« fragte ich drängend. »Im Gefängnis?«

Sie blickte nicht weg. Aber sie druckste. »Ja. Auch in den Lagern.«

»Und warum waren es so viele?«

Sie schwieg.

»Waren das alles Feinde?«

Da sagte Mama Kukuschkina hinter uns, wir hatten sie gar nicht hereinkommen hören: »Sie wurde ja selber zum Feind erklärt ... Euretwegen übrigens! Dort haben sie ihr das Rückgrat kaputtgeschlagen!«

»Mama«, sagte Frau Kukuschkina ruhig. »Ich bitte dich!«

Aber die Mama schien ärgerlich zu sein und sagte nun schnell, sie habe ihre Tochter gewarnt, daß es ein böses Ende nehmen würde! Und als sie abgeholt und verhört wurde, weshalb sie uns sekretiert habe, antwortete sie, daß sie uns keineswegs habe sekretieren wollen, sondern sie habe uns nur ihren Namen gegeben, weil wir unsern eigenen nicht mehr wußten, und das hätten sie ihr nicht geglaubt! Und sie geschlagen! Und dann freigelassen, nachdem sie sie zur Invalidin gemacht hatten.

»Und ihr, ihr kommt und kommt! Habt doch Mitleid mit ihr! Sie hat doch für euch gelitten!«

Die Mama ging. Diesmal knallte sie wütend die Tür zu, so heftig, daß sie wieder aufsprang.

Wir schwiegen erschrocken. Frau Kukuschkina war noch blasser.

»Nun gut.« Sie machte eine Handbewegung. »Bleibt sitzen. Sie meint ja nicht euch. Sie meint überhaupt ...«

»Die haben Sie geschlagen?« fragte ich. »Wegen uns, ja?«

Sie sagte zu Sandra: »Mädel, geh die Tür zumachen. Wir haben sie sonst immer offen. Aber es ist irgendwie kalt.«

Während Sandra hinging und die Tür schloß, beruhigte sie sich. Nur die Blässe blieb. Sie sah Schwänzchen an und sagte auf einmal lebhaft: »An dich kann ich mich erinnern.

Du warst zwei Tage vor meiner Verhaftung da. Aber du hattest wirklich keinen Vor- und Nachnamen.«

Sie sah sich vorsichtig nach der Tür um und flüsterte: »Ihr wollt doch bestimmt zum Genossen Stalin?«

»Sie haben uns nicht zu ihm gelassen!« antwortete ich.

»Laßt es, geht nicht wieder hin!«

»Warum nicht?«

Sie zuckte die Achseln und sah zur Tür. »Geh lieber zu deinen Angehörigen. Das ist zwei Stationen von hier ... mit der Metro.«

»Lassen sie uns da überhaupt rein?« fragte ich verwundert.

»Aber ja! Kauf dir eine Fahrkarte und fahr hin, das Geld dafür geb ich euch! Ihr habt doch bestimmt keins?«

»Wir ham hunnerttausend!« schoß Schwänzchen heraus. »Auf dem Sparbuch!«

Frau Kukuschkina wunderte sich nicht. Sie zeichnete mir einen Plan auf Papier, wie ich zu meinen Verwandten fahren mußte. Die Metrostation hieß »Palast der Sowjets«.

Von dem Palast der Sowjets hatten wir in der Schule gelernt, er sei das höchste Gebäude der Welt, darauf stehe Lenin mit ausgestreckter Hand, die Hand sei ein Flugplatz, und in Lenins Kopf sei ein Sitzungssaal für den Genossen Stalin.

»Nein«, widersprach Frau Kukuschkina mit einem Blick zur Tür. »Ihr werdet den Palast nicht sehen, es gibt ihn nicht. Aber dort ganz in der Nähe ... Fahrt hin! Von dem Sparbuch weiß ich, und ich habe eurer Tante, oder was sie ist, gesagt, daß ihr es nicht braucht. Was sollt ihr mit so viel Geld?«

»Ein Brot kaufen!« sagte Schwänzchen. »Vielleicht auch ne ganze Ration, wenn noch was übrig ist.«

Die Frau sah ihn nachdenklich an. In ihren Augen schimmerte ein warmes Licht.

»Magst du Märchen, mein Kuckuckskind? Ich will dir eins erzählen. Vom Elefanten und der klitzekleinen Maus. Sie trafen sich auf der Straße, und da sagte der Elefant: ›Warum bist du denn so klein? Du mußt mehr essen! Sieh mich an, ich esse immer viel und bin so groß!‹ Da seufzte das Mäuschen und flüsterte: ›Ich war lange krank ...‹ Aber jetzt red ich ja von mir«, schloß die Frau mit einem Seufzer. »Und mit dem Brot, tja ... Übrigens, die Sparkasse, wo das Geld liegt, ist gleich neben dem Haus. Nein, gegenüber, man muß nur über die Straße.«

»Gibt man's uns denn, das Geld?« fragte ich.

»Sicherlich. Ehrlich gesagt, ich hatte nie Geld, nicht mal auf dem Sparbuch. Ich habe keine Ahnung, wie man's abhebt. Aber sie werden's euch sagen.«

Leicht angespannt sagte sie zur Tür hin: »Mama, bringst du sie raus?«

Die Mama stand auf der Schwelle, als hätte sie vor der Tür gewartet.

Wir standen auf und wußten nicht, wie wir schicklich gehen sollten.

Frau Kukuschkina winkte uns näher zu treten und küßte uns – Schwänzchen, Sandra und mich. Sie beugte meinen Kopf herunter und flüsterte mir ins Ohr: »Sucht nicht nach ihnen ... Es hat keinen Zweck ... Ist keiner mehr da. Verstehst du mich? Keiner. Nehmt euch in acht ... Ihr werdet gebraucht ... Ihr seid Knospen an einem mächtigen Baum ... Aber ihr müßt noch wachsen! Verstehst du? Seht zu, daß ihr überlebt! Sie verschonen keinen!«

Ich sagte: »Gut.«

Dabei hatte ich nichts verstanden. Erst später kam ich dahinter, was sie gemeint hatte, als wir im Schuppen saßen und hofften, davonzukommen und zu überleben. Und als ich mich an ihre Worte erinnerte, begriff ich plötzlich, daß wir nicht davonkommen und wohl auch nicht überleben würden. Aber das war erst später.

Damals versprach ich es ihr und sah sie ein letztes Mal an. Ich wußte, daß wir uns nie wiedersehen würden.

»Na, dann geht mit Gott!« Sie sank zusammen, duckte sich und wurde noch kleiner in dem gewaltigen Sessel.

»Geht jetzt, geht!« sagte auch ihre Mama, aber in einem anderen Ton und begleitete uns in den dunklen Hausflur. Sie zog die Wohnungstür zu und sagte feindselig: »Kommt nicht wieder! Und sagt auch den anderen, sie sollen nicht herkommen! Ihr ist vom Leben auch so schon nichts geblieben, euretwegen hat sie sich zugrunde gerichtet! Aber ihr wollt das nicht verstehen, ihr kommt und kommt und gebt ihr noch den Rest!«

25

Zunächst wollten wir's auch so machen und mit der Metro fahren.

Aber kaum waren wir durch die Tür und erblickten den mächtigen runden Saal voller Licht, mit blankem Steinfußboden und einer ebenso blanken Treppe, die in die Tiefe führte, da blieb Sandra stehen, schüttelte den Kopf und machte kehrt. Schwänzchen und ich folgten ihr und waren rasch wieder draußen.

Nach der Zeichnung erreichten wir auf Schusters Rappen die Kropotkinskaja-Straße, fanden das Haus und auch die Tür.

Da wir jetzt schon gewitzt waren, gingen wir gleich über den Hof und fanden die Tür offen.

Aber wir gingen nicht gleich hinein. Den Kopf im Nakken, zählten wir die Stockwerke, und es waren zehn! Hoch hinauf waren meine Verwandten gestiegen, weit weg von mir!

Im Himmel wohnten sie, und sie fuhren bestimmt unter der Erde spazieren. Und jetzt saßen sie in ihrer zehnten Etage und hatten keine Ahnung, daß ihr kleiner Neffe im Hausflur stand und überlegte, ob er zu ihnen gehen sollte oder nicht.

Ob sie sich freuen würden, wenn sie erfuhren, daß ich hier stand?

Bestimmt würden sie sich aus dem Fenster beugen und herunterkommen! Na klar, der Neffe, Jegorows Sohn, hatte sich von selbst eingefunden. Unser Juwel! Langersehnt! Was sollen da Worte ... Komm, komm schnell, alle wollen dich sehen! Und wie groß du schon bist, mein Gott! Das ist der Sohn von Jegorow! Wenn das dein Papa wüßte! Diese Freude!

So stellte ich mir die Begegnung vor.

Ein letztes Mal blickte ich hinauf zur zehnten Etage und

holte tief Luft. Dann kehrte ich, gefolgt von Schwänzchen und Sandra, zur Straße zurück, überquerte sie, und entdeckte ein Brettchen mit der Aufschrift »Sparkasse«.

Wir lasen die Schrift, hatten es aber nicht eilig hineinzugehen.

Die Verwandten aufzusuchen hatte ich keine Angst, aber keine Lust. Hier hineinzugehen hatte ich Lust, aber Angst. Es war wie unter die Erde zu gehen. Aber wir gingen hinein. Wir sahen einen leeren kleinen Saal, eine Barriere und Schalter mit den Aufschriften »Kassierer«, »Kontrolleur« und »Leiterin«. Wir gingen natürlich zum Kassierer. Ich holte das wertvolle Büchlein aus dem Futter und trat zum Schalter. Die Frau dahinter, dick und mit Brille, las in einem Buch und sah mich nicht.

Sandra betrachtete sie lange, dann stieß sie mich mit dem Ellbogen an, damit ich sie ansprach. Sonst würde sie mich nie zur Kenntnis nehmen.

In diesem Moment kam türknallend ein alter Mann mit einem Stock in der Hand herein. Er drängte uns von der Barriere weg, schob den Kopf in den Schalter und verlangte, man solle ihm auf der Stelle Geld auszahlen, er sei in Eile.

Die Frau blickte von ihrem Buch auf und sagte: »Gewiß doch! Keine Bange, das machen wir gleich.«

Sie nahm ihm das Sparbuch ab, und das sah genauso aus wie unsers – der Umschlag, die Seiten, das konnte ich gut erkennen. Er kriegte sein Geld, es wurde ihm zweimal vorgezählt. Da raffte er es ein und zählte es zum drittenmal. Zuerst vor dem Schalter, dann im Beiseitegehen. Das machte er in aller Ruhe, gähnte, blickte zum Fenster hinaus, dann zu uns und verwahrte das Geld in einer gewaltigen Lederbrieftasche. Wir bemühten uns, ihn nicht anzusehen, damit er nicht dachte, wir stünden hier, um auszuspähen, wo er sein Geld ließ.

Er ging noch nicht, guckte aus dem Fenster, gähnte, sah uns an und fühlte immer wieder nach der Brieftasche. Endlich nickte er uns drohend zu und verschwand türknallend. Wir atmeten erleichtert auf.

Ich holte Luft und fragte in den Schalter hinein, ob ich

Geld kriegen könnte, wir seien sehr in Eile. Ich machte es dem Alten nach, aber ich sagte die Wahrheit, wir hatten es ja wirklich eilig, unsere Dinge in Moskau zu erledigen.

Die dicke Frau blickte von ihrem Buch auf und fragte: »Habt ihr ein Guthaben? Eine Zahlungsanweisung?«

Ich zeigte ihr das Sparbuch, aber nur von weitem.

»Gib her«, sagte sie und streckte die Hand aus.

»Gib's ihr nicht, Sersch«, flüsterte Schwänzchen und zupfte mich am Arm. »Sie behält's, du wirst sehen!«

Ich sah Sandra an, zu deren Gespür ich Vertrauen hatte. Sie zuckte nur die Achseln. Aber sie riet mir nicht ab. Das war richtig, wozu waren wir hergekommen, wenn wir vor allem Schiß hatten.

Zögernd hielt ich ihr das Buch hin. Sandra und Schwänzchen beobachteten gespannt die Hände der Kassiererin: Wo tat sie es hin?

Sie öffnete das Buch da, wo die Summe geschrieben stand, und erstarrte für eine Weile. Ein paarmal las sie die Zahl, bewegte dabei die Lippen, blickte auf mich, dann wieder in das Buch, wieder auf mich, auf uns alle. Dann wandte sie sich der anderen, schlanken Frau zu: »Tassja, sieh mal!« und zeigte ihr das Buch. Die warf einen Blick hinein und sah uns an, als wären wir aus einem Zoo ausgebrochen.

»Sergej Jegorow, wer ist das?« sagte sie.

»Ich«, antwortete ich und spürte, daß mir die Beine einknicken wollten. Ich hatte auf einmal Angst, sie könnten mich als Gauner betrachten.

Aber sie sagte: »Habt ihr Papiere dabei?«

Ich nickte und holte die Geburtsurkunde hervor. Jetzt waren alle unsere Wertsachen in den Händen dieser Frau. Sie blätterte mit feuchtem Finger darin, las immer wieder, sah uns mehrmals an.

Dann starrte sie mich an und fragte: »Also, was wollt ihr?«

Schwänzchen zupfte mich von unten und flüsterte: »Sersch, sag ihnen, sie sollen uns Geld geben, sag's ihnen!«

»Geld ... wollen wir«, antwortete ich und sah zu Boden. Mir war schon wieder so, als könnte sie mich für einen Gauner halten. Irgendwie war's mir peinlich, sie um Geld zu bitten. Der Alte freilich, der hier gewesen war, hatte sich nicht gescheut, von Geld zu reden und sogar welches zu verlangen. So wie er müßte ich aussehen, und seinen Stock und seine Stimme müßte ich haben! Solch einer kriegte seins, und wenn er's ihnen aus dem Halse riß!

»Jegorow!« sagte die Frau und stand auf, um mich besser sehen zu können. »Ich darf dir kein Geld auszahlen. Du bist noch zu klein, verstehst du das? Aber du kannst mit deinen Eltern wiederkommen, dann ja. Hast du mich verstanden?«

Ich nickte. Dabei hatte ich nur verstanden, daß sie mir kein Geld geben würde. Gott sei Dank! Ich wußte ja gar nicht, wie ich es bekommen konnte und was ich damit machen sollte.

Da sagte die dicke Kassiererin, wobei sie aus dem Schalter guckte, ich könnte auch mit anderen Erwachsenen kommen, und die müßten dann eine beglaubigte Vollmacht auf meinen Namen haben. Die Beglaubigung müsse ein Notar machen. Das sei alles nicht kompliziert.

»Wo wohnst du denn?« fragte sie.

»Bist du aus Moskau?« fragte die andere.

Und obwohl mich Sandra mit dem Ellbogen anstieß, damit ich unsere Siedlung nicht angab, egal warum sie danach fragte, antwortete ich: »In Goljatwino ... wohn ich.«

»Wo ist das? In der Umgebung?«

Von der Umgebung wußte ich nichts, aber ich nickte.

Ich mochte nichts mehr hören. Aber ich nickte fortwährend. Klarer Fall, der Fall war unklar. Und dann dachte ich noch, die in Goljatwino, die wußten wirklich, wie man so was machte, die würden nicht lange mit mir fackeln, sondern gleich das ganze Geld einraffen. Wir kannten die ja!

Aber die beiden Frauen freuten sich, daß ich alles verstanden hatte, sie gaben mir das Buch und die Urkunde zurück. Sie hätten beides ja auch behalten können!

»Mach es so, wie wir's dir gesagt haben«, belehrte mich die Dicke. »Und versteck das Sparbuch gut. Es ist ein Dokument.«

Ich nickte wieder, dann gingen, nein, sprangen wir nach draußen.

26

Wir atmeten erleichtert auf, als wir draußen vor der Sparkasse standen, froh, ihr entronnen zu sein.

»Gute Menschen«, würde Motja über die Kassiererinnen gesagt haben. Ein Glück, daß sie nicht die Bullen gerufen hatten!

Wir drei, Sandra, Schwänzchen und ich, ließen kein Auge von dem Haus gegenüber, wo meine Verwandtschaft wohnte, ohne etwas von mir zu wissen. Ob ich sie – so ging es mir durch den Kopf – beglückte, indem ich ihnen das für mich überflüssige Sparbuch zusteckte? Nehmt es, macht davon Gebrauch, wenn ihr meine Verwandten seid, mir ist es nicht leid darum!

»Sersch!« rief Schwänzchen. »Warum haben sie dir kein Geld gegeben?«

Ich zählte noch einmal die Etagen, dann antwortete ich: »Weil ich nicht groß genug bin! Hab zu wenig Grützbrei gegessen!«

»Wir haben doch nie Grützbrei gekriegt!« sagte Schwänzchen beleidigt.

»Na, vielleicht kriegen wir jetzt welchen!« Entschlossen ging ich über die Straße zum Haus meiner Verwandtschaft. »Kommt ihr mit?«

Sandra und Schwänzchen nickten. Sie wollten auch meine Verwandten sehen. So was wurde uns nicht alle Tage geboten! Vielleicht kriegten wir sogar Plinsen vorgesetzt? Ohne Tee! Tee auf einem Tablettchen mußte nicht sein!

Wir stiegen zur obersten Etage, der zehnten, hinauf und klopften. Hinter der Tür waren Schritte zu hören, aber keiner öffnete.

Wir klopften noch einmal. Hinter der Tür Schritte und Gemurmel, einmal knackte sogar das Schloß. Endlich fingen sie an zu öffnen. Das dauerte lange, und richtig geöffnet wurde nicht. Statt dessen fragte eine Männerstimme: »Wer ist da?«

»Ich bin's«, sagte ich, denn ich wußte nicht, wie ich mich durch die geschlossene Tür erklären sollte.

»Wer ist ich? Den Namen.«

Da fiel mir ein zu fragen: »Wohnen hier die Jegorows?«

»Welche Jegorows? Wen wollen Sie sprechen?«

»Jegorow«, antwortete ich entschlossen, und auf einmal war meine Aufregung weg. Wirklich, was zappelte ich wie eine Kaulquappe am Haken? Lauter fügte ich hinzu: »Machen Sie auf, dann erklär ich alles.«

Wieder knackte das Schloß, und ich hörte eine Frauenstimme: »Die Kette! Mach die Kette vor! Hier wimmelt's doch von Banditen.«

Nun ging die Tür auf, aber nur einen Spalt, und heraus blickte ein Mann, kahlköpfig und mit einer Brille, fast genau so eine wie die von unserm Rüssel.

»Ah, Junge Pioniere!« rief er erleichtert. »Aber wir haben schon alles abgegeben. Wirklich! Sogar den alten Samowar.«

»Sind Sie Jegorow?« fragte ich den Mann.

Er sah mich verdutzt an.

»Ich heiße auch Jegorow ... Sergej ...«

Ich sah, daß er mir schon die Tür vor der Nase zuknallen wollte, aber dann stand er starr vor Überraschung.

»Sergej? Was für ein Sergej?«

»Na, der Sohn Ihres Bruders ... Anton ...«

»Meines Bruders«, murmelte der Mann. »Ich habe keinen Bruder!« Er warf einen Blick auf Sandra und Schwänzchen. Ich sah, daß er zu Tode erschrocken war. Seine Brille lief sogar an.

Er schlug für einen Moment die Tür zu, öffnete sie aber gleich wieder und ließ uns reinkommen. Dabei warf er einen argwöhnischen Blick auf den Treppenabsatz. Die Tür schloß er sofort. Wir befanden uns in einer Diele, in der Klamotten hingen, und da war auch ein riesiger blanker Spiegel, größer als ich. Wir standen da, und der Mann stand vor uns, als wollte er uns den Durchgang in die Zimmer versperren. Hinter seinem Rücken guckte eine Frau hervor, höher gewachsen als er, üppig, in einem geblümten dunkelroten Morgenrock. Mir ging durch den Sinn, in solch einem Morgenrock müßte sie mit der Metro fahren und nicht zu Hause sitzen, wo niemand den schönen Morgenrock bewundern konnte.

Ich dachte über den Morgenrock nach; in so angespannten Momenten denke ich immer über Abseitiges nach.

»Andrej, wer ist das?« fragte die Frau laut, als wären wir nicht vorhanden. »Warum läßt du jeden ins Haus?«

Der Mann rückte die Gummiriemen auf den Schultern zurecht, die seine Hosen hielten, und sagte zu der Frau: »Dilbara, beruhige dich. Das ist Antons Sohn. Verstehst du? Der Sohn ... von Anton ... ist gekommen.«

»Ist er nicht vom Zug überfahren worden?« fragte die Frau verwundert und sah mich flüchtig an.

»Ja, ja!« sagte der Mann hastig. »Uns ist doch mitgeteilt worden, daß du ... na ja, wie soll ich sagen, unter den Zug gekommen bist.«

Ich antwortete nicht. Mußte ich denen erklären, daß ich nicht überfahren worden war? Die sahen doch, daß ich heil war!

»Was will er denn?« erkundigte sich die Frau mit dem sonderbaren Namen Dilbara. »Warum ist er gekommen?«

»Man hat mir Ihre Adresse gegeben«, antwortete ich. »Sie sind doch Verwandte.«

»Wir? Verwandte?« schrie Dilbara. »Wer sagt, daß wir Verwandte sind? Wir kennen deinen Anton gar nicht! Seinetwegen hat Andrej beinahe die Arbeit verloren! Und er ist Professor! Dekan! Er hat einen Brief ans ZK geschrieben, daß wir mit seinem Bruder keinen Umgang hatten und ihn nicht zu kennen wünschen! In unserer Familie hat es nie Verräter gegeben! Nur ein schwarzes Schaf hat sich gefunden!«

»Dilbara!« bat der Mann, der sich bald ihr, bald uns zuwandte. »Laß uns allein ... Ich werde schon alles richtig erklären! Nur ohne Geschrei, hier ist doch alles zu hören! Deshalb habe ich sie ja reingeholt, weil sonst gleich einer schreibt.«

»Na schön, aber sie sollen gehen«, sprach Dilbara und ging selber, und ihr herrlicher Morgenrock leuchtete zum Abschied.

»So ist das«, seufzte der Mann und breitete die Arme aus.

Er sah uns an und wir ihn. Das also nannte sich Tee mit süßen Plinsen auf dem Tablett! Es war klar, er wartete, daß wir uns entfernten. Aber ich hatte noch ein Anliegen. Zum Abschied sagte ich: »Der Vater hat mir Geld hinterlassen. Auf dem Sparbuch. Möchten Sie es nicht haben?« Und ich reichte ihm das Buch.

Der Mann fuhr zusammen wie von einem Schlag. Seine Backen röteten sich. Er nahm das Buch und warf einen Blick hinein. Und wurde weißer als die Wand.

»Dilbara!« rief er kläglich. »Hier ist Antons Geld.«

Dilbara erschien, aber nicht mehr im Morgenrock, sondern in einem rosa geblümten Kleid. Auf dem Kopf trug sie eine Art Turban, auch mit Rosen. Wie die Schöne in dem Film »Der Dieb von Bagdad«. Den hatten sie uns mal gezeigt.

»Was für Geld? Warum hast du's genommen?« schrie sie.

»Aber hier … Sieh doch!«

»Ich will nichts sehen, gib's ihm sofort zurück!«

»Aber es sind hunderttausend!«

»Und wenn's zweihunderttausend sind! Mein Gott!« keifte Dilbara. Und plötzlich brach sie in Tränen aus. »Habe ich dich nicht oft genug aus der Klemme geholt wegen dieser Jegorows? Habe ich nicht oft genug für dich gebeten? Sollen sie dir wieder zusetzen, weil du das Geld eines Verräters genommen hast? Woher willst du wissen, daß das Geld nicht ›von dort‹ kommt? Hast du mich verstanden? Sie werden's melden! Dann sind wir verloren!«

Seufzend gab der Mann mir das Buch zurück.

»Hör zu«, druckste er. »Gib's deiner Mutter … Sie nimmt es. Sie, na ja, es geht ihr ganz schlecht.«

»Meine Mutter?« fragte ich, und plötzlich blieb mir die Luft weg von der Vermutung. »Meine … Mutter?«

»Ja, deine Mutter!« schrie Dilbara. »Zu ihr mußt du gehen, nicht zu uns! Wir existieren nicht für dich, verstanden? Wir existieren nicht! Andrej, schaff sie raus, sonst werde ich noch verrückt!«

Der Mann zog hastig den Mantel an.

»Ich geh ja schon …, Ja, ich habe was zu erledigen. Und unterwegs zeig ich ihnen, wo sie wohnt, hier im Nebenhaus. Kommt!«

Er drängte uns aus der Wohnung. Von der schönen Dilbara konnten wir uns nicht mehr verabschieden.

27

Der Mann führte uns, immer wieder sich umdrehend, über die Höfe zu einem kleinen einstöckigen Haus, das hinter den andern Häusern stand.

Ich hatte die ganze Zeit den Eindruck, daß er mir etwas erklären wollte, sich aber nicht entschließen konnte. Er blickte irgendwie sonderbar drein, gradezu kläglich, und dann gab es ihm einen Ruck wie von einem elektrischen Schlag. Er beschleunigte den Schritt, und die Treppe zum Obergeschoß lief er fast hinauf, wobei ihm die Luft knapp wurde.

Aber er ließ uns nicht allein, sondern klopfte an die Tür, und als eine heisere Frauenstimme antwortete, sagte er: »Antonida, du? Ich habe dir deinen Sohn gebracht. Mach bitte auf!«

Ich stand da, nicht tot noch lebendig, aber ich sah und hörte alles. Sandra blickte mich seltsam an, und Schwänzchen versuchte mit erhobenem Kopf zu begreifen, wie es kam, daß ich plötzlich eine Mutter hatte. Heute früh hatte ich ja noch keine gehabt. Gestern auch nicht und in Goljatwino auch nicht. Es war auch wirklich unbegreiflich, daß sie plötzlich auftauchen konnte, wenn es sie früher nie gegeben hatte!

Aber dann dachte ich: Wenn es den Korb gab, in dem man Kinder den Fluß hinunterschwimmen ließ, gab es auch die Mutter. Wie denn sonst!

Hinter der Tür erklang eine Stimme, das mußte ihre Stimme sein. Die Stimme der Mutter. Merkwürdig.

»Andrej, bist du's? Wen hast du gebracht?«

»Deinen Sohn!« wiederholte er und wischte sich den Schweiß von der Stirn. Er hatte kein leichtes Leben, das war mir schon klar. Und als Mensch war er, nach allem zu urteilen, nicht schlecht, wie Motja gesagt haben würde, er hatte uns ja nicht allein gelassen, sondern uns hierher gebracht und vertrödelte seine Zeit mit uns, während er doch irgendwo hingehen mußte.

»Meinen Sohn?« fragte die Stimme der Mutter.

»Ja, deinen! Sergej! Er lebt!« Der Mann sah mich flehend an. »Sag ihr, daß du lebst! Na?«

»Ich lebe«, sagte ich mit hölzerner Stimme.

»Er lebt! Er lebt! Mach auf!«

Die Frau, die meine Mutter war, schwieg hinter der Tür.

Der Mann schlug ärgerlich mit der Faust gegen die Tür.

»Antonida, machst du nun auf oder nicht?«

»Nein«, antwortete die Frau.

»Warum nicht?«

»Ich habe Angst vor ihm.«

»Warum denn das?«

Die Frau schwieg.

»Ich habe Angst ... Hast du keine?«

Der Mann schien etwas herunterzuschlucken. Er konnte nicht mal antworten. Er trat von einem Fuß auf den andern und sagte entschlossen: »Nun seht selber zu. Ich muß weg!« Er sah zur Uhr. Aber er ging noch nicht, sondern blieb stehen, sah mich an und zwinkerte häufig.

Dann waren wir doch allein. Wir standen da und wußten nicht einmal weshalb.

Plötzlich fragte die Frau hinter der Tür: »Sergej, bist du da?«

Ich nickte wortlos, aber sie sagte überzeugt: »Ich weiß, daß du da bist. Bist du allein? Oder nicht?«

»Wir sind zu dritt!« rief Schwänzchen in eine Ritze. Meine Stimme war weg.

»Na siehst du«, sagte die Frau. »Alles kleine Banditen, nicht wahr?«

»Nein! Nein!« schrie Schwänzchen. »Wir sind keine Banditen, wir sind Kinder!«

»Egal. Ich mach nicht auf. Ich hab nicht mehr mit deinem Vater gelebt, als sie ihn holten. Später habe ich geschrieben, daß ich ihn und dich nicht gesehen habe und nichts über euch weiß. Ich habe mich sofort von dir losgesagt. Also geh, Sergej. Ich hab's auch so schon schwer genug. Die verzeihen ja nichts. Auch deinen Onkel Andrej quälen sie bis heute. Vielleicht sperren sie ihn ein. Besonders wenn sie erfahren, daß du hier warst.«

»Antonida, du willst nichts von uns wissen?« schrie Schwänzchen in die Ritze und sah mich an.

»Ich will nichts von euch wissen.«

»Dann gehen wir!« schrie Schwänzchen.

»Tut das.«

Ich holte das Sparbuch hervor und schob es in die Ritze. Und ging. Aber als wir schon im Hof waren, überlegte ich mir, daß es ein Fremder vor ihr finden könnte. Ich machte kehrt, lief hinauf zum ersten Stock, und richtig: Der alte Mann mit dem Stock, der in der Sparkasse sein Geld gezählt hatte, stand vor der Tür und hatte mein Sparbuch in der Hand. Er war so vertieft, daß er mich nicht bemerkte. Ich riß ihm das Buch aus der Hand und lief hinunter. Da schrie er mir plötzlich gellend hinterher: »Diebe! Mein Geld gestohlen! Hilfe!«

28

Von unserer Reise hatte in Goljatwino niemand erfahren. Wir arbeiteten sogar noch zwei Tage auf dem Feld. Von Moskau erzählten wir den Kuckuckskindern nur wenig. Daß der Kreml verschlossen war und Bullen den Genossen Stalin bewachten. Und von Frau Kukuschkina, die gesagt hatte, wir sollten nach niemandem suchen. Niemand sei mehr am Leben.

Ich dachte, es würde Streit geben. Aber die Kuckuckskinder ließen sich nicht auf Gespräche ein. Dabei war ihren Augen abzulesen, daß jedes die Neuigkeit auf sich bezog. Laut darüber reden mochten sie nicht.

Aber auch ich war gerettet, ich wollte nicht gefragt werden. Von den Verwandten, die mich weggeschickt hatten, sagte ich gar nichts. Ich bat auch Schwänzchen und Sandra zu schweigen. Ebenso über die Begegnung mit der Mutter. War sie es überhaupt gewesen, die hinter der Tür geantwortet hatte? Wer wußte denn, ob sie es war?

Sandra hatte während der ganzen Rückfahrt geweint.

Ich wußte, daß sie um Tante Dunja weinte.

Als wir unsern Bahnhof und unsern Zug gefunden hatten, stand vor dem dritten Waggon statt Tante Dunja ein Kerl mit tückischer Visage voller Pockennarben. Als wir nach Tante Dunja fragten, schickte er uns mit gemeinen Schimpfworten weg. Aber eine magere Frau vom Nachbarwaggon rief uns zu: »Seid ihr die Kuckuckskinder? Dunja hat mir erzählt, daß ihr kommt! Nach Goljatwino. Ich helf euch.«

»Wo ist sie denn?« fragte ich.

»Krank«, antwortete die Zugbegleiterin.

Der Kerl vom dritten Waggon rief böse: »Von wegen! Besoffen ist sie unter die Räder gekommen! Das ist ihre Krankheit!«

»Jegor, sei still«, sagte die Zugbegleiterin vorwurfsvoll. »Die Kinder brauchen das nicht zu wissen.« Dann nahm sie uns mit in den Waggon.

Jetzt weinte Sandra, weinte schweigend um Tante Dunja, die natürlich nicht im Krankenhaus lag, wenn sie unter die Räder gekommen war. Außerdem weinte sie, weil sich in Moskau die Tränen in ihr angesammelt hatten. Uns allen war nach Heulen zumute. Ich selber wäre in Tränen ausgebrochen, aber nach dem Gespräch mit der Stimme hinter der Tür war ich innerlich wie erstarrt, so sehr, daß ich zeitweilig keine Luft bekam; die Brust tat mir weh.

In Moskau hatte ich begriffen: Das war wie unser »Spez«. Die meinten dort, sie lebten in der Stadt, dabei waren sie eingesperrt wie wir im »Spez«. Recht bedacht, lebte auch Stalin im »Spez«. Was machte es für einen Unterschied, ob sie ihn draußen bewachten oder drinnen!

Also hätten wir gar nicht von Goljatwino wegzufahren brauchen! Es war überall das gleiche! Überall gab es Rüssel und Napoleönchen, wie sie auch heißen mochten. Und überall waren wir schuldig. Wir wußten nur nicht, inwiefern. Wir waren überhaupt schuldig. Also waren wir schon schuldig geboren.

In dem Geschichtsbuch, das ich unterm Hemd trug, stand geschrieben, daß das erste von der Menschheit geschaffene Gedicht »Klagelied zur Beruhigung des Herzens« hieß. Darin beklagte ein Mann, vermutlich ein Sumerer, die hatten ja Gedichte geschrieben, seine Einsamkeit, da er nicht wußte, wer ihn auf dieser Welt brauchte. Du lieber Gott, war es denn damals, als alles erst anfing, auch schon so schlimm gewesen? Schade, daß das Gedicht nicht abgedruckt war, aber ich könnte es selber schreiben. Irgendwie muß ja das Herz seine Ruhe finden, wenn einer nicht weiterleben kann und das Leben doch weitergeht. Ich war ja nicht mal unter den Zug gekommen, den sie mir schon zugedacht hatten.

Von den Sumerern hieß es in dem Geschichtsbuch unverständlich: »Die genetischen Bindungen sind noch nicht erforscht.« Kurz und gut, sie sind verschwunden. Von wo sie kamen und wohin sie gehen, weiß man nicht. Genauso wir Kuckuckskinder. Wir stammen von irgendwem ab, aber von wem, wissen wir nicht. Die müssen das Klagelied im Vorgefühl ihres Verschwindens geschrieben haben.

Wir werden nichts schreiben. Wir werden schweigend verschwinden, stumm wie Sandra, und niemand wird uns hören. Wir werden unser Klagelied nicht singen, nicht hinausschreien. Wer will es schon hören? Die Menschen wollen die Wahrheit gar nicht wissen. Sie brauchen Lügen. Sie wollen damit leben. Und sie wollen, daß wir auch so leben. Das heißt, wir sollen lügen. Und wenn wir ihre Lügen nicht wollen, können sie uns nicht gebrauchen. Das ist es, was wir nach Moskau begriffen haben.

Aber vom Geburtstag muß ich extra erzählen.

Ich hatte mir schon im Zug etwas Verrücktes ausgedacht, was mich quälte.

Ich fragte die Kuckuckskinder: »Ihr habt doch meine Geburtsurkunde gesehen?«

Sie bejahten.

»Also, übermorgen ist der sechste September.«

»Na und?«

»Ich bin am sechsten September geboren.«

»Na und?«

»Es ist mein Geburtstag!«

Aber sie verstanden mich nicht. Ich wußte selber nicht recht, was ich damit sagen wollte. Aber mir war klar: Ich würde etwas tun. Vor der Reise nach Moskau hätte ich's nicht getan, aber jetzt war mir alles egal. Ich war als ein anderer zurückgekommen, als wäre ich noch einmal neu geboren.

Als wir vom Kolchos ins »Spez« zurückkehrten, sonderte ich mich ab und ging zum Bahnhof.

Ich hatte mir den Keller gemerkt, in dem ich mit Mascha gesessen hatte. Jetzt stieg ich die hohen Steinstufen hinunter und sah gleich die Köchin. Sie kehrte mir den Rücken zu und aß etwas vom Teller.

Ich hatte schon immer geargwöhnt, daß die Köche in der Küche immerzu fressen. Wäre ich Koch, ich hätte auch gefressen, mir den Bauch vollgeschlagen, wenn es niemand sah.

Gegen den Rücken der Köchin sagte ich: »Guten Tag!« Sie sollte nicht denken, daß ich zusehen wollte, wie sie hier fraß.

Sie zuckte zusammen und drehte sich nach mir um.

»Kann ich Filippok sprechen?«

Mit vollem Mund brummte sie etwas und zeigte mit dem Finger nach oben. Das sollte wohl heißen, daß Filippok jetzt oben im Restaurant war. Das hätte ich mir selber denken können, aber ich wußte, daß sie mich nicht ins Restaurant reinlassen würden.

»Könnten Sie ihn nicht holen? Ich muß ihn dringend sprechen. Er kennt mich!«

Ich bettelte, und die Köchin mampfte. Als sie runtergekaut hatte, schmatzte sie und sagte mit heiserem Baß: »Dann geh ich mal rauf!« Sie überlegte und fügte hinzu: »Wenn du willst, kannst du hier auf ihn warten.« Dann ging sie.

Lange stand ich da, bis Filippok erschien, in den Händen ein Tablett mit einem Stapel schmutziger Teller. Er sah mich, wunderte sich aber nicht und zeigte kein Interesse, sondern beschäftigte sich mit seiner Arbeit, das heißt, er wusch Teller ab. Ich blieb stehen.

Dann entschloß ich mich, ihn anzusprechen: »Ich will zu Ihnen. In einer Angelegenheit.«

Filippok gab keine Antwort, er wandte nicht mal den Kopf.

»Ich wollte Ihnen was zeigen. Schauen Sie.«

Filippok war endlich mit seinen Tellern fertig, trocknete sich die Hände an der Schürze ab und kam ohne Eile zu mir. Er sah das Sparbuch an, wischte sich noch einmal die Hände und blätterte mit höflich-aufmerksamer Miene darin. Er las den Namen, schlug die Seite auf, wo das Guthaben stand, und verzog keine Miene. Dann fragte er, wie er damals Mascha im Restaurant gefragt hatte: »Was wünschen Sie zu speisen?«: »Jegorow, das bist du?«

Ich nickte.

»Und was willst du?«

Da sagte ich das lange bereitgehaltene Wort: »Essen.«

»Jetzt?«

»Nein, am sechsten September.«

Er fragte nicht, warum am Sechsten, sondern hakte nach: »Allein? Zu zweit?«

»Mehr«, sagte ich.

»Wie viele?«

»Viele«, sagte ich. »Fünfzig, vielleicht auch hundert.«

Die Zahlen beeindruckten ihn nicht. Er nickte, als kämen jeden Tag hundert Bengels aus dem »Spez« bei ihm essen. Aber vielleicht wußte er nicht, daß es hundert Bengels aus dem »Spez« sein würden?

Ich fügte hinzu: »Hundert solche wie ich. Wir haben ein Fest. Verstehen Sie?«

Er antwortete nicht, sondern ging mit dem Sparbuch in der Hand ins Nebenzimmer. Mit der Köchin kam er zurück. Sie sah mich jetzt nicht mehr gleichgültig, sondern mit Interesse an.

»Dein Sparbuch?« fragte sie. »Oder geklaut?«

Ich hatte diese Frage erwartet.

»Das Buch gehört mir«, antwortete ich fest. »Hier ist meine Geburtsurkunde. Darin steht, daß ich Jegorow bin.«

Die Köchin nahm die Urkunde und zeigte sie Filippok. Da dachte ich mir, daß sie wohl nicht lesen konnte. Und ich sah, daß sie einander zuzwinkerten.

Sie gab mir die Urkunde zurück, das Sparbuch aber behielt sie und schob es in die unergründlichen Tiefen ihres Busens.

»Bei mir ist es sicherer«, sagte sie überzeugt, als würden ihr täglich Dutzende solcher Sparbücher gebracht.

»Aber da ist viel ... Für mich und für Sie ...«

»Aber ja«, sagte sie freundlich. »Wir teilen, wie es sich gehört. Kommt nur.«

»Aber wir sind viele«, erinnerte ich sie.

»Na klar.«

»Wann sollen wir kommen?«

»Wann du willst. Von mir aus schon morgens. Um die Zeit ist das Restaurant geschlossen. Wollt ihr auch trinken?« Wieder warf sie Filippok einen besonderen Blick zu.

»Bestimmt«, entschied ich. »Und dann sollen diese ... Na, die nach Pfeffer rufen!«

»Ihr kriegt euren Pfeffer«, versprach die Köchin fröhlich. »Salz auch!«

Filippok nickte höflich dazu, als wäre er schon jetzt bereit, loszulaufen, um alle meine Wünsche zu erfüllen.

29

An diesem Tag war im »Spez« überall zu hören: »Heute ist Sersch geboren!« Dann wurde erklärt: »Na, er wurde von Kukuschkin zu Jegorow umgeboren!«

Als Antwort wurde gesungen: »Nach wem bin ich nur geraten? Ratata, ratata!«

Im Restaurant klebte ich meine Geburtsurkunde mit Brot an die Tür, damit alle, nicht nur die aus dem »Spez«, auch die Vorübergehenden wüßten, »nach wem ich geraten« war.

Ganz oben auf dem festen, grünlichen Papier mit den verschlungenen Mustern war in der Mitte ein großes Wappen zu sehen, darunter stand: VOLKSKOMMISSARIAT FÜR INNERE ANGELEGENHEITEN.

Wir wußten: Das war die Miliz! Die Ärmste mußte uns seit langem behüten! Seit der Geburt! So beurkundeten sie denn auch, daß der und der auf die Welt gekommen war: Wollen doch mal verfolgen und beobachten, was so aus ihm wird, das heißt, in welche Richtung er rollt! Und wir sind als Zeugen zur Stelle. Bestimmt darum stand oben in Großbuchstaben: ZEUGNIS.

Der weitere Text handelte wohl von mir: »Jegorow, Sergej Antonowitsch, wurde geboren am 6. September 1933, was hiermit durch Eintragung ins Personenstandsregister am 10. September 1933 beurkundet wird.«

Sie hatten mich doch erwischt, hatten eine Beurkundung gemacht, wie es sich gehört! Rüssel konnte nun nicht mehr wie üblich knurren: Wenn's nicht auf Papier geschrieben steht, hat's das nicht gegeben! Doch, Iwan Orechowitsch! Sie haben's aufgeschrieben, als ich noch nicht mal richtig quäken konnte! Die Ursünde besteht darin, daß man geboren wird und schon schuldig ist. Vor allen! Natürlich auch vor der Miliz!

Damit es keiner bestreiten konnte, waren da noch zwei Zeugen genannt, die Mutter und der Vater. Das Ganze war mit einem Stempel beglaubigt. Auch der Leiter und der Sachbearbeiter hatten unterschrieben. Also war's nicht zu bestreiten!

Als ich das »Zeugnis« anklebte und wartete, daß es antrocknete, sah ich oben in der Ecke noch eine Inschrift: »Proletarier aller Länder, vereinigt euch!«

Das war wohl ein Aufruf an die späteren Besprisorniks, die, wie sie wußten, ihr Leben einsam fristen würden. Darum warnten sie uns in dem Aufruf, nicht einsam herumzulaufen, dann würden wir verschüttgehen, denn keiner würde für uns Schmiere stehen. Wenn wir uns aber vereinigten, wäre das Klauen und Schmierestehen viel ungefährlicher! Auch ohne die Schrift zu kennen, waren wir schon darauf verfallen, daß als Schar oder Bande zu handeln besser sei. Trotzdem, schönen Dank für den Tip: Wir haben uns heute vereinigt! Wenn uns schon unsere liebe Miliz dazu aufruft!

Ich sagte zu den Ankommenden: »Rein mit euch, Rasselbande! Heute vereinigen wir uns! ›Spezkinder‹ aller Länder, vereinigt euch, um euch satt zu fressen! Schlagt euch den Wanst voll! Das ist heute unsere Losung, und nun soll mal einer kommen und sagen, sie wäre falsch! Bringt uns Suppe in weißen Tellern, wie sich das für Weiße gehört! Bringt uns Mors und Wein! Und spielt was auf euren Geigen und Harmonikas! Und stampft mit dem Fuß! Pfeffer! Pfeffer!«

Ich rief laut: »Pfeffer! Pfeffer!«

Und alle fielen mit ein: »Pfeffer! Pfeffer!«

> Hört ihr Leute, spitzt die Ohren,
> guckt noch nicht zu tief ins Glas!

Lieder wollen wir euch singen,
ganz bestimmt macht euch das Spaß!

Die dicke Köchin und der schmächtige Filippok hatten alles gerichtet: Die Tische standen in einer Reihe, darauf lagen Messer und Gabeln. Nur die weißen Tischtücher fehlten. Ich erklärte ihnen frech, wir wären nicht solche Scheißer, Bettler oder Abschaum, daß wir ohne Tischtücher fressen würden. So was wären wir nicht gewohnt! Sie breiteten die Arme aus: Wir verstehen ja, aber die Tücher sind in der Wäsche, wir haben keine. Da sagte ich: Dann eben nicht, dann muß es eben auch so gehen, aber ich wiederhole, gewohnt sind wir es nicht! Wir sind nicht die Schweine von Rüssel, die aus jedem Trog fressen! Das war natürlich reine Angabe, denn dic Köchin und die »Spezkinder« wußten, daß es im »Spez« noch nie Tischtücher gegeben hatte und wir eben doch wie Rüssels Schweine essen mußten, nämlich von schmutzigen Brettchen. Aber es war lustig, und alle, die es gehört hatten, kicherten.

»Na, Sersch zeigt es denen! Der besteht auf seinen Rechten! Wenn er geboren ist, will er auch, was ihm zusteht!«

Ich fuhr fort: »Wir haben solche Gewohnheiten, wir sind an Restaurants gewöhnt! Seit sie uns ein Zeugnis geschrieben haben, daß wir vorhanden sind!«

Ich zeigte auf das »Personenstandszeugnis«, das die Miliz ausgestellt hatte. Wie sich das anhört, Personenstandszeugnis!

Die »Spezkinder«, die ins Restaurant drängten, grüppchenweise, voller Scheu, man könnte sie vorzeitig einfangen und verprügeln, lasen meine Geburtsurkunde und lachten. Das war aber mehr aus Verlegenheit, weil sie nicht wußten, was sie an der Tür machen und wo sie hingehen sollten. Ich stand da, zeigte ihnen das Bild an der Wand und rief: »Seht mal, die Petze feiern ein Fest! Und wir ... Wenn wir geboren sind, können wir auch feiern.«

Die »Spezkinder« hörten es schrecklich gern, daß wir alle geboren waren. Sie riefen um die Wette: »Sersch, ich bin heute auch geboren!«

»Ich auch, ich auch!«

Das Zeugnis wurde von der Tür abgemacht und ging am

Tisch von Hand zu Hand. Alle wollten sich überzeugen, daß ich geboren war, denn dann waren sie alle sozusagen auch geboren. Manche schrieben sogar den Text ab und setzten ihren Namen ein. Sie stellten sich selber das »Zeugnis« aus.

So kam zwar heraus, daß mein Vater und meine Mutter (da stand ja Anton Petrowitsch und Antonida Grigorjewna) ihre Eltern wären, aber das störte keinen.

Von irgendwem waren sie eben doch geboren!

Nun wurde das Futter gebracht: drei Eimer Fleischsalat, ein großer Topf gekochte Kartoffeln und eine Schüssel Sauerkohl. Außerdem noch Brot und Speck!

Wie im Kommunismus!

Ich guckte und staunte, daß es in unserm gottverlassenen Goljatwino noch solches Fressen gab. Sie hatten es noch nicht wegputzen können. Na, wir würden keinem was übriglassen!

Auf meinem Lieblingsbild, wobei ich freilich keine anderen gesehen hatte, feierten die Bärchen im Wald, vielleicht hatten sie auch laut »Zeugnis« Geburtstag. Sie kriegten ihr Futter im Wald. Ich sah mir die Bärchen an und dann die Kinder, die am Tisch saßen und nicht wußten, was man im Restaurant an solch einem Festtag macht, gleich drauflos futtern oder warten, bis man ein Signal kriegt. Da rief ich ihnen zu: »Leute, freßt! Wir sind geboren!«

Da fielen sie alle über das Essen her. Der Geiger Mark Moissejewitsch spielte etwas, wovon das Essen noch lustiger wurde. Auch Roman spielte auf seiner Harmonika. Dann kam der Geiger direkt zu mir an den Kopf des Tisches. Er stellte sich hinter mich und spielte etwas anderes, nicht mehr lustig, eher traurig. Diese Musik war wie ein seltsames Weinen um jemandes Leben, vielleicht sogar um meins. Und um das der anderen auch. Das war so ungewohnt, daß alle zwar fraßen und diese Beschäftigung nicht unterbrachen, aber staunend verstummten und den Geiger anstarrten. Na klar, so was kriegte man nicht jeden Tag zu sehen! Und zu hören!

Mein Gott, wie mir da wurde! Vielleicht dachten alle, ich würde heulen bei der Musik, aber dazu hatte ich gar keine Lust! Ich dachte ja nicht mal an mein Leben!

Ich sah den Musikanten nicht an, sondern hörte zu und starrte auf den Tisch. Ich wußte, daß ich mich jetzt an irgendwas erinnern mußte, aber ehrlich gesagt, mir fiel nichts ein.

Allerdings hatte ich vergessen, daß ich im Restaurant war und mitten unter den »Spezkindern« saß. Ich bildete mir ein, zu Hause zu sein. Mein Zuhause hat große Ähnlichkeit mit dem von Frau Kukuschkina, ein Tisch mit krummen Beinen ist da, ein Sofa mit Spiegeln und eine Anrichte mit viel Schnitzwerk. Alles ganz ähnlich. Neben mir und natürlich den Kukuschkins sitzen Vater und Mutter und die Verwandtschaft: Onkel Andrej, der vor Verlegenheit schwitzt und sich mit dem Ärmel abwischt, und die schöne Tante Dilbara in ihrem herrlichen Morgenmantel. Der Tisch ist mit einem schneeweißen Tuch bedeckt, darauf steht ein Tablett mit geblümten Tassen, einer Teekanne und Plinsen. Es ist ein hoher Berg süßer Plinsen, ein paar Stück für jeden. Nehmt, wenn ihr schon da seid, ich bin nicht geizig!

Aber sie essen nicht, sie sehen mich alle an, und in ihren Augen ist Liebe. Dieses Wort ist mir noch nie in den Sinn gekommen. Ich weiß nicht einmal, wo ich es hergenommen habe. Ich habe nie an Liebe gedacht und weiß nichts von ihr. Na, Liebe, das weiß ich natürlich, das ist, wenn sie sich am Ende des Films küssen und wir den Saal räumen müssen. Na, und dann, die Erwachsenen, die küssen sich in der Dunkelheit, und wenn das Licht angeht, tun sie so, als hätten sie sich nicht geküßt.

Aber plötzlich begriff ich: Liebe, das ist, wenn alle Verwandten zu dir nach Hause kommen, um dir zum Geburtstag zu gratulieren!

Nicht wie »Proletarier aller Länder«, die sich vereinigen sollen, sondern so, wie sich Menschen bei sich zu Hause vereinigen.

All das ging mir durch den Kopf, während die Geige spielte. In Wirklichkeit gibt es so was natürlich nicht. Hirngespinste. Ich fand in die Wirklichkeit zurück, als Mark Moissejewitsch den Bogen weglegte und mir über den Kopf strich. Er liebte mich an diesem Tag wohl wirklich. Ich sah die Kuckuckskinder an: Hatten sie etwas von der

Liebe begriffen oder nicht? Und was hatten sie überhaupt begriffen, als die Geige spielte?

Ich wünschte mir mit aller Kraft, daß sie auch etwas von der Liebe spürten. Darum sagte ich zu Mark Moissejewitsch, der sein Instrument stimmte und auf einer Saite klimperte: »Können Sie ... für die auch?«

Er neigte seinen Vogelkopf zu mir wie ein bebrillter Specht und fragte zurück: »Entschuldigung, ich habe nicht verstanden ... Was möchten Sie?«

Ich sagte lauter: »Ich möchte, daß Sie für alle, alle spielen.« Und fügte nachdrücklich hinzu: »Sie sind doch auch geboren!«

Die uns zugehört hatten, riefen laut: »Ja, wir wollen auch! Wir sind geboren! Wirklich!«

Mark Moissejewitsch mochte verstanden haben, daß ich ihn sehr bat.

Er drehte sich nach den rufenden Kindern um, sah mich dann durchdringend an und überlegte. Und plötzlich rief er energisch: »Aber natürlich spiele ich für sie!«

Und schon stand er hinter Sandra, die neben mir saß, und strich den Bogen über die Geige, und wieder weinte die Musik. Mir schien nur, daß sie anders weinte als die Musik für mich. Aber vielleicht mußte es so sein. Jeder von uns hatte sein eigenes Weinen um die Liebe, die wir nicht kannten.

Wieder hörten alle auf, nach dem Essen zu grapschen, und alle Blicke richteten sich auf Sandra und den Geiger, der jetzt für sie spielte. Ich sah Sandra unverwandt an und versuchte dahinterzukommen, wen sie zu ihrem Geburtstag einladen würde.

Und da erkannte ich: keinen!

Sie saß allein an dem weißen Tischtuch und haßte jeden, den sie hätte einladen können.

Dann stellte sich Mark Moissejewitsch hinter Motja und Wurzel. Er spielte für beide dasselbe, und ich begriff sogleich, Motja würde jeden einladen, jeden, den er für gut hielt. Auch Wurzel würde sie alle einladen, denn alles, was von Motja kam, war auch seins.

Als Mark Moissejewitsch dann bei Schwänzchen war,

sprang der auf und stellte sich vor ihn hin, dabei strahlte er so, daß sich sein Mund bis zu den Ohren verzog. So standen sie einander gegenüber, Mark Moissejewitsch lächelte auf einmal weise und spielte ein Wiegenlied: »Schlaf, mein Herzchen, schlaf zu Haus, alle Lichter sind schon aus ...«

An meinem Tisch saßen außer Vater, Mutter, den Verwandten und den Kukuschkins sämtliche Kuckuckskinder. Hinter ihnen, in der hintersten Ecke, war unversehens einer hereingekommen und hatte sich auf eine Stuhlkante gesetzt – der Genosse Stalin. Unser lieber Vater. Er legte den Tabaksbeutel vor sich auf den Tisch, saß bescheiden da, stopfte sich die Pfeife und blickte unter gesenkter Stirn mit seinen gütigen Augen zu mir herüber. Und als alle sich besannen und ihm applaudieren wollten, legte er die Pfeife weg und stoppte den Applaus mit einer kurzen Handbewegung. »Nicht doch ... Freunde, heute ist nicht mein Feiärtag, heute ist sein Feiärtag. Wir wollän ihm gratulierän, und wir wollän dem liebän Sergej Jegorow sagän, daß wir alle, die hier sind, ihn so liebhabän wie einen Sohn.«

Ja, während die Geige für Schwänzchen spielte, aber auch für mich und für jeden von uns, wurde mir für immer bewußt, daß wir alle den Genossen Stalin liebten und daß er uns alle liebte und natürlich auch mich. Außer den Kuckuckskindern konnten alle mich im Stich lassen, mich nicht mehr lieben, aber der Genosse Stalin niemals! Er war immer für alle da! Daß wir nicht in den Kreml hineingekommen waren, hatte gar nichts zu bedeuten. Dafür konnte ich ihn zu uns einladen, hierher, zu meinem Geburtstag, und ich hatte ihn jetzt eingeladen an meinen geheimen, für niemanden sichtbaren, aber nicht minder realen Tisch.

30

Mark Moissejewitsch ging in seinen Winkel, um sich auszuruhen; er und der Harmonikaspieler kriegten auch Fleischsalat und Speck vorgesetzt. Die »Spezkinder« aßen nun hastig, ein paar von ihnen holten selbstgemachte Löffel hervor, Gabeln kannten sie nicht, manche aßen auch mit den Händen.

Dann bekamen sie Lust zu singen, um ihren Gefühlen Luft zu machen, und man hatte unzählige Lieder in uns hineingestopft, die reichten für hundert Geburtstage!

Die bekannte Melodie füllte den Saal. Wir sangen »Serjosha«. Einer machte den Vorsänger, erzählte sozusagen verschiedene Abenteuer, und die anderen fielen im Chor ein: »Serjosha! Na wennschon!«

Geh ich in ein Restaurant,
Serjosha!
Trink ein Bier, mir ist nicht bang,
na wennschon!
Noch paar Biere, nicht zu knapp,
Serjosha!
Trank sie aus und reiste ab,
na wennschon!

Alle verstanden natürlich die Anspielung auf dieses Restaurant und auf Moskau, wohin ich gereist war.

Später baten die Kinder Grille, ihnen etwas zu singen. Er war unser bester Sänger, denn er kannte sämtliche Lieder, die es nur gab, und auch solche, die es nicht gab. Manche dachten sogar, er mache die Lieder selbst. Grille hatte eine hohe, klagende Stimme wie ein kleines Mädchen, und wenn wir mit ihm in einem Zug gesungen hätten, würden wir noch mehr Spenden gekriegt haben. Er verblüffte jeden mit seinem Gesang und seiner eingängigen Stimme. Oft sang er nicht nur am Tag, sondern auch nachts im Schlaf. Dann wachten wir auf, lagen schlaflos und lauschten seinen Liedern. Aber komisch: Grille konnte sich an seine Lieder, die er im Schlaf sang, nicht erinnern, wenn er wach war. Im Schlaf sang er andere Lieder als sonst. Die im Schlaf gefielen uns besser. Ob sie aus seinem anderen Leben stammten, an das er sich nicht erinnern konnte?

»Grille!« riefen sie ihm von allen Seiten zu. »Sing was!«

Grille lehnte nie ab. Er stand auf, um uns besser sehen zu können, und sang das Lied von der Eisenbahn, das hier auf dem Bahnhof sehr angebracht klang.

Die Züge fahren dicht auf dicht,
es folget Jahr auf Jahr.
Beim Haltepunkt im Walde wohnt
ein Greis mit grauem Haar.
Schon lange lebt er in dem Haus,
schon lang ist grau sein Haar.
Die Kinder und die Enkel zog
er auf in vierzig Jahr!

Das Lied handelt von einem alten Mann, der in der Einöde lebt wie wir hier in Goljatwino, und dann wollen irgendwelche Feinde die Gleise zerstören. Wir sind ja bekanntlich von Feinden umgeben, und bei der Eisenbahn sind es besonders viele. Auf sie stößt der alte Mann. Gut, daß er einen Hammer bei sich hat.

Er faßte seinen Hammer fest,
die Brust, sie wogt empört,
und, kost's das Leben, er duldet nicht,
daß wer das Gleis zerstört!

Na, und dann wollen sie den alten Mann umbringen, aber das gelingt ihnen nicht, er kommt mit einer Narbe aus dem Krankenhaus und fährt mit der Eisenbahn nach Moskau.

Er wollte zum Volkskommissar
und wurde überall
empfangen wie ein Vater gar ...

Na, und dann natürlich der Kehrreim, der packte alle, und der alte Mann tat allen leid:

Eisenbahn, fliege hin,
endlos lange Reise,
lebewohl, mein Wärterhaus,
dort im Wald am Gleise ...

Da rief mir Motja etwas zu, aber ich konnte ihn nicht verstehen.

Er setzte sich näher zu mir und fragte mich ins Ohr: »Sersch, hat sie wirklich gesagt, wir sollen nicht suchen?«

»Wer sie?« fragte ich.

»Die Kukuschkina. Sie hat doch gesagt, wir sollen nicht suchen, stimmt's?«

Motja hatte natürlich schon erfahren, was Frau Kukuschkina gesagt hatte. Aber etwas beunruhigte ihn, ließ ihm keine Ruhe und verdarb ihm die Freude an unserm Geburtstagsfest.

Vielleicht war es das Lied von den Volksfeinden, das ihn erregte?

Ich sagte ihm noch einmal, woran ich mich erinnerte. Auch das von den Knospen, daß wir Knospen an einem mächtigen Baum wären.

»Und wer ist der Baum? Die Väter, nicht? Also will sie sagen, wir hätten mächtige Väter?« beharrte er. »Sie sind so wie dieser Wärter ... Oder wie dein Jegorow?«

Du mein verkorkstes Leben,
die Seele schmerzt und blutet ...

Motja schrie mir jetzt ins Ohr: »Weißt du noch, wie wir im Wehrkundeunterricht schießen gingen und wie sie uns auf dem Schießplatz statt der Zielscheiben alle möglichen Bilder hingestellt haben? Weißt du noch? Na, wir mußten doch auf die Volksfeinde schießen, auf die deutschen Spione und Verräter.«

Ich konnte mich erinnern, obwohl das schon lange her war, ich wußte nicht mehr, in welcher Klasse. Im Wehrkundeunterricht führten sie uns auf einen Ödplatz hinter der Schule, wo sie statt der Zielscheiben Bilder von Verrätern aufgestellt hatten, an alle konnte ich mich nicht erinnern. Aber ich wußte, daß Marschall Blücher und Marschall Tuchatschewski dabei waren, denn ihre Bilder hatten früher in der Klasse gehangen, und wir hatten sie im Unterricht durchgenommen. An diesem Tag aber ballerten wir eifrig und freudig mit Kleinkalibergewehren auf sie, wie wir auch auf Hitler oder Goebbels geschossen hätten, und einer von uns, ich glaube, Bissig, warf sogar in einem Anflug von Haß einen Stein nach Blücher, der ihm die Visage verzerrte. Alle wieherten, und der Übungsleiter, der fünf oder sechs Jahre älter als wir war, aber schon an der Front verwundet worden war, sagte beifällig: »Jawohl, drauf auf die Hunde! Schießt, sie dürfen nicht leben! Ich geb jedem noch eine Patrone! Für diese Lumpen ist es nicht schade drum.« Und er kommandierte: »Auf die Feinde und Verräter, auf die faschistischen Lakaien – Feuer!«

Wir schossen, und dann gingen wir mit dem Ruf »hurra«

zum Angriff über und droschen mit Fäusten und Knüppeln auf die Feinde ein, aber da hielt uns der Übungsleiter schmunzelnd zurück und sagte, wir sollten unsern Eifer zügeln, die anderen Klassen wollten auch noch auf die Feinde schießen.

»Auf wen hast du damals geschossen?« fragte Motja jetzt.

»Weiß nicht mehr.«

»Ich weiß es noch. Aber ich habe vorbeigeschossen.«

»Vorbei? An wem?«

»Ist das nicht egal? Ich habe über den Kopf hinweg gezielt. Er tat mir leid.«

»Ein Faschist hat dir leid getan?«

Motja zuckte die Achseln und wandte sich ab.

»Sie haben mir eben leid getan. Sie waren wie lebendig.«

»Aber sie sind doch längst erschossen worden! Das hat der Übungsleiter gesagt!«

»Und was haben wir gemacht?«

»Wir haben die Bilder erschossen!«

»Und wo ist der Unterschied?« sagte Motja. »Könntest du jemandem ins Gesicht schießen?«

»Ich weiß nicht«, gestand ich.

»Rüssel? Oder Napoleönchen?«

»Ich weiß nicht. Wirklich nicht.«

»Aber ich weiß es. Ich könnte es nicht.« Und auf einmal fügte Motja mit einem sonderbaren Blick hinzu: »Und wenn der auf dem Bild dein Vater ist?«

»Mein Vater ist Jegorow!« schrie ich Motja an. »Wie könnte ich auf ihn schießen?«

Motja schüttelte nur seufzend den Kopf. Das sollte wohl heißen, du hast mich nicht verstanden. Aber ich hatte ihn verstanden. Er wollte sagen, wenn wir Knospen an einem mächtigen Baum wären, könnte dieser Baum sogar Marschall Blücher oder sonst jemand sein. Doch dann sah es ja so aus, daß der mächtige Baum ein Verräter war, und das konnte nicht sein, denn ein Verräter war ein Verräter und sonst nichts. Und ich hatte auf ihn geschossen, nicht vorbei, sondern ins Gesicht, froh, den Verräter noch einmal erschießen zu können. Und Jegorow war kein Verräter, das hatte Mascha gesagt.

Da begriff ich, daß meine Gedanken durcheinanderliefen, denn er war ja als Verräter verhaftet worden, und was Mascha gesagt hatte, war ohne Bedeutung. Oder?

Motja mochte meine Zweifel erraten haben, er flüsterte wieder, und ich konnte ihn kaum verstehen: »Sag mal, Sersch, was ist besser, einen berühmten Vater zu haben, der ein Verräter ist ... oder ... oder überhaupt keinen zu haben?«

Ich gab keine Antwort auf diese Frage, obwohl ich eine Antwort gewußt hätte. Statt dessen sagte ich etwas anderes. Ich zog mich mit einem Scherz aus der Affäre: »Am besten ist es, einen berühmten Vater zu haben, der kein Verräter ist!«

31

Ich hätte gern gewußt, wen Motja, als der Geiger für ihn spielte, in Gedanken an seinen Tisch gebeten hatte.

Als ich mich umdrehte, stand Filippok dicht hinter mir. Ich hatte seine Gepflogenheit, unhörbar zu erscheinen, besonders wenn ein Gespräch geführt wurde, ganz vergessen.

Filippok fing meinen Blick auf und griente in seinen Schnurrbart.

»Wo sind die versprochenen Getränke?« Ich war auf einmal böse und wollte noch etwas Heftigeres hinzufügen, aber Filippok war im Nu verschwunden. Bald kam er mit Karaffen wieder, und die Köchin verteilte Gläser und Becher, nur ich bekam ein Weinglas. Zu meinem Ohr gebeugt, erklärte sie mir, sie hätten mit den Getränken noch gewartet, aus Furcht, wir könnten ohne Essen vor der Zeit betrunken werden.

»Na und?« sagte ich. »Laß sie doch betrunken werden.«

Es waren unsere Getränke und unser Rausch.

Das wollte ich ihr noch sagen, aber sie konnte mich nicht mehr hören, denn sie hatte es eilig, mit den Tischen fertig zu werden. Mark Moissejewitsch in seinem Winkel rief flott sein berühmtes »Pfeffer! Pfeffer!«, und alle Kinder lachten. Sie begriffen, daß er es absichtlich machte, um unsere Aufmerksamkeit zu erregen.

Als es still geworden war, legte er los, stampfte mit dem Fuß und spielte einen Tanz, daß unsere ganze Bruderschaft vor Freude aufkreischte! Es klang wie das Quietschen von Rüssels Ferkeln, wenn sie ihr Lieblingsfutter kriegten. Die Kinder erkannten natürlich die Melodie der berühmten »Murka«! Zweihundert Füße trampelten den Rhythmus mit, dann hielten sie es nicht mehr aus, sprangen auf, tobten herum und verwüsteten den Saal. Einer stellte sich auf dem Tisch auf alle viere und mimte ein Bärchen. Zwei andere stellten sich rechts und links von dem Harmonikaspieler auf und halfen ihm, die Bälge auseinanderzuziehen. Einer zog das Hemd hoch, führte mitten im Saal einen Bauchtanz vor. Die Kinder teilten sich in Grüppchen und droschen Karten, und dic Hungrigsten kamen nicht weg von den Eimern mit dem Fleischsalat, sie stopften sich die Taschen voll und auch das Hemd und ganz nebenbei auch den Mund, obwohl kaum noch etwas hinein wollte.

Filippok beobachtete uns schweigend von weitem und mischte sich in den Frohsinn nicht ein. Die Köchin sammelte eilig die Teller ein, die noch heil waren. Zu irgendeinem Zeitpunkt kam man auf die Idee, in den Kübel mit dem Gummibaum zu pinkeln. Das wurde von allgemeinem Jubel begrüßt, und nun wollten alle auf den Gummibaum pinkeln, um ihn zu düngen, denn ohne die »Spezkinder« wäre er wohl eingegangen. Aber Filippok führte die Naturfreunde taktvoll zur Toilette.

Ich mußte plötzlich auch zur Toilette. Darum stieg ich hinunter in den Kellerraum, wo die Becken standen, weiß wie Teller, noch nicht vollgemacht von unserer Rasselbande, die den Weg hierher nicht gefunden hatte.

Ich setzte mich auf eines davon und versuchte mir vorzustellen, wie man das auf diesen Porzellandingern machte, aus denen man sogar hätte Wasser trinken können, aber ich brachte meinen Gedanken nicht zu Ende, denn ich sank in einen süßen Schlaf.

Ich erwachte davon, daß Schwänzchen mich rüttelte und mir Wasser aus einem der Becken ins Gesicht spritzte.

»Sersch!« schrie er, und ich wußte, daß er mich nicht verlassen würde. »Die sind schon alle weggelaufen, und du wirst gesucht!«

Ich begriff nicht, wer mich suchen könnte. Hinter Schwänzchen stieg ich die wenigen Stufen nach oben, aber ich stolperte und fiel wieder hinunter und lachte, denn es hatte nicht weh getan.

Ich lachte über mich selbst, weil ich nach oben wollte und nach unten ging – so war unser Leben im »Spez«, daß keiner nach oben gelangte. Nur nach unten! In diesem Moment kam Schwänzchen mit Sandra und Engel zurück. Sie halfen mir auf die Beine und brachten mich durch irgendeine Tür nach draußen. Es war dunkel, die Sterne blinkten. Ich wußte, daß sie mich ins »Spez« bringen wollten, und sträubte mich.

»Wartet doch!« bat ich. »Sie singen ja ... Hört ihr?«

Sandra und die anderen horchten, konnten aber nichts hören.

»Da!« schrie ich. »In der Ferne hinterm Fluß ertönt's zuweilen ... Kuckuck Kuckuck! Kuckuck!«

Die Stimme tönte vom Himmel, als spielte eine kleine Geige für mich und die Engel sängen mit ihren Engelsstimmen.

Und dann schlief ich, das weiß ich noch genau. Das war schon im »Spez«. Und plötzlich sah ich die hellgrüne Wiese voller Blumen, Margeriten und Glockenblümchen, durch die Wiese führt ein weicher Weg, darauf geht unsere Kinderabteilung und hält sich bei der Hand. Die Sonne scheint, Lichtflecke glitzern auf dem Fluß, und alles rundum glänzt und schimmert. Wir schwenken die Arme, hinauf und hinunter, im Takt unserer Schritte und unserer Stimmung, und wir singen, singen ... Doch nein, das läßt sich nicht erzählen oder singen, solche Stimmen gibt's nur in der frühen Kindheit, an einem Sonnentag, auf einer glänzenden, blumigen Wiese.

Nur in der Kindheit. Nur in der Kindheit!

In der Ferne hinterm Fluß ertönt's zuweilen:
Kuckuck, Kuckuck, Kuckuck!
Dort im Weidenbusch, da sitzt und singt der Vogel:
Kuckuck! Kuckuck! Kuckuck!

Unsere Wiese ist so groß wie die Welt und genauso schön. Darin lieben wir alle, und alle lieben uns. Diese Freude und Liebe ist ohne Ende. So wie dieser goldene Tag kein Ende hat.

Mein Gott! Mein Gott! Meeeiin Gott!

Danke!

Wo gehen wir denn so glücklich hin? Das weißt du nicht mehr? Na, ich sag's dir, und du erinnerst dich: Die Eltern besuchen uns im Ferienlager! Na? El-tern-tag ist heute! Na?

Richtig! Jetzt gehen wir vom Spaziergang wieder nach Hause, unsere Pionierleiterin Ljuba mit ihrem goldenen Kranz um den Kopf kommt mit, und man sagt zu uns: »Da sind sie! Da sind sie!« Wir rennen wie Fußballspieler zum Tor, wo schon Leute mit Taschen im Gras stehen, und sie winken uns von weitem aus Leibeskräften froh zu. Schneller!

Ich sehe sie an, mir tränen die Augen, aber ich kann die Gesichter nicht erkennen. Wie sehen sie aus? Meine Eltern? Die Mutter? Der Vater? Da, jetzt seh ich sie! Schneller! Schneller!

Herrgott, hilf mir! Hilf!

Ich erwachte in Tränen.

32

Unterwegs zur Schule fragte mich Motja: »Hast du Wurzel gesehen?«

»Ja, gestern«, sagte ich. »Heute seh ich nicht mal dich, mir verschwimmt's vor den Augen.«

Ich wollte noch fragen: Hast du ihn denn verloren?, aber ich ließ es lieber. Er war auch so schon mißgestimmt.

Bei Natter im Unterricht, als der in seinem Sabanejew mit dem Titel »Die Fische Rußlands. Leben und Fang (Angeln) unserer Süßwasserfische« las, hob Motja die Hand.

»Kann ich was fragen, Iwan Iwanowitsch?«

Natter blickte vom Buch auf.

»Was denn, Kukuschkin?« Er konnte sich uns nicht merken, redete uns aber für alle Fälle mit Kukuschkin an. Und das war ja wohl auch richtig.

»Es geht um Militärkunde.«

So hieß ein Unterrichtsfach.

»Wenn es wichtig ist?«

»Ist es, Iwan Iwanowitsch. Wir waren doch voriges Jahr auf dem Schießplatz. Schießen lernen!«

»Und?« sagte Natter ungeduldig.

»Und da waren statt Schießscheiben die Bilder von Volksfeinden.«

»Was? Was für Bilder?« fragte Natter angespannt.

Wenn er das nicht gefragt hätte, würde Motja die Namen vielleicht verschluckt haben, und alles wäre glimpflich verlaufen. Aber Natter hatte sich, wie wir sagten, angeboten. Und schon nannte Motja die Verräter: Tuchatschewski, Blücher, Jeshow ... und noch einen.

»Ich habe auf Jeshow geschossen!« schrie Bissig.

»Und ich auf Blücher!«

»Und ich auf Berija!«

»Quatsch! Berija ist doch kein Verräter!«

»Wer war denn der Verräter? So ein Glatzkopf mit Brille!«

»Vielleicht Timoschenko?«

»Ist Timoschenko etwa ein Verräter?«

»Na ja, da waren wirklich viele. In unserer Klasse hat jeder einen Verräter für sich allein gekriegt.«

»Die hat's nicht gegeben!« sagte Natter rasch.

»Die Verräter hat's nicht gegeben?«

»Nein!«

»Aber wir haben doch geschossen, Iwan Iwanowitsch. Also hat's sie gegeben.«

»Ja ...«, sagte er in Panik. »Aber wir wissen von nichts!«

»Danach wollt ich ja fragen«, beharrte Motja. »Was wissen wir? Wo sind sie jetzt?«

»Nirgends«, antwortete Natter und schielte zur Tür.

»Und ihre Familien? Sie haben doch Familien gehabt?«

»Hatten sie nicht. Gar nichts hatten sie!«

»Und Kinder?«

»Auch nicht! Gar nichts!« Natter wand sich förmlich unter Motjas Fragen. Beim Antworten ließ er kein Auge von der Tür, als erwartete er von dort Hilfe, die aber ausblieb. Ich mußte plötzlich denken, daß Motja früher solche Fragen nicht gestellt hatte. Vor unserer Rückkehr aus Moskau war er ein anderer gewesen. Sogar vor dem gestrigen Geburtstag. Irgendeine Tsetsefliege mußte ihn gestochen haben.

»Sie hatten also keine Kinder?« Motja zielte immer wieder auf denselben Punkt wie mit dem Gewehr auf dem Schießplatz. »Sie waren alle kinderlos? Oder krank?«

»Weiß ich nicht! Keine Ahnung! Nichts, gar nichts hatten sie!« murmelte Natter aufgeregt und duckte sich wie vor einem Schlag. »Das ist ja entsetzlich! Entsetzlich! Darüber redet man nicht!«

Auf Natters Gesicht war wirklich undurchdringliches Entsetzen erstarrt. Er tat mir sogar leid. Motja begriff das und setzte sich hin.

»Als ob sie sich abgesprochen haben«, flüsterte er mir zu. »Deine Kukuschkina sagt: ›Sucht sie nicht, es gibt sie nicht.‹ Auch Rüssel quasselt, es hätte sie nie gegeben. Der hier auch, hast ja gehört: ›Es hat sie überhaupt nicht gegeben.‹ Aber wenn es sie nicht gegeben hat und überhaupt keinen von uns, dann gibt's uns erst recht nicht.« Mit einer rasenden Wut, die sonst nicht seine Art war, fügte er hinzu: »Dich gibt's auch nicht, Jegorow! Und wenn du zehnmal deinen Geburtstag feierst!« Motja besann sich, ließ den Blick über die Klasse gleiten. »Aber wo steckt Wurzel? Vielleicht hat's den auch nie gegeben?«

»Gestern gab's ihn noch«, brummte hinter uns Bergmann, der wohl alles mit angehört hatte. »Aber in der Nacht nicht.«

»Ob er dort geblieben ist?«

»Aber er hat doch nichts getrunken?«

»Weiß nicht. Er hat immerzu gejammert ... über seinen Hals ... Ich dachte, er ist schon als erster nach Hause gegangen.«

»Oder ins Lazarett?«

»Oder in den Karzer?«

»Oder zur Miliz?«

Nach der Schule gingen Motja und ich zur Station und riskierten, zum Mittagessen zu spät zu kommen.

Dem Restaurant blieben wir fern. Wir trauten uns nicht hinein. Gestern waren wir hier die Herren gewesen und herumgegangen, wo wir wollten. Heute waren wir für die wieder die Rasselbande, der man einfach eine runterhaute. Wie schon so oft!

Wir gingen zum Keller, stiegen die wohlbekannte Treppe hinunter und erblickten die Köchin. Wie letztes Mal stand sie mit dem Rücken zu uns und kaute was.

Ich hatte auf einmal auch Hunger. Ich hätte mir gestern wie ein paar von uns die Taschen mit Fleischsalat vollstopfen sollen, dann brauchte ich mich heute nicht selber zu beneiden. Sie hatten uns den Fraß eimerweise hingestellt, und wir Dämels waren gleich hingeschmolzen, ach, so viel! Ach, wie im Kommunismus! Jetzt fressen wir uns voll fürs ganze Leben!

Fürs ganze Leben kann man sich nicht vollfressen, das weiß jedes Kind.

All das ging mir durch den Sinn, während ich die kauende Köchin ansah. Diesmal hatte sie die Schritte gehört und drehte sich um.

Sofort sagte sie: »Betrüger! Wir haben dich gestern gesucht … Du hast hier noch eine Schuld, Freundchen!«

Dabei warf sie einen finsteren Blick auf Motja, denn sie nahm wohl an, daß er mitgekommen war, um mich zu verteidigen. Ich warf auch einen verwirrten Blick auf Motja, diese Wendung der Dinge hatte mich überrumpelt. Ich dachte ja, daß wir quitt waren, nachdem ich mein Sparbuch hergegeben hatte.

»Aber ich hab's Ihnen doch gegeben …«

Sie fiel mir ins Wort: »Was hast du mir gegeben?«

»Na, mein Sparbuch doch!«

»Ach, dein Sparbuch! Da liegt dein Sparbuch! Du kannst es zum Andenken behalten!« Sie zeigte auf den Tisch, wo wirklich inmitten von schmutzigem Geschirr mein gänzlich überflüssiges Sparbuch lag. Es war nicht mal eingewickelt!

Motja sah mich an, nahm rasch das Sparbuch und steckte es ein.

»Aber dafür gibt's doch Geld«, sagte ich wieder. Doch ich hatte wohl schon begriffen, was los war. »Mein Vater hat's mir hinterlassen.«

Die Köchin schrie böse: »So viel Geld gibt's dafür!« Sie zeigte mir eine Feige. »Wir waren so blöd und haben geglaubt, daß wir Geld kriegen! Der ganzen Bande haben wir zu essen und zu trinken gegeben!«

Motja fragte: »Gibt's denn das Geld nicht?«

»Doch! Aber nicht für uns. Weswegen seid ihr gekommen?« Die Köchin schwenkte böse die Hand. Und auf einmal stand, wie aus der Erde gewachsen, Filippok im weißen Kittel neben ihr.

Er grüßte nicht, nickte nicht mal und sah uns nur starr an, so wie man eine Wand ansieht.

»Wir sind gekommen ... Wir suchen Wurzel«, murmelte Motja, verwirrt von dem seltsam starren Blick Filippoks. »Haben Sie ihn gesehen?«

»Wen?« fragte die Köchin. »Was für Wurzeln?«

»Senka heißt er«, sagte ich. »Solch ein Pickliger. Vielleicht ist er hiergeblieben ... eingeschlafen oder ...«

Die Köchin sagte sofort: »Solch einen Pickligen haben wir ... zufällig!« Und sie warf einen vielsagenden Blick auf Filippok.

»Na, dann haben wir ihn ja gefunden«, sagte Motja lebhaft. »Wir wollen ihn abholen.«

»Holt ihn ab, wenn ihr Geld habt«, antwortete die Köchin.

»Abholen ... Was?« Motja und ich glaubten uns verhört zu haben.

Aber die Köchin führte das Gespräch hart, obwohl sie die Stimme nicht erhob.

»Rede ich so undeutlich? Wenn ihr das Geld bringt, könnt ihr euren Freund mitnehmen ... den Pickligen.«

Motja wurde blaß, aber ich sah wohl nicht besser aus. Sie redeten mit uns wie mit irgendwelchen Gaunern.

»Wieviel sind wir schuldig?« fragte ich mit fremder Stimme.

»Soviel wie in dem Sparbuch steht.«

»Hunderttausend?« rief Motja erschüttert.

Die Köchin sah wieder Filippok an.

»Du meinst wohl, das ist zuviel? Wie viele wart ihr denn? Und jeder frißt für drei. Und schleppt noch was mit! Dann die Musik. Ihr habt doch Musik bestellt?«

Ich nickte mit gesenktem Blick. Mir war, als schlüge mir jemand mit einem stumpfen Gegenstand auf den Kopf. Es tat entsetzlich weh, aber sie schlug und schlug: »Und wieviel Geschirr ihr zertöppert habt! Und wieviel Besteck ihr mitgenommen habt, Löffel und Gabeln! Die Pflanzen im Kübel habt ihr abgebrochen. Zähl das mal zusammen, dann wirst du kapieren, daß wir dabei noch zusetzen!«

»Aber vorher haben Sie nicht gesagt ...«

Die Köchin war sehr verwundert, sie stieß Filippok mit dem Ellbogen an.

»Was haben wir nicht gesagt? Worüber haben wir nicht gesprochen? Hier an dieser Stelle haben wir gesagt ... Für die ganze Summe, das haben wir gesagt. Und du warst einverstanden, mein Lieber! Er war doch einverstanden, Filipp Christianowitsch?«

Filippok nickte nicht mal, er durchbohrte uns mit seinem starren Blick.

Aber als die Köchin ihn zum zweitenmal in die Seite stieß, besann er sich und sagte ausdruckslos: »Schaff das Geld her, Schurke, verstanden?«

Ich konnte ihm nicht einmal mit einer Grobheit antworten, so bestürzt war ich. Es ging ja nicht um mich, sondern um Wurzel. Motja hatte das nicht vergessen. Er gab sich immer Mühe, eine Sache möglichst gütlich zu bereinigen. Er glaubte an das Gute.

»Also ... Sie haben ihn eingesperrt?«

»Ja«, antwortete die Köchin selbstsicher. »Wir haben ihn eingesperrt.«

»Für wie lange?«

»Vielleicht für's ganze Leben!«

»Und ... kriegt er zu essen?«

Die Köchin lächelte weise. Filippok lachte auf. Hier in der Küche, wo alle ununterbrochen aßen, mochte unsere Frage ihnen irre vorkommen.

»Wieso sollen wir ihn umsonst füttern? Uns reicht, daß wir euch umsonst gefüttert haben!«

»Aber er kann doch nichts dafür!«

»Und wer kann dafür? Du? Also hilf deinem Kumpel, wenn du dafür kannst!«

»Genug geschwatzt«, blaffte Filippok die Köchin an, und plötzlich drang er drohend auf uns ein. »Verschwindet, ihr frechen Hunde! Haut ab! Schert euch weg!« sagte er mit sachlicher Grausamkeit. »Und laßt euch ohne Geld nicht wieder blicken! Sonst sperr ich euch auch noch ein!«

Verwirrt wichen wir zurück zur Treppe, dann stürmten wir hinauf und raus. Wir glaubten auf einmal, er werde uns jetzt zu Wurzel in den Keller sperren!

33

Wir versammelten uns in dem Gebüsch hinterm Haus, wo wir damals die geklauten Kartoffeln geteilt und zum erstenmal meine Tante gesichtet hatten.

Alle Kuckuckskinder waren gekommen außer Schwänzchen, der unauffindbar war. Aber wir wußten: Er würde kommen!

Motja sah uns alle an und sagte: »Die haben Wurzel eingesperrt. Wir müssen ihm helfen.«

»Wie denn?«

»Ich weiß nicht.« Motja zuckte die Achseln. »Eigentlich sind das ja keine schlechten Leute.«

»Gut sind sie!« schrie Bissig.

Motja sagte: »Vielleicht sind sie auch gut. Sie wollen ja nur das Geld.«

»Sie haben uns ja auch bewirtet«, erinnerte Engel.

Sandra lallte, sie meinte, Engel habe recht.

»Für hunderttausend hätten sie uns ganz anders bewirten können.«

»Sersch, hast du ihnen hunderttausend versprochen?« fragte Bergmann.

»Nein.«

»Waren Zeugen dabei?«

»Was für Zeugen?«
»Na, daß du es nicht versprochen hast.«
»Das fehlte noch!« wieherte Bissig. »Was kann's bei so einer Sache für Zeugen geben?«
»Dann müssen wir den Zaster rausrücken.«
»Hunderttausend!«
»Diesen Gauern? Hunderttausend?«
»Ja. Diesen Gaunern. Hunderttausend. Wir sind selber schuld.«
»Ja, wir sind schuld, daß Wurzel verschüttgegangen ist.«
»Also müssen wir zahlen! Ist Wurzel die hunderttausend wert oder nicht?«
»Er ja. Aber diese Lumpen ... sind es nicht wert!« schrie Bissig. Ich sah, wie seine Augen vor Wut weiß wurden. »Du hast selber erzählt«, sagte er zu Motja, »wie wir auf die Bilder geschossen haben. Jetzt wissen wir, auf wen wir ballern müssen! Auf diese Faschisten! Wir haben uns vollgefressen und vollgesoffen und alles andere vergessen!«
»Ich hab Sersch auf dem Klo gefunden!« schrie Engel, aber keiner lachte. Alle standen finster da und wußten nicht was tun.
»Vielleicht müssen wir ihn ... rausholen?« sagte Motja seufzend.
»Du weißt, da wimmelt's von Bullen! Und alle fressen sich bei denen durch.«
»Du meinst, die Bullen helfen uns nicht?« fragte Engel.
»Die Bullen? Uns?«
»Die Bullen sind gut!« schrie Bissig zähnebleckend.
»Dann brauchen wir Geld«, entschied Bergmann sachlich, um sozusagen den Schlußstrich zu ziehen. Er qualmte, warf nun aber die Zigarette weg und sah mich an. »Wo ist dein Sparbuch?«
»Hier.« Ich zeigte auf meine Brust.
»Wie kommt man an das Geld ran? Weißt du das?«
»Ja. Rüssel könnte es abheben.«
»Und Tussi?« schlug Grille vor.
Sandra lallte, sie war für Tussi. Zu Rüssel hatte sie, wie wir alle, kein Vertrauen.
»Und wenn wir deine Tante suchen?«

»Wo ist sie?«

»Woher soll ich das wissen?« sagte ich.

»Bis du sie gefunden hast, ist Wurzel erledigt!«

Plötzlich war Schwänzchen da. Er kam durchs Gebüsch zu uns gelaufen und schrie: »Ein Gitter! Da ist ein Gitter!«

»Was ist, Schwänzchen?« fragte Motja.

»Das Fenster hat ein Gitter ... Ich hab Wurzel gesehen!« sagte Schwänzchen, und dann zu mir: »Sersch, ich hab ihn wirklich gefunden! Er sitzt im Keller!«

»Kann man mit ihm reden?«

»Er sagt nichts!«

»Warum nicht?«

Die Frage blieb in der Luft hängen. Es bedurfte auch gar keiner Antwort, wir liefen sofort hinter Schwänzchen her zur Bahnstation. Wir mußten das Fenster und Wurzel sehen. Dann würden wir überlegen, was zu tun war.

Wir sausten zur Station und nahmen uns nicht mal vor den Polypen in acht, und merkwürdig, diesmal ließen sie uns unbehelligt.

Schwänzchen führte uns zum hintersten Ende des Bahnhofs und bog um die Ecke, da lagen alle möglichen Kisten und Fässer und auch Stacheldrahtrollen, für den Versand bestimmt. Er bückte sich und zeigte auf ein Gitter zu ebener Erde.

»Hier! Hier!«

Die Kuckuckskinder legten sich hin, schmiegten die Wange an die Erde und starrten hinein, um in dem dämmerigen Raum etwas zu erkennen. Auch ich legte mich hin, sah aber nichts.

»Wo ist er denn, Schwänzchen?«

Schwänzchen warf sich zu Boden und zeigte mit dem Finger.

»Da, in der Ecke.«

»Das soll er sein?«

»Ja, ja! Er sitzt da und sagt nichts.«

Jetzt sahen wir ihn alle.

Motja schrie: »He, Wurzel! Warum sagst du nichts? Ist dir schlecht?«

Wurzel regte sich endlich, er hatte uns gehört. Und begann zu weinen.

»Nicht weinen, Wurzel!« schrie Engel. »Morgen kaufen wir dich frei!«

»Wir brechen das Gitter auf!« rief Bissig. Er rüttelte daran, aber es war sehr fest.

Wurzel weinte immer noch, wir lagen vor dem Gitter und hörten es.

Ich schrie in den Keller: »Wurzel, erkennst du mich?«

Er gab keine Antwort.

»Wir bringen dir jetzt was zu fressen«, sagte ich. »Wenn du willst, geb ich dir erst mal mein Geschichtsbuch! Dann hast du was zu lesen!«

Mein Geschichtsbuch vertraute ich niemandem an, ich ließ es nicht mal berühren, aber Wurzel wollte ich es geben. Motja sagte jedoch: »Er wird nicht lesen, du siehst doch, ihm ist nicht danach zumute. Geh lieber zu Tussi! Geht lieber alle zu ihr, sonst kriegt ihr sie nicht rum!«

»Und du?« fragte Bissig.

»Ich bleib bei Wurzel«, antwortete Motja. »Ich kann ihn doch nicht allein lassen.«

»Ich auch«, krähte Schwänzchen.

»Wir müssen das Geld besorgen«, sagte Bergmann finster. Er legte sich auf die Erde und blickte lange in die dunkle Zelle, dabei beschirmte er seine Augen gegen das Licht. Dann stand er auf und stieß einen saftigen Fluch aus. Wir hatten ihn lange nicht nach Bergmannsart fluchen hören.

34

Wir glaubten in diesem Moment, daß die Rettung bei Tussi lag: Wenn wir ihr das mit dem Geld erklärt hatten, würde sie es schleunigst für uns holen, dann würden wir es diesen Faschisten in die Visage schmeißen und sagen: »Da habt ihr, freßt euch voll!« Sie würden unsere Verachtung angesichts des Geldes runterschlucken, und Filippok würde mit einem unschuldigen Lächeln verschwinden und mit Wurzel zurückkehren.

»Da habt ihr euern Pickligen!« würde er sagen.
Wir würden um ihn herumstehen und dann schleunigst den Keller verlassen, ohne uns umzusehen, um nie wieder daran denken zu müssen!

Die Erzieherin Tussi, Natalia Wlassowna, saß im Büro und schrieb einen Bericht über unsere Arbeit im Kolchos. Wir stürmten zu ihr hinein, ließen ihr keine Zeit zur Besinnung und erzählten ihr die Neuigkeit von Wurzel. Bissig sprach, und Bergmann half ihm.

»Was? Welches Geld?« fragte Tussi und sah uns verständnislos an. Sie war keine, die schnell reagierte.

Tussi nahm das Sparbuch und betrachtete es, und wir alle starrten sie an. Wir sahen, wie sie umblätterte und das Guthaben las. Sie wurde kreidebleich und war so verstört, daß sie kein Wort hervorbrachte.

»Das ... Das ... Wem gehört das?«

»Mir.« Ich drehte mich nach den Kuckuckskindern um. Sie alle starrten Tussi an und warteten.

»Und ich ... soll ...«

»Ja«, sagte Bergmann. »Uns geben sie's nicht.«

»Verstehe.« Sie schwieg bedrückt und überlegte. Dann sprang sie auf und befahl uns, hier zu warten und nicht wegzugehen. Auf keinen Fall, versteht ihr? Ich komme gleich zurück, dann beschließen wir.

Lange, viel zu lange blieb sie weg. Aber wir warteten. Wir sagten kein einziges Wort. Nur Bissig hatte auf einmal die Erleuchtung: »Sie hat uns verpfiffen.«

»An wen?«

»An wen, an wen ... Wirst schon sehen!«

Dann waren Stimmen vor der Tür, herein kamen Rüssel und Tussi, aber das Sparbuch war jetzt in seiner Hand.

»Wem gehört das?« fragte er, setzte sich ungeduldig an den Tisch und holte die geklaute Goldbrille hervor.

»Mir«, antwortete ich.

»Ihm«, bestätigte Tussi.

»Und was haben die übrigen hier zu suchen?« fragte er, ohne die Kuckuckskinder anzusehen.

Ich nickte ihnen zu, und sie entfernten sich widerwillig.

Bissig wollte überhaupt nicht weg, Bergmann zog ihn mit Gewalt hinaus. Aber es war klar, daß es in diesem Moment nicht dafür stand, Rüssel zu reizen, denn Wurzels Leben war wichtiger als persönliche Kränkungen.

Ich hörte Bergmann noch zu Bissig sagen, und das galt sicherlich auch mir: »Nicht angreifen, verstehst du? Bloß nicht angreifen!«

Tussi schloß hinter ihnen die Tür und setzte sich fröstelnd, und es war zu sehen, daß sie keine Lust hatte, an unserm Gespräch teilzunehmen, doch zum Weggehen konnte sie sich nicht entschließen. Rüssel würde es auch nicht geduldet haben!

Rüssel betrachtete das Sparbuch durch die Brille, drehte es hin und her.

Dann hob er den Kopf und sagte: »Es ist also deins?«

»Ja.«

»Woher?«

»Vom Vater.«

»Von welchem Vater?«

»Von meinem ... Vater ...«

»Du hast einen Vater? Das hör ich zum erstenmal!« Er warf Tussi einen schnellen Blick zu. Sie saß ihm gegenüber und duckte sich wie vor einem Schlag.

»Ich hatte einen ...«

»Wo ist er jetzt?«

»Weiß nicht.«

»Aber ich weiß. Es gibt ihn nicht. Und es hat ihn nie gegeben! Du hast ihn dir ausgedacht und vernebelst anderen den Kopf.«

»Aber er ... Er hat mir doch eine Nachricht geschickt.«

»Wer? Dein Vater?« Rüssel sah wieder Tussi an. »Was für eine Nachricht? Hat er dir einen Brief geschickt?«

»Aber das Sparbuch ... ist doch eine Nachricht.«

Mir schien, daß erst Rüssel und dann Tussi erleichtert aufatmeten. Der Gedanke, daß mein Vater mir geschrieben haben könnte, hatte sie erschreckt.

Und wenn er es wirklich getan hätte? Was hätten sie dann gesagt?

»Was nicht auf dem Papier steht, das hat's überhaupt

nicht gegeben«, versetzte er. »Also was willst du? Soll ich das Geld abheben?«

»Ja.«

»Was willst du damit?«

»Ich brauch's.«

»Alles?«

»Alles.«

»Dazu müßte ich nach Moskau fahren«, sagte Rüssel. »Und wer soll die Arbeit machen?«

»Ich bin ja hier, Iwan Orechowitsch«, bot Tussi an und fügte mit einem Blick auf mich furchtsam hinzu: »Aber vielleicht nicht gleich alles? Sie bringen's doch durch! Sie verspielen's!«

»Das bestimme ich«, wehrte der Direktor ab. »Da ist vielleicht überhaupt kein Geld. Wir wissen ja nicht, wo dieser Vater herkommt und woher das Geld stammt, oder? Vielleicht hat's ihm ein Gauner untergejubelt?«

Selber Gauner! Bebrillter Arsch! Das sagte ich natürlich nicht laut, und ich sah zu Boden, damit er meinen Augen nicht ansah, wie sehr ich ihn haßte.

Rüssel steckte mein Sparbuch in die Seitentasche.

»Du kannst gehen.« Er wies zur Tür.

Aber ich starrte wie ein Blöder auf seine Tasche, denn mir war klar, daß unser und Wurzels Schicksal nun in dieser Tasche steckte. Ich brachte es nicht über mich, einfach zu gehen und sein Zimmer zu verlassen.

Rüssel zögerte, klappte die Brille zusammen, doch dann sah er plötzlich, daß ich noch da war, und fragte grob: »Ist noch was?«

»Nein«, antwortete ich. »Wann soll ich das Geld holen?«

Rüssel sah Tussi an und schüttelte den Kopf.

»Das erfährst du noch. Marsch in die Zone!«

»Wann erfahr ich's?«

Tussi stand auf, nahm mich bei den Schultern und schob mich zur Tür.

»Ich sag's dir, abgemacht?«

»Nein!« Ich versuchte mich loszureißen. »Ich brauch's morgen!«

»Na gut, morgen. Und jetzt geh!« redete sie mir zu.

Rüssel saß am Tisch und schwieg düster. Sein Hals war rot angelaufen.

»Na gut«, sagte ich herausfordernd. »Morgen komm ich das Geld holen!«

»Tu das«, sagte Tussi hastig und machte mir die Tür auf.

Ich ging einen Schritt in den Korridor, dann drehte ich mich um. Rüssel sah mir hinterher, und seine Augen, nicht mehr von der Goldbrille geschützt, waren keine Augen, sondern tiefe Höhlen, die schwarz gähnten.

35

Meine Rückenhaut hatte die Grabeskälte gespürt, die vom Blick des Direktors ausging, darum hatte ich mich umgedreht.

Aber ich war in Anspruch genommen von dem Gedanken an Wurzel, der im Keller saß und den wir schleunigst herausholen mußten. Diesen lastenden schweren Blick und Wurzels Leben konnte ich nicht in Verbindung bringen, und das war wohl falsch.

Natürlich hatte niemand von uns Vertrauen zu Rüssel. Aber das Mißtrauen war unterschiedlich:

»Er hält uns die Pfeife! Nichts wird er bringen!«

»Doch, für sich!«

»Na klar. Er wird sagen, ich hab nichts gekriegt. Und nun haut ab.«

»Und das Sparbuch? Er muß es uns geben!«

»Er wird uns die Hucke vollügen! Er hat's verloren, wird er sagen.«

»Oder daß er nur die Hälfte gekriegt hat.«

»Auch gut! Für die Hälfte geben sie uns Wurzel.«

»Und wenn nicht?«

»Die wollen ja nicht Wurzel, sondern Geld!«

Unser Streit führte zu nichts, wir gingen schlafen, nur Motja blieb bei dem Gitter, und für die Nacht gingen die übrigen Kuckuckskinder hin, um bei ihm zu sein.

Am nächsten Morgen sahen wir Rüssel mit Aktentasche nach Moskau abreisen.

Wir standen hinter der Bahnhofsecke und beobachteten ihn. Und obwohl die Zweifel mit seiner Abreise nicht nachließen, war doch etwas bestätigt: Wenn er auf uns gehört hatte und abreiste, dann nicht einfach so, dann mußte er Geld bringen. Nicht alles, alles brauchten wir nicht, wir waren darauf gefaßt, daß Rüssel einen Teil für seine Bemühungen einbehalten würde. Aber das war egal, dann konnten wir mit denen vom Restaurant feilschen. Hauptsache, wir hatten Geld in der Hand.

Von Rüssels Abreise an richteten wir auf dem Bahnhof einen Wachdienst ein. Bissig und Grille sollten unablässig von beiden Seiten den Moskauer Zug belauern, mit dem Rüssel zurückkommen mußte.

Die übrigen waren der Reihe nach mit Motja bei dem Gitter, sie brachten ihm was zu essen und hatten sogar heimlich Suppe in eine Dose abgefüllt, die sie Wurzel mit einer Schnur hinunterließen.

Aber Wurzel aß nichts. Anfangs hatte er noch auf unsere Stimmen reagiert und Wasser aus der Flasche getrunken. Als aber der Abend, die Nacht, der Morgen und noch ein Tag vergangen waren, ohne daß Rüssel zurückgekehrt war, wurde er stumm. Er lag in der Ecke auf einer Sackleinwand, die wir ihm hineingeworfen hatten, aber er rührte das Brot nicht an und war nicht mehr ansprechbar.

Motja, der nicht von ihm wich und nicht einmal zum Mittagessen ins »Spez« lief, versuchte seinen Freund aufzumuntern. Er erzählte ihm Geschichten, erinnerte ihn an Filme, die wir gesehen hatten, besonders an »Schwejk«, wie der Hitler überlistet hatte. Früher hatte sich Wurzel über Schwejk halbtot gelacht, jetzt schwieg er.

Von Bissig und Grille kamen keine Neuigkeiten über den Direktor. Züge kamen an und fuhren ab, doch von Rüssel keine Spur.

Motja, der nicht mehr warten konnte, bis sie Neuigkeiten brachten, lief selber hin, um zu erfahren, ob der Direktor angekommen war, die Kuckuckskinder konnten ihn ja verpaßt haben. Sie schworen hoch und heilig, sie hätten genau hingesehen und nicht geschlafen, und es sei unmöglich, daß sie ihn verpaßt hatten, denn sie spürten ihn mit der Haut auf große Entfernung. Für alle Fälle wurde Sandra zu Rüssels Haus geschickt, aber da war alles still, abgesehen vom Kreischen der Ferkel und dem Zischen der alten Vettel. Sandra machte uns das Kreischen und das Zischen ausdrucksvoll vor.

Wir versuchten auch, mit Tussi zu reden, aber die zuckte nur zusammen, krümmte sich verängstigt und murmelte, die Züge hätten Verspätung, und Geld zu transportieren sei schwierig, weil es von Banditen wimmele, die nur darauf aus seien, jemanden auszuplündern.

Arme Tussi! Ausgerechnet uns wollte sie was von Banditen erzählen! Was waren wir denn? Was war unser ganzes »Spez«? Und was war der Direktor? Er war doch der oberste Ganove der Siedlung, denn für eine Kopeke hätte er auch seine Nächsten nicht verschont! Solch einen würde keiner beklauen, vor dem mußten sich andere in acht nehmen! Die arme Tussi hatte vor Angst eine Gehirntrübung, und sie redete sonstwas zusammen. Aber die Ration für Wurzel und Motja rückte sie heraus, ohne Fragen zu stellen, und sie drohte auch nicht mit Karzer für die Abwesenheit. Das war doch schon was.

Zu anderer Zeit hätten wir natürlich lachen können, daß sie Wurzel wegen der dreitägigen Abwesenheit womöglich nochmals einsperren wollten. Dann wäre er aus dem Keller in den Karzer des »Spez« gekommen …

Aber wir wären auch darauf eingegangen. Wir wären auf alles eingegangen, nur um Wurzel aus den Klauen dieser Leute herauszuholen.

Am Morgen des dritten Tages erschien Rüssel endlich in Goljatwino. Er stieg sichtlich ermüdet aus dem Zug, ging aber nicht zum »Spez«, sondern schaute beim Stationsvorsteher Koslow hinein, saß dann ein Weilchen in der Redaktion der »Roten Lokomotive« und machte sich dann gemächlich, die Aktentasche schwenkend, die sicherlich unser Geld enthielt, auf den Weg nach Hause. Bissig und Grille beschatteten ihn unablässig.

Kurz vor dem Abendbrot erschien er im »Spez«, zufrieden, beinahe fröhlich, und wir sahen, daß er schon ein Dampfbad genommen und eine tüchtige Ration getrunken oder, wie wir in Goljatwino sagten, »hundert Gramm eingepfiffen« hatte und jetzt wohlgelaunt zu seinen Geschäften zurückkehrte.

Offensichtlich waren seine Geschäfte gut gelaufen.

Aber wir sahen das so, daß seine Geschäfte jetzt teilweise auch die unseren waren. Und wenn sie gut liefen, hieß das, er hatte Geld bekommen, also würden wir auch bald Geld bekommen.

Wir standen gedrängt vor der Tür des Büros und warteten, daß er von seinem üblichen Rundgang durch die »Zone« zurückkam: Schlafräume, Küche, Kantine und so weiter – wir wußten, er würde hierher kommen.

Er wußte natürlich auch, daß wir auf ihn warteten, daß wir vor der Bürotür standen, und vielleicht hatte er's deshalb nicht eilig und wollte noch ein bißchen mit unseren Nerven spielen.

Endlich kam er, schritt an uns vorüber und nickte sogar auf unser ungewöhnlich lautes »Guten Tag, Iwan Orechowitsch!«, was er noch nie getan hatte. Auch ein gutes Zeichen. Aber dann schien er nicht begreifen zu wollen, daß wir seinetwegen hier standen, er verschwand im Büro und knallte uns die Tür vor der Nase zu. Für ihn schien es nichts zu geben, was er mit uns zu bereden hatte.

Nachdem wir noch ein Weilchen herumgestanden hatten, beschlossen wir, daß Bergmann, Bissig und ich zu ihm hineingehen sollten. Motja war wie immer bei dem vergitterten Fenster. Wir öffneten und fragten, ob wir eintreten dürften, da nickte er wieder gutmütig und las dabei in einem Papier.

»Nun, was wird gewünscht?«

Wir wechselten einen Blick, denn Rüssel war sichtlich bei Laune. Merkwürdig war nur, daß er sich nicht erinnerte, was wir wünschten.

Da sagte ich: »Wir kommen das Geld holen.«

»Ach, das Geld«, sagte er gedehnt, las dabei weiter in seinem Papier und blickte nicht zu ihm auf. »Das Geld also ... Soso, interessant.«

Wir wußten nicht, was er interessant fand – unsere Geldforderung oder das Papier, das er las. Aber wir standen da und warteten. Bissig verschlang Rüssels Aktentasche mit den Blicken. Wenn es Geld gab, steckte es natürlich in der Aktentasche, hunderttausend Rubel waren ein Haufen Papier, die paßten sonst nirgendwo rein.

Endlich löste sich Rüssel von dem Papier und starrte auf unsere Füße.

Ich denke mir, wenn er sich uns einprägen wollte, brauchte er uns gar nicht ins Gesicht zu sehen, ein Blick auf unsere Füße reichte völlig aus!

Wir trugen an den Füßen, was wir so hatten: Galoschen, Schuhe ohne Sohlen, Brettchen mit Schnüren, uralte geflickte Filzstiefel unbekannter Zeit und Herkunft, Fellstiefel, Steppstrümpfe mit Sohlen und sogar Frauenschuhe, unsere Füße zeigten genau, was wir waren.

»So«, sagte Rüssel und lächelte zufrieden in sich hinein. »Das Geld ... wollt ihr holen ...«

Und merkwürdig, dieser Rüssel, der nicht blaffte, nicht »ab in die Zone!« schrie, uns nicht in den Karzer oder zum Schweinefüttern schickte, sondern friedlich lächelte und mit uns sprach – mit uns sprach! –, stimmte uns versöhnlich, so daß wir unseren gewohnten Argwohn verloren.

Rüssel sprach weiter: »Geld, das ist eine ernste Sache.« Und dann ließ er einen brummenden Laut hören, der die Ernsthaftigkeit des Moments der Geldübergabe betonte. »Machen wir's so ...« Er überlegte. Wir warteten. »Morgen, ja?« Und er entschied: »Kommt morgen gleich zu mir! Abgemacht?«

»Abgemacht!« riefen wir laut.

Wir verließen das Büro, wechselten vielsagende Blicke und fühlten uns beinahe schon als Sieger.

36

Am nächsten Morgen erschienen wir bei Rüssel, als eben aus irgendwelchen Gründen unsere Paten bei ihm zusammenkamen: Napoleönchen, Koslow, Direktor Natter, der Arbeiterversorger Tomate und die anderen. Auch Tussi war da, sie saß schweigend in einer Ecke.

Als wir eintraten, unterhielten sie sich laut, doch da bemerkten sie uns, verstummten und starrten uns neugierig an wie irgendwelche Ausstellungsstücke.

Wir taten so, als ob wir sie nicht kannten, und wandten uns gleich an den Direktor, der auf uns gewartet zu haben schien.

Er setzte die geklaute Goldbrille auf, suchte auf dem Tisch nach etwas und fragte, ohne den Kopf zu heben: »Seid ihr alle da?« Und zu den anderen: »Das sind sie.«

Die Gäste sagten nichts, sie durchbohrten uns mit Blikken. Bissig stieß mich mit dem Ellbogen an und zeigte auf die Besucher, was heißen sollte, daß sie nach seiner Meinung nicht ohne Grund hier waren. Ob sie es auf unser Geld abgesehen hatten?

Auch Sandra guckte mich an, und Schwänzchen öffnete den Mund, um was zu fragen, aber ich bedeutete ihm zu schweigen. Ehrlich gesagt, ich hatte böse Vorahnungen, denn diese Bande war nicht zum Guten hier. Die alle wollten was von uns.

»Sergej Jegorow«, fragte der Direktor den Schreibtisch. »Wer ist das?«

»Na, ich«, sagte ich.

Nun sahen alle mich an.

»Also«, fuhr der Direktor fort, stand auf und breitete die Arme aus. »Also, Jegorow hat als Patriot sein Geld gespendet. Wir gratulieren ihm.«

Alle Anwesenden – Natter, Napoleönchen und die anderen – klatschten aus irgendwelchen Gründen Beifall, und der Direktor gab mir die Hand.

»Gratuliere, Sergej! So muß man es machen!«

»Wie denn?« fragte ich dumm.

»Na, so wie du.« Der Direktor nahm ein Blatt vom Schreibtisch, es war eine Nummer der »Roten Lokomotive«, und las laut und ausdrucksvoll vor: »Die Geldsammlung für das Kampfgeschwader, das nach dem Helden der Sowjetunion, Pilot Talalichin, benannt ist, verläuft auf hohem moralischem und politischem Niveau. Der achtzigjährige Kolchosbauer und Baumwollzüchter Sultan Akbarow aus dem Kreis Jangijul, Gebiet Taschkent, hat dem Verteidigungsfonds für den Bau der Zerstörerflotte in seinem Namen und in dem seiner zahlreichen Familie – er hat neun Kinder, von denen drei an der Front kämpfen – seine Ersparnisse in Höhe von dreihunderttausend Rubeln übergeben. Das Kollektiv des Waisenhauses mit Spezialregime in der Siedlung Goljatwino, Gebiet Moskau, hat Ersparnisse von hunderttausend Rubeln für den Bau der Kampfflugzeuge gespendet. Genosse Stalin hat allen Bürgern und Kollektiven, die mit ihren Mitteln die Rote Armee nach ihren Kräften unterstützten, seinen Dank ausgesprochen ...«

Alle klatschten wieder, und wir standen wie blöd vor dem Direktor, außerstande, zu begreifen, was geschehen war und wie wir uns in ein Kollektiv verwandelt hatten, das Geld spendete und nun ohne Geld dastand. Das Geld, mit dem wir Wurzel freikaufen wollten, würde jetzt mit dem des Baumwollzüchters dazu beitragen, einen eisernen Zerstörer zusammenzunieten, und Wurzel mußte im Keller bleiben.

»Nun gut«, sagte der Direktor und sah die Paten triumphierend an. »Meine Bettelkinder sind ganz verwirrt vor Freude, sie können gehen. Wir bleiben noch ein Weilchen. Es ist nicht jeden Tag solch ein Fest, wo der Genosse Stalin persönlich ...« Und zu uns: »Haut ab ... in die Zone ... Ich habe angeordnet, euch eine zusätzliche Ration zu geben!«

Auf dem Hof wartete Motja.

»Wurzel ist weg«, sagte er dumpf, ohne uns anzusehen.

»Wieso weg? Nicht mehr im Keller?« fragte Bissig.

»Nirgendwo.«

»Vielleicht haben sie ihn rausgelassen?«

Motja antwortete nicht.

»Wann hast du gesehen, daß er weg ist?«

»Heute morgen.«

»Und gestern war er noch da?«

»Ich glaub ja. Aber dort ist es nachts dunkel, und er schweigt«, sagte Motja. »Als es dann hell wurde, habe ich nachgesehen, und da war der Keller leer.«

»Und die vom Restaurant?«

»Ich hab sie nicht gesehen.«

»Wir müssen sie finden.«

Wir Kuckuckskinder stürmten zur Station, wir rannten so schnell, daß Schwänzchen zurückblieb und schrie: »Ich will auch! Ich kann nicht so schnell!«

Wir warteten auf Schwänzchen, sprachen aber nicht miteinander. Es war ein Moment, in dem es keiner Worte bedurfte. Wir alle wußten, was wir zu tun hatten. Und wir wußten, daß jeder tun würde, was zu tun war. Sogar Schwänzchen.

Wir stiegen in den bekannten Keller hinunter und fanden die Tür verschlossen. Wir schlugen mit Fäusten und Füßen auf sie ein, wir traten dagegen, wir schlugen aus Leibeskräften, aber wir hörten keinen Laut.

»Vielleicht keiner da?« fragte Bergmann.

»Das kann nicht sein!« schrie Bissig. »Sie haben sich eingeschlossen! Ich weiß es!«

Auch Sandra lallte etwas und zeigte, daß sie da drin waren. Sie spürte sie förmlich durch die Tür.

Da gab sich Bissig einen Ruck, sprang, zwei Stufen auf einmal nehmend, hinaus und spähte nacheinander durch sämtliche Kellergitter. Plötzlich schrie er: »Da sind sie! Da sind sie!«

Die Kuckuckskinder umdrängten das Fenster, und ich zwängte mich auch nach vorn. Die Köchin und Filippok standen mitten in ihrer Küche und sahen zu uns herauf, und wir blickten zu ihnen hinunter.

Ich dachte, sie würden gleich fragen, ob wir das Geld gebracht hätten, aber sie sagten nichts. Und sie sahen irgendwie sonderbar aus, nicht so kriegerisch wie letztes Mal.

»He!« schrie Motja. »Ist Wurzel bei euch?«

Filippok schüttelte den Kopf, und die Köchin schwieg.

»Wo ist er? Warum macht ihr nicht auf?«

»Er ist nicht mehr da«, sagte endlich die Köchin und schneuzte sich in die Schürze.

»Wo ist er?«

Die Köchin sah Filippok an und ließ den Blick durch die Küche gleiten. Dann sagte sie seufzend: »Er ist krank geworden.«

Filippok nickte bereitwillig, um ihre Worte zu bestätigen.

»So, und wo ist er jetzt?« schrie Bissig, dem das Geträdel zum Halse hinaushing. Wir wußten ja, daß Wurzel krank war.

»Im Krankenhaus«, antwortete die Köchin und seufzte wieder, als täte ihr Wurzel leid. »Hier, Filipp Christianowitsch hat ihn hingebracht ... zur Behandlung.«

Filippok nickte wieder bereitwillig.

In diesem Moment, als ich die Köchin und Filippok ansah, ging mir plötzlich auf, daß sie Angst vor uns hatten. Jetzt, wo sie hier nicht wegkonnten, logen sie uns was vom Krankenhaus vor, weil sie Angst vor uns hatten, obwohl sie in ihrem verschlossenen Keller saßen.

Motja richtete sich auf, klopfte den Staub von der Hose und sagte: »Los, zum Krankenhaus! Die hier finden wir jederzeit!«

Er beugte sich zum Gitter und schrie: »Wir gehen ins Krankenhaus. Aber wenn was ist ... Wir finden euch!«

»Wir finden euch!« schrie auch Schwänzchen und zeigte durchs Gitter die Faust.

Filippok und die Köchin sahen uns mit erhobenem Kopf wie verhext an und antworteten nicht einmal auf die Drohung.

Zum Krankenhaus war es nicht weit, es lag hinter der Kirche, wo wir Stacheldraht hergestellt hatten. Wir kannten es aus der Zeit, in der wir uns dort die Kratzer, die wir vom Stacheldraht an den Händen hatten, mit Jod bepinseln ließen. Das machte eine bejahrte, stille Krankenschwester, die uns im Vorraum empfing. Das Krankenhaus bestand aus drei Krankenzimmern und dem Ärztezimmer, in das wir wegen unseres Schmutzes nie hineingelassen wurden.

Der Arzt war ein kleiner Mann, stets mit Hut und Brille und mit einer Aktentasche, die wir schon mal durchstöbert hatten, als er zur Entlausung bei uns war, um irgendwelche Papiere zu unterschreiben. Er fürchtete uns, denn wenn wir ihn sahen, riefen wir ihm immer hinterher:

»Ohne Fußlappen, aber mit Hut! Brillenschlange!« Und noch was ähnliches, denn er erheiterte uns sehr mit seinem lächerlichen Aussehen. In der Siedlung lief sonst niemand so rum.

Jetzt rannten wir um die Kirche mit den Stacheldrahtrollen auf dem ehemaligen Friedhof herum und erstürmten die Vortreppe des Krankenhauses. Wir machten sicherlich ein lautes Getrappel, denn aus dem Fenster äugte ein erschrockenes Gesicht, und auf der Vortreppe erschien sofort der Arzt, diesmal ohne Hut. Die Brille aber, zwei sonderbare Glasscheibchen, die sich mit einem Zänglein auf der Nasenwurzel hielten, hatte er auf. Ihm mußte doch die Nase weh tun, wenn die Gläser da angeklemmt waren, er verzog ja auch ständig das Gesicht.

Aber wir hatten jetzt andere Sorgen.

Motja, keuchend vom Lauf wie wir alle, fragte abgehackt, und es klang wie Gebell: »Sagen Sie ... Wir haben gehört ... Wurzel ... Na, Senka aus unserm ›Spez‹ ... Ist er bei Ihnen?«

Der Arzt schien verwundert. »Ein Junge? Einer von euch?«

»Ja! Einer von uns.«

»Senka? Und der Nachname?«

»Kukuschkin!«

»Senka Kukuschkin?« Er schien zu überlegen. »Nein. Der ist nicht bei uns.« Er wandte sich ab und ging wieder hinein.

»Aber man hat es uns gesagt!« schrie Bissig, und Sandra wollte ihm sogar hinterherstürzen, aber die Tür war auf einmal verschlossen.

»Ich hab's ja gewußt, sie haben uns angelogen!« rief Bissig.

»Und wenn der hier ... lügt?« fragte Bergmann.

»Dann schlag ich ihm die Brille kaputt!« schrie Bissig.

»Aber er ist doch Arzt«, widersprach Engel.

»Meinst du, Ärzte lügen nicht?«

»Sie lügen alle! Bringen einen ins Grab und lügen!«

»Bringen einen ins Grab, wie denn?« fragte Schwänzchen.

Er wurde niedergezischt.

»Sei still, Schwänzchen! Das ist nichts für dich!«

So standen wir hinter der Kirche und erörterten die Lage, da kam die bejahrte Krankenschwester aus der Tür geschlüpft. Sie ging langsam, denn obwohl sie andere behandelte, war sie wohl auch krank. Vor der Kirche bekreuzigte sie sich, dann ging sie an uns vorbei, warf uns einen Seitenblick zu und sagte lautlos: »Kommt mir nach ... Nicht sofort ... Etwas später ...«

Sie entfernte sich langsam und bog in die nächste Gasse ein.

Wir warteten ein Weilchen, dann sausten wir los und holten sie hinter den Häusern ein. Sie war stehengeblieben und hatte auf uns gewartet.

Als wir bei ihr waren und ihr keuchend in das leidende Gesicht blickten, sah sie sich verstohlen um, ob uns jemand beieinander ertappen konnte, dann sagte sie lautlos mit ihren blassen Lippen: »Euer Kukuschkin ist tot ... Sie haben ihn begraben ... Sucht nicht nach ihm. Und fragt mich nichts, ich weiß nichts.«

Sie wandte sich ab und ging langsam weiter, als hätte sie uns nie gesehen.

Wir blieben wie angewurzelt in dem Gäßchen stehen. Plötzlich hatte alles seinen Sinn verloren, und es blieben keine Wünsche mehr offen. Mit einem Schlag, wie ein Schnitter mit der Sense, hatten sie uns abgemäht und hier liegengelassen.

Sandra schluchzte lautlos, daß es sie schüttelte; Motja setzte sich in den Staub und bedeckte das Gesicht mit den Händen.

37

Am Abend wurde in unserm »Spez« der »Panzerkreuzer Potemkin« gezeigt.

Wir hatten ihn schon mal gesehen, aber wir waren wie beim ersten Mal gepackt von der Meuterei der Matrosen. Die kriegten auf dem Schiff Kohlsuppe, darin war Fleisch mit Würmern. Als die Stelle mit den Würmern kam, sagte einer aus dem schweigenden Publikum, Bissig wohl, halblaut in der Dunkelheit, doch alle hörten es, uns könnten sie nicht nur Fleisch mit Würmern geben, sondern auch Würmer ohne Fleisch, die hätten wir weggeputzt wie nichts! Und um Nachschlag gebeten!

Aber keiner lachte, nur einer schmiß seine Mütze nach der Leinwand als Zeichen des Protestes gegen das nahrhafte Futter in der Zarenzeit! Seht doch nur, das Fleisch schmeckt denen nicht! Es hat Würmer, aber es ist Fleisch und kein Hundepimmel! Wir würden den Herren Offizieren dafür noch Dankeschön sagen!

Na, und dann kamen wie bei uns im »Spez« Köche und sonstige Natschalniks und versuchten sich rauszureden. Sie logen genauso wie bei uns.

So wie sie uns heute angelogen hatten.

Heute war das ganze »Spez« gekommen, um den ersten ausgehängten Artikel in der Geschichte des Waisenhauses zu lesen, den über die hunderttausend Rubel, die wir angeblich für den Bau von Kampfflugzeugen gespart hatten. Alle lasen, aber keiner sagte laut, wo das Geld herkam, denn alle wußten, daß Rüssel es uns gestohlen hatte.

Gegen Mittag war quer über den Artikel mit Tinte geschrieben: »Und Wurzel haben sie ins Grab gebracht!«

Wieder kamen alle angelaufen, um das zu lesen, bis Tussi dahinterkam, daß es etwas Verbotenes war, und den Artikel abmachte.

Aber als auf der Leinwand das Zimmer erschien, in dem mit einer Kerze in der Hand der von den Offizieren getötete Matrose lag, und die Menschen kamen, um von ihm Abschied zu nehmen, stand eine lastende Stille im Saal. Ich rede nicht von mir, alle merkten, daß es im Saal dumpf und drückend war, ohne jeden Lichtblick, als wären wir alle, sämtliche »Spezler«, alle auf einmal hier im Saal beerdigt worden wie Wurzel in seinem namenlosen Grab.

Da rief einer schwach: »Sie umbringen, das wär zu wenig!«

Und keiner fragte, wer umgebracht gehöre, diejenigen, die den Matrosen erschossen, oder die anderen, die heute unsern Wurzel getötet hatten. Diese natürlich, diese gehörten umgebracht! Die Matrosen hatten's doch längst begriffen! Wir Dummköpfe hatten noch gewartet. Zu lange!

Aber niemand griff den ins Leere geworfenen Ruf auf, im Gegenteil, die Stille wurde noch lastender. Auf der Leinwand tobten die Leidenschaften, die siegreichen Matrosen frohlockten und warfen ihre Mützen ins Wasser, während wir uns auf die eine gegen die Leinwand geschmissene Mütze beschränkten.

Schweigend gingen wir in die Schlafräume. Wir hörten nicht mal das übliche Trampeln im Korridor. Alle wurden still. Das ganze Haus war so still wie noch nie.

Gewöhnlich war es so: Lieder, Lärm, Raufereien, einer erzählte Witze, andere droschen Karten, noch andere gingen ein letztes Mal austreten, bevor die Tür verriegelt wurde. Die übrigen schnarchten schon, den Kopf unterm Kissen, und sie stöhnten, weil sie, wie wir alle, Alpträume hatten. Wer vor der Dunkelheit Angst hatte, wimmerte leise, und alle wußten, daß da Engel wimmerte und nicht nur er.

Was sollten sie machen, wenn sie gegen die Angst nichts tun konnten?

Heute aber waren auch sie still. Alle waren still. Die diensthabende Tussi, die ihren Rundgang durch die Schlafräume und Korridore machte und aus unserm Schweigen nichts Ungewöhnliches heraushörte, machte die Tür hinter sich zu und meinte, sie könne jetzt nach Hause gehen und schlafen. Sie war so froh, daß keiner tobte, keiner Gaunerlieder sang, keiner brüllte oder kreischte oder nackt durch den Korridor sauste, um die ohnehin verschüchterten Mädchen und die Kleinen zu erschrecken.

Wir hörten und gaben weiter, wie Tussi zu dem schiefmäuligen Wächter sagte: »Gottlob, alles ruhig. Ich geh dann. Legen Sie den Riegel vor. Nach dem Kino sind sie sonst immer aufgekratzt, dafür schlafen sie gut.«

»Klar«, antwortete der Wächter. »Heute haben sie sich wohl schon ausgetobt. Wie sie schnarchen ... Kein Krawall!«

Tussi ging. Der Wächter legte den Riegel vor und verzog sich in sein Kabuff, um zu grunzen. Anläßlich des Feiertags hatte Rüssel ihm hundert Gramm Wodka gestiftet, und nun schlief er. Rüssel selbst war schon vor dem Film gegangen (ein Filmabend ist für uns auch eine Art Fest!), um in der Schweinerei auf seinem Grundstück die Siedlungsbonzen angemessen zu bewirten, und alles wegen dieses Ereignisses, des persönlichen Glückwunschs vom Genossen Stalin in der Zeitung.

Man wußte in der Siedlung, daß dieses unglaubliche Ereignis Goljatwino in den Augen der Gebietsnatschalniks auf ein höheres Niveau heben und der Siedlung neues Leben einhauchen würde.

Was für ein Leben? Jegliches. Bei uns gibt's viele Leben. In der Kirche würden sie mehr Stacheldraht fertigen, und es würde mehr Flicken zu einem Kleid für Sandra geben. Die Gurken auf Napoleönchens Beet würden sich gewaltig vermehren, und die Zahl der Ferkel bei Rüssel würde sich verzwei- oder verdreifachen.

Wir sahen die glückliche Erneuerung unseres Lebens in Goljatwino im Licht der geschehenen Ereignisse.

Auch bei uns im »Spez« würde es eine Erneuerung geben, wie auch nicht! Vielleicht würde ein zweiter Wächter hinzukommen oder ein Milizionär für die Ordnung; vielleicht würde auch ein zweiter Karzer angebaut! Erneuerung, so heißt es, fängt gewöhnlich mit dem Bau der wichtigsten Einrichtungen an. Und was könnte wichtiger sein als ein Karzer, der doch für uns alle lebensnotwendig war, damit richtige Menschen aus uns wurden!

Mitten in der Nacht erklang in der Stille ein mit nichts zu vergleichender Ruf. Es blieb offen, ob ein Hahn gekräht oder ein Kuckuck gerufen hatte. Alle begriffen es auf gleiche Weise.

Sie erinnerten sich später, daß nach dem sonderbaren Laut, der von irgendwoher gekommen war, eine ganze Weile völlige Stille herrschte. Kein Seufzen, kein Rascheln einer Decke – es war totenstill.

Und plötzlich ging es los.

Nein, es ging nicht los, es entstand nicht irgendwo, sondern es explodierte in dieser Luft, und vielleicht war es die Luft selbst, die explodierte!

Dumpfes Krachen, Gepolter, Geschrei drang nach

außen. Eine Bombe war explodiert, natürlich keine richtige. Aber jeder von uns, das stimmt, trug eine Bombe in sich. Welche Kraft all die Detonationen im selben Moment gezündet hatte, kann niemand sagen.

Stimmen rasten den Korridor entlang, immer mehr anschwellend, und es waren keine einzelnen Schreie, die zu einem einheitlichen Gebrüll zusammenflossen. Es war ein einziger Schrei, ein Aufschrei, ein Röhren, das etwas Tierisches, Unlenkbares, Blutiges, Irrsinniges verhieß!

Mit einem Wort, eine Meuterei.

Meuterei.

38

Bissig läßt kein Auge von dem Hügel, der im morgendlichen Dunst bald erscheint, bald verschwindet, und schreit auf einmal: »Sie winken!« Und er zeigt mit dem Finger.

»Wem winken sie? Uns?« fragt Bergmann.

»Uns! Uns! Da!«

»Schieß!« befiehlt Bergmann Motja. »Sie sollen uns nicht vor der Nase herumtanzen.«

»Soll ich?« fragt Motja.

Sandra lallt, sie ist dafür. Ihr Lallen bedeutet, wir sollen auf die ballern und ballern.

Ich sage: »Natürlich müssen wir schießen!«

»Wenigstens einmal!« schreit Grille.

Also wollen alle, daß Motja schießt. Nicht wegen des Tuchs, mit dem dort gewinkt wird. Wir möchten schießen, um uns selbst zu hören. Und uns zu beweisen: Aha, wir schießen, also sind wir noch da! Und sind noch nicht unter der Erde dank eurer Bullenbemühungen!

Motja ist fest entschlossen zu schießen, doch plötzlich senkt er das Gewehr und sagt verwirrt: »Sie kommen.«

»Dann schieß doch! Schieß!«

»Was schreist du so?« sagt er zu Bissig. »Siehst du nicht, daß es ein Weib ist? Ein Weib kommt! Und winkt!«

»Was denn für ein Weib?«

Bergmann kommt von der anderen Seite des Schuppens, um zu gucken, und sagt sofort: »Das ist Tussi.«

»Na und? Ist das nicht eine von denen? Auf die schießen wir auch.«

»Und wenn sie uns was sagen will?«

»Uns gibt es nichts zu sagen!« ruft Bissig. »Heute reden wir! Heute sollen die zuhören, wie wir reden! Mit dem Gewehr!«

Ich lege noch einmal das Auge an den Spalt und begreife plötzlich, wer die Frau ist. Das ist nicht Tussi. Das ist Mascha. Ich erkenne sie, als sie näher kommt.

»Das ist meine Tante«, sage ich, obwohl jetzt alle sehen können, daß da mit dem Tuch in der Hand meine Tante Mascha kommt.

»Was ist? Soll ich schießen?« fragt Motja.

»Auf meine Tante?«

»Auf deine Tante«, bestätigt Bissig böse. »Weswegen kommt sie?«

»Sie will wohl zu dir?« fragt Engel.

»Weiß nicht«, antworte ich.

»Natürlich zu dir! Zu wem sonst!«

»Wo sie die wohl aufgetrieben haben ...«

Ich linse durch den Spalt und bitte Motja: »Schieß nicht auf sie, gut?« Aber als ich mich zu Bissig umdrehe, weiß ich, daß er als erster rufen wird: »Feuer!«

»Tut sie dir leid?« knurrt Bergmann. Er hat sich schon beruhigt und hebt einen Strohhalm auf, um zu rauchen.

»Na wennschon«, sage ich. »Aber sie tut mir nicht leid, und überhaupt ...«

»Doch, sie tut dir leid. Wir tun denen nicht leid.«

»Was hat Mascha damit zu schaffen?«

»Sie hat! Sie kommt, hat keine Angst! Schieß ihr in die Beine!«

Ich schweige, denn ich weiß, sie werden jetzt nicht schießen. Durch den Spalt sehe ich das Dummchen, mit dem blöden Tuch fuchtelnd, auf uns zukommen, dabei stolpert sie über Löcher, die sie nicht sieht, weil sie wie blind auf unsern Schuppen starrt. Klar, sie sieht uns nicht, aber wir sehen sie.

Wir gucken mit angehaltenem Atem.

Zehn Meter vor der Schuppentür bleibt sie stehen, dreht

den Kopf, um zu sehen, wo wir stecken, besonders ich, und ruft: »Sergej, ich will zu dir … Hörst du mich?«

Alle in dem Schuppen wenden sich mir zu. Motja nickt.

»Ja, ich hör dich«, antworte ich durch den Spalt.

Jetzt weiß sie, wo ich stecke, und blickt in meine Richtung.

»Hör zu. Sag den Jungs, ihr müßt euch ergeben. Die dort sind bewaffnet, verstehst du?«

»Na und?« schreit Bissig.

Mascha wendet das Gesicht in seine Richtung.

»Aber sie wollen den Schuppen stürmen!«

»Na und?« schreit Bissig wieder.

Mascha schweigt. Ich sehe, daß sie vor Aufregung nicht die richtigen Worte findet. Und überhaupt, sie steht verwirrt wie ein kleines Mädchen vor unserem Gewehrlauf, obwohl sie vielleicht nicht wissen kann, daß wir imstande sind zu schießen.

»Sergej«, sagt sie und stockt, als hätte sie etwas verschluckt. »Sie haben mich ausfindig gemacht und herbestellt … Tussi hat mich gefunden … Ich soll dir … Ich soll euch allen sagen … Aber ich komme nicht von denen, ich komme von mir aus, verstehst du … Die haben dort Gewehre, und es sind viele.«

Wir schweigen. Auch Bissig sagt diesmal nichts. Wir sehen sie an. Sandra kommt angekrochen, auch Grille, den das Fieber schüttelt.

»Hörst du mich, Sergej?« fragt sie. Ich höre die Tränen in ihrer Stimme.

Sandra sieht mich an und lallt, ich solle reden.

»Ja, ich hör dich«, antworte ich halblaut.

Mascha dreht sich nach ihren Bullen um und gibt sich keine Mühe mehr, sich vor ihnen in acht zu nehmen. Hastig sagt sie, die dort wären gekommen, um uns zu holen.

»Das sind solche … Das sind solche …«

»Wir wissen, was für welche das sind!« schreit Motja. »Wir hassen die!«

Mascha zuckt zusammen und sieht sich angstvoll um.

»Aber sie werden schießen … Die haben doch kein Mitleid, Sergej!«

Und sie schluchzt los.

Sie steht vor dem Schuppen und wischt sich mit dem Tuch die Tränen weg, und wir sehen sie mit angehaltenem Atem unverwandt an. Wir wissen, daß ist der erste und einzige Mensch auf der Welt, der Mitleid mit uns hat. Aber sie ist ein Mensch von denen, also haben wir nichts mit ihr zu reden.

»Sag ihr, sie soll gehen«, bittet Motja.

»Geh weg!« schreie ich.

Sie zuckt zusammen und sieht sich wieder um.

»Sergej ... Besinnt euch ...«

»Geh weg!« schreit nun auch Bissig. »Geh schnell weg! Na?«

Mascha wendet sich ab, blickt aber nochmals in meine Richtung.

»Weißt du, ich habe dir nicht die Wahrheit gesagt. Dein Vater lebt, Sergej, er lebt ... Um seinetwillen solltest du mit dir Mitleid haben, wirklich.«

Ich höre zu und weiß, daß sie lügt. Alle wissen das. Wozu? Um mich zu retten. Sie haben uns immer und überall belogen, angeblich zu unserer Rettung, dabei haben sie nur an sich gedacht.

Da lege ich den Mund an die Ritze und schreie: »Alles gelogen! Gelogen! Gelogen!«

39

Eine Meuterei, das weiß ich aus meinem Geschichtsbuch, ist unbegreiflich, aber fürchterlich. Alle wollen etwas zerstören, sie schlagen blindlings drauflos und dürsten nach Blut. Am besten nach dem Blut des Direktors, es kann aber auch anderes sein.

Ich war mit den anderen aufgestanden und wußte nicht mal, ob ich das mußte oder nicht. Es hob mich einfach aus dem Bett.

Aber doch, ich wußte, daß ich mit allen gehen mußte. Ja, jeder von uns wußte es, das ist es ja eben. Jeder brachte sich in die allgemeine Bewegung ganz ein, jeder richtete sich nach den anderen aus, und all das schwoll wie eine Alarmsirene immer mehr an, bis das Gebrüll in ein langgedehntes Heulen überging. Dieses Geheul stachelte, hetzte, peitschte uns immer mehr auf. Etwas in mir schrie: Schluß! Schluß! Schluß! Vielleicht war das nicht in mir, wir hörten ja nichts, aber zugleich hörten wir es doch: Schluß! Schluß! Schluß! Die Zeit von denen ist abgelaufen. Jetzt ist unsere Zeit gekommen! Und in dieser anderen Zeit ist jeder von uns auch ein anderer, nichts und niemandem untertan außer dieser Urgewalt, in die wir gleichzeitig und für immer einfließen wie Tropfen in einen Strom. So wurden wir zu einer zerstörenden Kraft.

Wir brachen in das Büro ein und zerschlugen die Fensterscheiben. Einer packte den Stuhl des Direktors und schmetterte ihn gegen den Schreibtisch, so daß er auseinanderflog.

Das Stalinbild wurde nicht angerührt. Stalin war hier als einziger schuldlos. Seine Worte, wonach man die Menschen sorgsam aufziehen müsse, veränderten wir folgendermaßen: »Schweine muß man sorgsam aufziehen, wie Rüssel sie aufzieht ...« usw. Darunter stand: »J. Stalin«.

Alle zeigten mit dem Finger darauf und lachten schallend.

Einer wollte den Schreibtisch öffnen, aber die Schubladen waren verschlossen. Schon war ein Brecheisen zur Stelle, und die Schlösser flogen herunter.

In den Schubkästen waren Papiere, viele Papiere, und Motja, den ich auf einmal inmitten der anderen sah, sagte ganz ruhig, nicht einmal wütend: »Die Papiere müssen wir lesen! Nicht zerreißen!«

»Doch!« schrien die andern. »Zerreißen!«

»Nicht lesen! Ist ja doch alles gelogen!«

Einer fand zwischen den Papieren ein Foto von Rüssel. Es wurde sogleich an die Wand gepappt, und wir wetteiferten, wer ihm am treffsichersten ins Gesicht spucken konnte.

Das lenkte die Jungs von den Papieren ab. Da rief Motja auf einmal: »Hier ist ein Brief!«

Die Jungs spuckten weiter auf das vollgerotzte Foto, nur Bissig fragte: »Ein Brief? Von wem?«

»Vom Vater«, sagte Motja.

Alle drehten sich um und sahen ihn an. Bestimmt wollten sie wissen, wessen Vater. Aber keiner fragte. Wahrscheinlich hatte jeder Angst, daß es nicht sein, sondern ein fremder Vater war.

»Der Brief ist ohne Umschlag«, sagte Motja. »Soll ich vorlesen?«

»Ja.«

»Also hört zu. Er ist nicht lang.« Und Motja las ausdrucksvoll: »Mein lieber Sohn, ich habe lange nach dir gesucht, und jetzt haben sie mir geschrieben, daß du in Goljatwino in einem Waisenhaus mit Spezialregime lebst. Ich bin nicht in Freiheit, aber ich konnte diesen Brief hinausschmuggeln. Du sollst wissen, daß ich in keiner Weise schuldig bin, sondern mein ganzes bewußtes Leben lang treues Mitglied der KPdSU war. Sie haben mich halbtot gefoltert, ich habe sieben Nächte nicht geschlafen, dann habe ich die verleumderische Anklage gegen mich unterschrieben. Glaube nichts davon, sie haben mich gebrochen, aber doch nicht ganz. Ich habe einen Brief an den Genossen Stalin geschrieben, dem sie verheimlichen, was hinter seinem Rücken vorgeht. Wenn ich nicht zurückkomme, sollst du wissen, mein lieber Sohn, daß dein Vater immer ehrlich war und noch im Sterben an dich denken wird.«

Motja hörte auf zu lesen, alle starrten ihn an und warteten.

»Und weiter?« schrien sie.

»Das war alles«, antwortete Motja schuldbewußt.

»Und an wen ist der Brief gerichtet?«

»An uns. An wen sonst!«

»Natürlich an uns. Aber doch an einen bestimmten.«

»Ich sag dir doch, du Blödmann: keine Adresse ... und kein Name.«

Nun sagte jeder, der Brief sei an ihn gerichtet, denn nur sein Vater, an den er sich freilich nicht erinnere, könne diesen Brief geschrieben haben. Wir stritten, beschimpften uns sogar, und ich dachte auf einmal, daß mein Jegorow, der wohl mein Vater war, diesen Brief geschrieben haben könnte. Im Gegensatz zu übrigen »Spezlern« wußte ich ja genau, daß er im Lager saß. Oder gesessen hatte.

Doch auf einmal mischte sich Schwänzchen in das allgemeine Geschrei. Er krähte: »Das ist mein Brief! Mein Vater! Meiner! Meiner!«

Alle wurden still und sahen ihn an. Auch Motja. Er sagte: »Wenn es deiner ist, nimm!« Und er gab Schwänzchen den Brief.

Der griff gierig zu und schob ihn sogleich unters Hemd. Ich denke mir, er wird ihn dort versteckt haben, weil er gesehen hat, wo ich mein Geschichtsbuch verstecke. Im Hemd konnte der Brief nicht verlorengehen. Aber er glaubte sicherlich nicht ganz, daß der Brief seiner war, darum wiederholte er laut: »Mein Vater! Meiner! Meiner!«

»Natürlich deiner«, beruhigte ich Schwänzchen. »Wenn wir suchen, finden wir vielleicht noch mehr Briefe!«

Da ging allen auf, daß Rüssel vielleicht noch mehr Briefe einbehalten hatte. Sie rissen einander die Papiere aus der Hand, doch weitere Briefe gab es nicht. Wir fanden unsere Personalakten, in denen einheitlich über uns geschrieben stand, wir wären sozial gefährliche Elemente, im Waisenhaus mit Spezialregime von der Gesellschaft isoliert, dann folgten alle möglichen Sauereien von Rüssel über Charakter, Verhalten, Einstellung zur Heimat, zur Partei, zum Direktor und zum Lernen. Sogar Schwänzchen hatte solch eine Beurteilung, und er war ohne Vornamen vermerkt, statt dessen hieß es: »Beurteilung von Kukuschkin, genannt ›Schwänzchen‹«, und alles so was.

Ich wollte natürlich meine Beurteilung sehen, um zu erfahren, was sie über meine Tante geschrieben und wen sie nach meinen verwandtschaftlichen Beziehungen befragt hatten. Aber Motja war eben auf ein Blatt Papier gestoßen und rief mich zu sich.

»Sieh dir das an!«

Alle andern wühlten herum und zündeten Papiere an, bis einer auf die Idee kam, die Schubkästen aus dem Fenster zu schmeißen und aus den Papieren im Hof ein Feuer zu entfachen.

»Über mich?« fragte ich.

»Das ist wohl über uns alle«, sagte Motja. »Von der Miliz.«

»Gib her«, bat ich.

In dem Blatt, einem Vordruck, hieß es: »An den Natschalnik des Spezialwaisenhauses Gen. I. O. Stepko. Wir bitten um eingehendere Informationen über das Sparbuch des Zöglings S. Jegorow, Sohn des verurteilten Verbrechers A. P. Jegorow, wie auch über den Zweck, für den er wie auch die anderen Kukuschkins eine solche Summe Geld benötigten. Im Zusammenhang mit ihrer Reise nach Moskau bitten wir, festzustellen, ob die erwähnten Kukuschkins Mitglieder der Gesellschaft ›Rache für die Eltern‹ sein könnten, die unlängst in Moskau unter Halbwüchsigen aufgedeckt wurde und die das Ziel verfolgt hatte, den Genossen Stalin und andere Führer der Partei und Regierung zu ermorden. Vielleicht sollte das Geld zum Ankauf von Waffen und dergleichen benutzt werden ...«

»Zum Teufel! Ins Feuer damit!« schrie ich.

»Und die Personalakten, unsere Akten?«

»Alles ins Feuer«, schrie ich gereizt. Mir war auf einmal klar, daß in den Papieren unser Untergang war, so wie in dem Märchen der Tod des unsterblichen Kastschej in einem Ei beschlossen lag. Wenn wir die Papiere verbrannten, würde nichts übrigbleiben.

»Alles ins Feuer!« rief ich und zerrte den Schreibtisch des Direktors zum Fenster. Es hatte keinen Zweck, ihn zu durchsuchen, wir mußten ihn vernichten. Er polterte in den Hof, und gleich darauf brannte es lichterloh.

»Verbrennt alles!« schrie ich und hörte die anderen Kukkuckskinder meinen Ruf aufgreifen.

Wir holten unsere Pritschen und Matratzen aus dem Schlafraum und warfen sie durch das zerschlagene Fenster.

»Verbrennen!«

Die Pritschen und Matratzen waren Zeugen unseres elenden Daseins im »Spez« gewesen. Sie hatten auch gelogen! Das ganze »Spez« war eine Lüge gewesen. Es mußte verbrannt werden!

Ich hörte, wie die Wütendsten die Türen zur Kantine

und zur Küche aufbrechen wollten, doch die waren mit Eisen beschlagen. Gegen uns!

Die Küchentür wurde mit Hurrageschrei aufgerammt, doch zu fressen fand sich nichts. Blechschüsseln, Kasserollen, Kochtöpfe, die Waage zum Abwiegen der Rationen und die Gewichte flogen zum Fenster hinaus.

Wir warfen alles ins Feuer, sogar die Blechschüsseln, die Gewichte steckten wir ein und sagten spöttisch, nicht nur Pflastersteine, wie wir in Geschichte gelernt hatten, seien Waffen des Proletariats, sondern auch Gewichte! Die Matrosen in dem Film hätten den Fehler gemacht, sie nicht zu benutzen, um die satten Fressen ihrer Köche zu demolieren.

»Wir bieten dem Kunden vollwertiges Gewicht!«, so stand es wohl im Laden geschrieben. Auch wir würden den Bullen vollwertige Gewichte bieten!

Das Feuer loderte inzwischen bis zum Himmel hinauf, wir hatten gar nicht geahnt, wieviel brennbare Zeugen unserer Haft im »Spez« sich bei uns (gegen uns!) angesammelt hatten.

»Ins Feuer! Ins Feuer! Ins Feuer!«

Jetzt brüllten schon hundert Kehlen, wie wahnsinnig von der beglückenden Freiheit, die uns erfaßt hatte.

Aus dem starken Wunsch heraus, in diesem schönen Leben noch etwas Bleibendes zu schaffen, beschlossen wir, auch das »Spez« anzuzünden, das Haus, das eigentlich ein Gefängnis war und das wir haßten.

> Maurer mit der weißen Schürze,
> sag, was du gebaut hier hast!
> »Stör uns nicht, wir sind beschäftigt,
> denn wir bauen einen Knast!«

Das hatten wir in der Schule gelernt, aber wir hatten uns gleich gedacht, daß der Maurer dieses »Spez« für uns, seine Nachkommen, baute.

Was würden sie wohl später mal in Gedichten über uns schreiben: daß wir für die Nachkommen Stacheldraht gefertigt hatten? Eine schöne Generation!

Sie sollten lieber erzählen, wie wir hier alles verbrannt hatten!

Schon waren wir drauf und dran, das Haus mit brennenden Hölzern von allen vier Seiten in Brand zu setzen, aber da fiel einem ein, daß da noch Kranke und ganz kleine Kinder und Mädchen waren, die sich vor der Nacht und der Dunkelheit und unserm Feuer und unserm Geschrei fürchteten, und sie würden auch nicht herauskommen, sondern sich vor Angst unterm Bett verstecken und dann verbrennen.

Auch der schiefmäulige Wächter würde verbrennen, der besoffen in seinem Kabuff pennte. Wir hatten für alle Fälle von außen einen Knüppel gegen die Tür gestemmt.

War's nicht viel besser, Rüssel zu verbrennen? Nicht wir, er sollte im Feuer gebraten werden!

Auf einmal dachten wir alle daran, daß Rüssel sich die Sauerei mit unserm »Spez« ausgedacht hatte! Er gehörte ausgeweidet.

Wir verließen das Feuer und stürmten zu Rüssels Haus.

Wir flogen, sausten ohne Weg und Steg, über Löcher und Gruben, um die Wette, denn jeder wollte als erster bei Rüssel sein und mit der Abrechnung beginnen.

40

Rüssels Haus war dunkel, das Tor verschlossen.

Aber wir waren ja hier wie zu Hause und kannten uns aus.

Der Flinkeste unter den ersten, die das Haus erreicht hatten, schwang sich über den Zaun und schob trotz des kläffenden Hundes den schweren Balkenriegel weg. Wir hingen außen am Tor und fuhren so unter Hurrageschrei in Rüssels Hof ein.

Aber Rüssels Hund, wenn auch nicht groß, war doch stimmgewaltig, er wollte nicht verstummen und nicht begreifen, daß seine und seines Herrchens Macht zu Ende war. Wir schlugen ihm ein Brett über den Kopf!

Vielleicht hätten wir bei anderer Gelegenheit mit dem dummen Köter Mitleid gehabt, aber Rüssels Hund war uns ebenso verhaßt wie sein Herrchen. Gleiche Brüder, gleiche Kappen: kläffen und möglichst schmerzhaft zubeißen!

Auf unser Geschrei kam Rüssels Mutter heraus. Sie stand auf der Vortreppe und konnte in der Dunkelheit keinen sehen, aber sie hörte, daß »Spezler« da waren, und so beschimpfte sie uns nach alter Gewohnheit, nannte uns »Lumpenpack« und »Pestgesindel« und noch anders und befahl uns, still zu sein.

»Stopf der Alten das Maul!« sagte einer in der Dunkelheit, und schon sprangen ein paar Jungs zu ihr und stopften ihr die eigene Schürze in den Mund, dann zerrten sie sie, obwohl sie sich sträubte, zum Schuppen und sperrten sie ein. Sie sollte nicht kläffen, die alte Hündin. Wir hätten sie am liebsten in die Hundehütte gesteckt, weil sie immer wie ein Hund blaffte und uns verhöhnte, aber einer sagte bedauernd, sie passe dort nicht hinein.

Rüssel fanden wir im Haus. Er pennte auf einem großen Metallbett unter einer wattierten Flickendecke. Auf dem Tisch im Zimmer standen und lagen alle möglichen Flaschen und Speisereste. Unsere Landsleute aus Goljatwino schienen hier anläßlich unseres Ruhms nach Herzenslust getafelt zu haben.

Wir umstanden das Bett und leuchteten Rüssel für alle Fälle mit einem brennenden Holzscheit ins Gesicht, um ihn, wie einer sagte, auf keinen Fall zu verwechseln und nicht eines seiner Schweine für ihn zu halten!

Auf unsere Stimmen reagierte er so: Er zwang seine Schlitzaugen auseinander, stieß einen scheußlichen Fluch aus und schloß sie wieder.

Wir hörten noch das schmerzhaft bekannte Wort: »Ab in die Zone!«

Rüssel schien in seinem Suff zu glauben, er habe uns nur geträumt.

Wir griffen seine Worte auf:

»Er will in die Zone! In die Zone!«

»Schleppen wir ihn in die Zone! In den Hof!«

»Bloß wie? Das schaffen wir nicht!«

»Wir binden ihn am Bett fest!«

Wir fanden eine Leine, wickelten sie um Rüssel und das Bett und schleppten ihn mitsamt dem Bett in den Hof, wo schon ein hohes Feuer aus Rüssels Sachen loderte.

Während wir ihn schleppten, wachte er wieder auf, begriff aber nichts und bat nur heiser, ihm was zu trinken zu geben.

»Gleich!« antworteten wir ihm vergnügt. »Gleich kriegst du zu essen und zu trinken!«

Das Bett wurde hochkant hingestellt, so daß Rüssel, von der Leine umschnürt, stehen mußte. Er sollte alles sehen können. Vor allem uns. Er blinzelte und zwinkerte, und es war zu erkennen, daß er langsam nüchtern wurde und uns zu unterscheiden begann.

»Rüssel!« schrie ihm Bissig ins Gesicht. »Hör zu, Rüssel! Wo ist Wurzel? Wo habt ihr ihn begraben? Na?«

Rüssel fluchte und sagte uns, wo wir ihn könnten.

Nein, er hatte nicht umsonst in Straflagern gearbcitet, er hatte eine harte Dressur.

Bergmann hielt ihm ein brennendes Scheit vors Gesicht, aber nicht, um ihn anzuzünden, er wollte ihm in die Augen sehen. Rüssel jedoch spuckte auf das Scheit und kläffte: »Mißgeburten! Rotzlöffel! Säuglinge! Scheißefresser! Ich schick euch alle in die Zone! Ich laß euch alle erschießen … Alle!«

Bissig holte ein Gewicht hervor, wog es auf der Hand und sagte: »Soll ich ihm die Visage plattklopfen? Damit er das Maul hält?«

»Lieber nicht«, sagte Motja. »Dann kann er ja nichts mehr sehen.«

Da schleppten die »Spezler« ein Ferkel herbei. Er hielt die Ferkel im Schuppen hinter dem Haus, wir hörten von dort Geschrei und Gekreisch.

»Ins Feuer damit«, befahl Motja.

»Dann haut's doch ab!«

»Schnürt ihm die Beine mit Draht zusammen!«

Das Ferkel wurde trotz seines ohrenbetäubenden Kreischens mit Draht gefesselt und ins Feuer geworfen. Es roch nach verbrannten Borsten, rasendes Gekreisch stieg zum Himmel. Rüssel schloß die Augen. Aber schon wurden das zweite und das dritte herbeigeschleppt.

»Rüssel!« brüllte Bissig ihm in das eine und Grille in das andere Ohr. »Rüssel! Wo ist unser Wurzel? Antworte!«

»Da, wo ihr Dreckfetzen auch bald sein werdet!« schrie er und blinzelte gegen das Feuer und das Gewimmel unserer erregten Gesichter.

Sein Gesicht lief dunkel an und wurde dann lilarot wie ein Stück Fleisch. Jetzt müßten wir die geklaute Goldbrille in diese Visage hängen! Bebrillter Arsch! Aber dazu hatten wir keine Zeit. Wir trugen alles aus dem Haus, was uns in die Hände fiel: Stühle, Teppichläufer, Geschirr und sogar den Samowar. Und warfen alles ins Feuer. Die anderen schleppten Schweine herbei, die so brüllten wie unsereiner auf dem Markt, wenn er verprügelt wurde. Sie wurden lebendig mitten in die Glut geworfen.

Sie kreischten natürlich dermaßen, daß unsere Stimmen nicht zu hören waren. Ich dachte mir, ganz Goljatwino müsse es mitbekommen. Aber das scherte uns einen Dreck. Wir wollten, daß Rüssel es hörte! Und er hörte und sah, wie sein Schweinereich zugrunde ging und wie die Tiere ihn, ihren Schweinegott, seine Majestät, das Oberschwein, um Hilfe anbrüllten!

Sämtliche Schweine waren natürlich nicht den kleinen Finger von unserm Wurzel wert! Aber unsere Rache, so fanden wir, war die lautstärkste! Lautstärker geht's wohl nicht.

Als das Feuer zu sinken begann, zerrten wir die verkohlten Schweine aus der Glut und zerlegten und fraßen sie vor Rüssels Augen. Das war ein Festmahl.

Ein Festmahl zum Andenken an Senka Wurzel. Er würde sich nie wieder vollfressen können, denn er war hungrig gestorben.

Bergmann nahm einen Schweinekopf mit offenem Rachen und stopfte den schwarzen Rüssel in Rüssels Maul.

»Friß dich selbst, du Schweinerüssel! Küß dein Bild!«

Rüssel schüttelte den Kopf, und auf einmal schluchzte er. Ob er gerührt war? Aber er hatte sich wohl nur verbrannt. Wir pusteten auf den Schweinekopf und auf Rüssel.

»Friß, du Lump!« befahlen wir ihm. »Das ist ja nicht neu für dich, du hast ja immer für uns gefressen! Also friß jetzt für Wurzel, der immer hungrig war! Wird's bald? Hörst du schwer? Sonst stopfen wir's dir rein!«

Wir hielten das Bett schräg, um Rüssel den Schweinerüssel direkt ins Maul stopfen zu können. Das machte Sandra, und sie machte es sehr eifrig, unterstützt von Schwänzchen.

»Friß, Rüssel! Sonst gehen wir weg, und du bleibst hungrig!« erklärte er.

Da kam einer auf die Idee, eine halbvolle Flasche Selbstgebrannten zu holen, die vom Festmahl übriggeblieben war.

Wir gossen Rüssel den Schnaps in die Kehle, und es ging. Er trank gierig, bis er den Kopf wegbog. Nun biß er auch von dem Schweineohr ab, das wir ihm vor dem Mund hielten. Wir hatten die Schweine in Stücke gerissen und uns bis an die Haare mit Ruß vollgeschmiert, aber wir sahen Rüssel ins Gesicht, genossen die Schweine und seine Schweinevisage. Wir sahen, wie er, betrunken, langsam das Schweineohr kaute, und schrien wieder: »Rüssel, wo ist unser Wurzel? Wo habt ihr ihn verscharrt?«

Aber er hörte uns nicht mehr, er gab keine Antwort. Plötzlich schnarchte er, und als wir ihn zu wecken versuchten, indem wir ihm ein Schweinebein um die Ohren schlugen, kreischte und grunzte er, als hätte er sich wirklich in ein Ferkel verwandelt.

Schwänzchen guckte ihm in den offenen Mund, holte das halbzerkaute Schweineohr heraus und fragte: »Ob wir Rüssel jetzt auch räuchern?«

Wir sahen Schwänzchen an und wechselten einen Blick.

Aber plötzlich erhob im Schuppen Rüssels Mutter, der die Schürze aus dem Mund gefallen war, lautes Geschrei.

»Ihr Lumpenpack!« brüllte sie und rüttelte an der wackligen Tür. »Dafür werdet ihr büßen! Für die Tiere und für meinen Sohn! Ich kenne euch alle! Ich schick euch alle nach Sibirien ins Lager!«

»Stopft der Alten das Maul!« befahl Motja, aber nicht ärgerlich, eher mit böser Lustigkeit. Er ließ den Blick über uns gleiten; wir waren mit Fett und Ruß verschmiert, und wir kauten leckeres Schweinefleisch. »Wer ist als nächster dran?«

Alle brüllten los, und jeder nannte einen:

»Napoleönchen!«
»Filippok und die Köchin!«
»Natter, der will Direktor sein!«
»Brillenschlange!«
»Koslow!«
»Die ›Rote Lokomotive‹!«
»Tomate!«
»Siwolap!«

Bei dem Namen Koslow lallte Sandra laut und zeigte mit den Händen, daß sie bereit sei, hinzulaufen und mit ihm abzurechnen.

»Sie kommen alle dran!« versprach Motja ruhig mit einem Blick auf Sandra. »Auch Koslow. Keine Bange. Wenn feiern, dann richtig! Wenn Wurzel uns von dort sehen könnte, er wäre doch sehr mit uns zufrieden, meint ihr nicht?«

Wir ließen Rüssel festgeschnürt in seinem Bett liegen und gingen hinaus. Eines der Kinder hatte ein verkohltes Ferkel und die halbvolle Fuselflasche mitgenommen.

In der Nachbarschaft waren bestimmt Leute wach geworden. Wir sahen da und dort jemanden aus dem dunklen Fenster gucken, und einer schrie sogar eine Drohung, die wir nicht verstanden. In die Richtung der Drohung warfen wir ein paar Steine, worauf sofort Ruhe eintrat und die Fenster geschlossen wurden.

»Na und«, sagte Bergmann. »Einmal im Leben wird man ja Krach machen dürfen. Die können ruhig wissen, daß wir hier sind, daß wir existieren. Wir haben auch eine, na, eine Stimme.«

»Heute ist unsere Stimme dran! Unsere!« schrien die »Spezler«. »Grille! Wo ist Grille? Sing was! Die Siedlungsratten sollen's hören!«

Grille ließ einen Räuberpfiff hören und sang:

Haun den Schwanz wir an den Zaun,
pinkeln alle Ritzen dicht.
Mütter, ihr könnt ruhig sein,
wir ham keine Mutter nicht.

Alle fielen ein, daß es in den Ohren klirrte:

Ein-mal, noch einmal,
und noch viele Male!

41

Bei Napoleönchen kreuzten wir mit Gesang auf.

Mit der Schulter rannten wir die Tür ein und brachen ins Haus. Der tapfere Genosse Miliznatschalnik hatte sich vor Angst im Keller verkrochen, als er die wohlbekannten Stimmen hörte, und wir holten ihn mit Mühe dort heraus. Ihn brauchten wir nicht zu fesseln wie Rüssel, denn Napoleönchen kroch auf allen vieren vor unsern Füßen herum und flehte uns an, seine Familie zu schonen. Wahrscheinlich glaubte er, wir wollten ihn umbringen.

Angesichts seiner Feigheit suchte Bergmann nach seinem Koppel mit der Pistole, aber in der Ledertasche steckte nur ein Stück Holz.

Bergmann zeigte es allen.

»Seht mal, womit unsere ruhmreichen Bullen schießen!« Er setzte das Holz an seinen Kopf. »Piff-paff, ei-ei-ei! Mit dem Häschen ist's vorbei!«

Aber da entdeckte Bissig an der Wand das Jagdgewehr mit der Patronentasche und schlug vor: »Wir können ja wirklich piff-paff machen!«

Ich weiß nicht, ob Bissig wirklich schießen wollte, ich glaube kaum.

Aber Bergmann hatte das Gewehr schon in der Hand und lud es. Er war der einzige von uns, der ein Gewehr laden konnte.

Er richtete die Waffe auf den Hausherrn und drohte: »Jetzt antworte, du Aas, wo ist unser Wurzel? Wo habt ihr ihn verscharrt, na?«

Napoleönchen kroch auf den Knien herum und schwor hoch und heilig, er wisse nichts von Wurzel. Er habe nur gehört, ein gewisser Kukuschkin, an Dystrophie erkrankt, sei ins Krankenhaus gebracht worden und dort gestorben.

»Dystrophie?« fragte Bissig und konnte sich kaum noch bremsen. »Warum hatte Wurzel Dystrophie und dein Sohn nicht?«

Napoleönchens Frau Silva, im Morgenrock, zerzaust, schlaftrunken, stand da und hielt Karassik fest.

Motja sagte: »Ich habe einen Vorschlag: Wir nehmen Karassik mit ins ›Spez‹! Mal sehen, was da aus ihm wird!«

Da war Silva auf einmal hellwach.

»Das laß ich nicht zu!« schrie sie und stellte sich vor ihren Sohn, der ein langes Nachthemd trug. So also zogen die sich zur Nacht an! Wir »Spezler« schliefen so, wie wir tagsüber herumliefen.

»Doch«, sagte Bergmann und zielte auf Karassik. »Du wirst ja nicht wollen, daß wir ihn gleich hier erledigen!«

»Für unsern Wurzel!«

»Den ihr umgebracht habt!«

»Aber wir … Wir haben doch keinen … wirklich nicht.« Und Silva brach in Tränen aus.

»Wer war es dann?«

»Ich weiß nicht.«

»Da kannst du mal sehen! Nichts weißt du von uns!«

»Wir tun ihr nicht leid!«

Silva weinte noch immer, und Karassik in seinem dämlichen Hemd stand vor dem Gewehr. Unsere Erbitterung wurde immer größer. Wir schrien ihnen alles mögliche zu und gerieten mehr und mehr in Wut.

»Wofür haßt ihr uns?« schrie Silva und wischte sich die Tränen mit dem Ärmel ab. »Ihr seid ja Tiere! Tiere!«

»Halt den Mund, dumme Gans!« schrie Napoleönchen sie an. »Du darfst sie doch nicht reizen! Sie sind ja so …« Er schwieg erschrocken.

»Wie sind wir denn?« fragte Bissig. »Das möchte ich wissen.«

Napoleönchens Gesicht füllte sich mit roten Flecken, er zog die Nase hoch.

»Wie sind wir? Antworte, du Bullensau!«

»Ich will euch sagen, wie wir sind«, sagte Motja ruhig.

Seit Wurzel tot war und Motja schluchzend im Staub gesessen hatte, seitdem hatte ich ihn nicht mehr als den früheren Motja erlebt, für den alle Menschen gut waren. Kalt und grausam war er geworden, und er lächelte dabei. Es war ein seltsames, ganz ungewohntes Lächeln mit weißgekniffenen Lippen und Augen wie Gewehrmündungen.

»Also, wie sind wir«, sagte er und lächelte Napoleönchen

an. »Wilde sind wir! Rasende! Sie hat recht, wir sind Tiere! Man müßte uns jagen, abschießen mit einem Gewehr wie dem hier, wir sind es wert! Wenn's nach dir ginge und nicht nach uns, du würdest nicht lange fackeln, stimmt's? Du würdest doch schießen?« Motja lächelte, aber seine Lippen zitterten. »Sag's ehrlich, sei einmal im Leben ein Mensch: Du würdest schießen, nicht?«

Wir standen dichtgedrängt und warteten auf Napoleönchens Antwort.

Er hatte natürlich kapiert, daß es hier und jetzt um sein schäbiges Leben ging. Plötzlich bekreuzigte er sich vor unsern Augen wie verrückt und sagte immer wieder: »Nein! Nein! Kinderchens! Liebe Kinder! Nie im Leben! Ich bin doch kein Bösewicht! Ich hab bloß solch einen Posten, daß sie mich zwingen ... Ich von mir aus niemals!«

»Schwörst du?« fragte Bissig.

Einer fügte hinzu: »Soll er bei Stalin schwören, nicht bei Gott, den es nicht gibt!«

»Ich schwöre«, sagte Napoleönchen sofort. »Hier, bei unserm lieben Führer, Genossen Iossif Wissarionowitsch!«

»Du wirst uns nicht anrühren?«

»Bestimmt nicht!«

»Niemals?«

Sandra lallte aus Leibeskräften, sie glaubte ihm kein Wort. Schwänzchen auch nicht, er krähte: »Sersch, er soll bei Woroschilow schwören! Und beim Genossen Kalinin.«

»Und bei seiner Mutter soll er schwören«, sagte auf einmal Engel, der die ganze Zeit geschwiegen hatte. »Daß er uns niemals anrührt!«

»Ich schwöre ... bei meiner leiblichen Mutter«, murmelte Napoleönchen und weinte, aber irgendwie nicht wie ein Mann, er schneuzte sich und verschmierte den Rotz im Gesicht.

»Ich glaube ihm«, erbarmte sich Engel.

Bergmann senkte das Gewehr, sagte aber drohend: »Ich glaube jeder Taube, jeder Kuh und jedem Gnu.«

»Schon gut«, bremste ihn Motja, doch ich hatte den Eindruck, daß er sich selbst bremsen wollte. »Dann laßt uns jetzt die Totenfeier machen. Ich weiß, wieviel die gebunkert haben!«

Alle spürten, daß der Zorn nachgelassen hatte. Dies war das Signal für das Fest. Leichten Herzens schleppten wir Gegenstände und Lebensmittel, Tisch und Stühle nach draußen, und dann wurde Feuer gemacht. Dann wurde alles mögliche Eingemachte aus dem Keller geschleppt: Gurken, Tomaten, Äpfel. Alles wanderte ins Feuer. Natürlich fraßen wir nebenbei was auf Wurzels Gedenken.

Grille sagte: »Wenn er uns sehen kann, leckt er sich bestimmt den Mund! Er würde auch gern auf Kosten von Napoleönchen was fressen! Hier im Garten hat er mal Gurken geklaut. War der damals glücklich ...«

»Er kann uns sehen, ja?« fragte mich Schwänzchen.

»Aber ja! Klar kann er uns sehen!«

»Er freut sich, daß wir fressen, nicht?«

»Na klar freut er sich! Würdest du dich nicht freuen?«

»Doch«, gestand Schwänzchen. »Bloß bei mir will nichts mehr rein«, klagte er. »So müßt es jeden Tag sein.«

»Dann müssen wir sie jeden Tag zausen! Einverstanden?«

»Na klar«, antwortete Schwänzchen. »Mir hat es Spaß gemacht, wie wir sie gezaust haben! Und dann das Fest!«

So unterhielten wir uns und warfen dabei sämtliche Vorräte von denen ins Feuer, damit ihnen nichts blieb. Wir sahen das so, daß diese Leute, die gegen uns waren, zwar nicht sterben, doch so nackt und bloß zurückbleiben sollten wie wir. Es war von uns keine leere Drohung gewesen, ihren Karassik mitzunehmen, und wir sahen, wie furchtbar sie allein bei dem Gedanken erschraken, er könnte so einer werden wie wir!

Als was würden die uns wohl dann ansehen?

Als Lumpenpack? Als Ausgeburt des Bösen? Als teuflische Strafe für ihre Siedlung, ihre Städte, ihre Hauptstadt Moskau ... Für ihr Land?

Ich linse durch die Ritze, kann aber den Bahndamm und den Hügel noch immer nicht erkennen. Da es nichts zu sehen gibt, wende ich mich wieder Bissig und Motja zu.

Ich muß an Motja denken: Es kann nicht sein, daß er mit seinem Berdan-Gewehr daliegt und nichts im Leben fürchtet, wir aber doch. Es ist geradezu ein Witz, daß dies derselbe Motja ist, der die Menschen für gut hielt und eine Vorliebe für Vögel hat, er kennt sie alle aus dem Brehm, und einmal hat er einer Katze einen Nestling aus der Schnauze gerissen. Vielleicht denkt er, Napoleönchen würde sich am Morgen vor die Scheune hinstellen und friedfertig rufen, jetzt reicht's, Kinderchens, Schluß mit dem Spiel, ihr habt euch einen Spaß gemacht, und jetzt Pfoten hoch. Kommt raus, und ich tu euch nichts Böses, wie versprochen.

Um das Schweigen zu brechen, sage ich: »In dem Geschichtsbuch steht geschrieben, wie diese ... Sumerer gelebt haben, das waren wohl die ersten Menschen auf der Erde.«

Die anderen sagen nichts, aber sie scheinen zuzuhören.

»Die haben alles auf Tontäfelchen eingeritzt vom Anfang und vom Ende der Welt. Auf einem solchen Ding haben sie sogar ein Gedicht geschrieben: vom Mitleid ...«

Keiner antwortet. Nur Sandra lallt und reibt die Wange an meiner Schulter.

Ich aber denke mir: Du lieber Gott, diese Sumerer haben Kriege geführt, und sie haben Gedichte über das Mitleid geschrieben. »Klagelied zur Beruhigung des Herzens«. Sie, die ersten Menschen auf der Welt. Wenn sie über den Krieg oder Gott geschrieben hätten, wär's begreiflich. Sie wurden ja belagert wie wir in dem Schuppen. Und dann verbrannt. Diese Täfelchen brannten nicht, darum sind sie erhalten geblieben, sie sind sogar noch härter geworden im Feuer! Die Sumerer aber sind untergegangen, und kein dummes Mitleid, kein Gedicht hat ihnen geholfen.

Eine lehrreiche Geschichte. Es geht darum, daß die Gewalt in dieser Welt die Hauptsache ist und nicht die Gefühle, die keiner braucht. Gestern haben wir mit Napoleönchen Mitleid gehabt, doch ob er jetzt Mitleid mit uns haben wird, wissen wir nicht.

Doch, wir wissen es. Mascha hat ja gesagt, daß er kein Mitleid hat. Aber das meine ich nicht. Ich meine, wir werden hier untergehen wie die geheimnisvollen Sumerer, und wir werden nicht mal Täfelchen hinterlassen, auf denen steht, was wir für welche waren, wie wir gelebt haben und wie wir gestorben sind.

Dabei sind wir doch auch ein Volk, es gibt ja Millionen Wertlose wie uns. Wir sind auf dem Feld nicht von selbst gewachsen, schon vor uns haben sie die reifen Ähren abgeschnitten. Irgendwann danach haben wir uns selber ausgesät und waren da, von keinem erwartet und von keinem gewünscht, ein lebender Vorwurf, eine Erinnerung an die Untat vor uns, von der wir nicht einmal wissen. Die Erinnerung besteht in unserer Herkunft …

Der eine hat seine Eltern im Lager, der andere an der Front, und manche von uns sind noch Krümel von der Tafel, von dem Festmahl, das bei der Entkulakisierung 1930 veranstaltet wurde. Also wer sind wir? Welche Nationalität, welche Religion? Wem sind wir Bezahlung schuldig für unser zerschlagenes, zerstörtes, verzerrtes Leben? Und wenn wir schon keinen Brief, kein Klagelied zur Beruhigung des eigenen Herzens an den Genossen Stalin schreiben, so haben wir doch Fragen an ihn.

Die Fragen können wir stellen, um nicht ganz hoffnungslos blind aus dieser Welt zu gehen, den Löffel abzugeben!

Daß wir zum Untergang verurteilt sind, daran haben ich und die übrigen Kuckuckskinder keinen Zweifel. Jetzt oder später … Schreien, brüllen müßten wir, damit die ganze Welt es hört, damit die Menschen erschauern in ihren warmen Betten in der Siedlung wie von unsern Liedern, damit sie zu sich kommen und einander leise Fragen stellen. Vielleicht käme ihnen dann der Elementargedanke: Was machen wir da, Leute, warum richten wir die Kinder zugrunde, unsern Nachwuchs, der unsere Zukunft ist?

Bissig sagt auf einmal: »Also, sie wußten schon alles … diese …«

»Sumerer?«

»Egal. Sumerer oder sonstwer. Sie wußten, daß die Welt nicht von Dauer ist, wie man auch singt; dann kommen solche Bullen wie die da und machen alles kaputt. Da hast du das Ende der Welt.«

Auf einmal läßt sich Engel vernehmen: »Einen Brief müssen wir schreiben an den Genossen Stalin. Und vergraben! Dann kommt er und findet ihn. Und erfährt alles!«

»Halt die Schnauze!« herrscht Bissig ihn an. »Die Bullen hören's.« Und dann milder: »Bloß nicht weich werden. Brief, Brief ... Was soll da drin stehen? Und auf was für Tontafeln willst du ihn schreiben? Oder mit Teer an die Wand?«

Sandra lallt, sie ist derselben Meinung. Wir sind ja nicht die Leute aus dem Altertum, daß wir von Mitleidstränen schreiben können, die wir gar nicht haben. Und über Wut zu schreiben steht nicht dafür. Und wir haben nur noch Wut. Und wir sind vertiert gegen alle: die Bullen, die Siedlung, die anderen Siedlungen! Und gegen deren Welt überhaupt. Silva hat ja recht, uns dürfen sie nicht aus diesen Schuppen rauslassen, mal ehrlich. Wir sind Unmenschen, eine Seuche, Pestratten, imstande, jeden zu beißen, der uns über den Weg läuft.

So denke ich wie ein Außenstehender, und ich stelle mir alle Kuckuckskinder vor. Und ich erkenne, daß sie nur so über uns denken können. Die da draußen und die ganze Siedlung und die ganze übrige Welt ...

Nur nicht der Genosse Stalin im Kreml.

Nur er kann nicht so über uns denken, denn er ist der Freund aller sowjetischen Kinder. Nicht umsonst haben wir ihm das Telegramm geschickt.

Er wird es bekommen und zu uns fahren. Wollen mal sagen, mit einem Güterzug oder so. An seiner Seite die Mitkämpfer, die Bolschewiken. Dann wird der Genosse Stalin sehen, daß sie uns hier im Schuppen wie Ratten belauern, und wird die Stirn runzeln. Und er wird Napoleönchen fragen und seine Worte langsam setzen, so wie in dem Film, den wir gesehen haben: »Was geht hier bei Ihnen vor, Genosse Hauptmann der Miliz? Darf man darum bitten, die teuren sowjetischen Kinder aus dem Schuppen rauszulassen? Ich als ihr bester Freund möchte sie sehen. Sie sind ja meine Freunde! Habe ich das nicht schon gesagt?«

Dann werden wir alle rausgehen, zu dem teuren Vater und Lehrer und besten Freund der sowjetischen Kinder hinlaufen und im Chor rufen: »Unser lieber Führer und Lehrer! Wir gehören doch dazu! Wir kämpfen mit dem ganzen Sowjetvolk gegen die verfluchten faschistischen Eroberer, und die da, die Bullen, lügen dir und anderen vor, wir wären Feinde. Teurer Genosse Stalin, sie haben sich hier im Hinterland feiste Schweinevisagen angefressen, und jetzt verhöhnen sie die Weiber und die elternlosen Kinder, statt an die Front zu gehen und die verfluchten Faschisten zu schlagen. Du darfst ihnen nicht glauben, wenn sie dir vorlügen, wir wären allesamt Feinde, weil wir Kinder von Volksfeinden sind. Wir sind hungrig und verlaust, und sie quälen uns und lügen allen über uns was vor ...«

Aber nein, das von den Läusen und vom Hunger erzählen wir ihm nicht, er weiß ohnehin, daß alle es schwer haben und daß alle, sogar er selbst, auf Hungerration sitzen. In der Nacht zieht er seine Joppe aus und sucht die Falten nach Läusen ab. Wenn es viele sind, wird er traurig und setzt die Brille auf. Aber kann der große Führer und Lehrer eine Brille haben? Naja, er knackt sie mit dem Daumennagel, und am Morgen atmet er erleichtert auf, zieht die Joppe an und eilt ins Mausoleum auf dem Roten Platz.

Der Genosse Stalin hört uns hier beim Schuppen an und überlegt. Seine großen Gedanken kreisen um alle sowjetischen Besprisorniks. Er hört sogar auf, seine berühmte Pfeife zu rauchen. Dann macht er schmale Augen, zielt mit dem Mundstück auf Napoleönchen und sagt klar und einfach, wie nur Führer sprechen können, jedes Wort betonend, weil jedes davon kostbar ist: »Erklären Sie den Genossen und unserm Volk, warum halten Sie unsere teuren Jungen und Mädchen in diesem Schuppen unter Bewachung? Sie meinen wohl, Kinder wären verantwortlich für ihre Väter, die Volksfeinde sind? Es dürfte Ihnen bekannt sein, Genosse Napoleönchen, daß die Kinder für ihre Väter nicht verantwortlich sind. Sie sind unsere Zukunft. Und die Jugend muß man sorgsam aufziehen, so wie der Gärtner seinen Lieblingsobstbaum aufzieht. Oder sehen Sie die Erziehung unserer künftigen Generation anders, Genosse Hauptmann?«

»Ich bitte Sie, Genosse Stalin! Ich denke wie Sie ... Ich habe immer so gedacht!« heult Napoleönchen und belügt so den Genossen Stalin und das Politbüro, denn er ist es einfach nicht gewöhnt, nicht zu lügen. Als Beweis seiner Treue und Liebe für die sowjetischen Kinder läßt er uns nicht nur frei, sondern singt sogar ein flottes, klassisches Kinderlied:

Vöglein baut vor meinem Fenster
seinen Kinderchen ein Nest,
kommt geflogen mit dem Zweiglein,
hält es in dem Schnabel fest.

Er schnalzt heuchlerisch mit der Zunge, kichert und schwenkt die Arme, als wäre er dieses Vögelchen. Dann schließt er energisch mit einer lesginischen Melodie:

Auf dem Zaun das Vögelchen
singt sein Liedchen vor sich hin.

Er gebärdet sich vor dem Genossen Stalin und vor uns wie ein kaukasischer Dshigit, schüttelt den dicken Wanst und merkt gar nicht, wie er schwitzt.

»Na gut, gut«, sagt Genosse Stalin mit eingekniffenen Augen und nickt dem Genossen Budjonny und dem Genossen Woroschilow zu, die die komische Szene mit schweigsamem Interesse beobachten. »Sie, Kliment Jefremowitsch, sorgen dafür, daß niemand in der Siedlung es wagt, unseren Kindern, den treuen Helfern der Partei und künftigen Verteidigern der sowjetischen Heimat, Böses zu tun. Und Sie, Semjon Michailowitsch«, dies zu Budjonny, »helfen dem Genossen Hauptmann der Miliz und seinen prächtigen Jungs« (dies sagt der Führer mit einem weisen Lächeln), »freiwillig an die Front zu gehen, die gerade Verstärkung benötigt. Geben Sie ihnen Pferde, sparen Sie nicht, sie sollen ja Heldentaten vollbringen. In unserm Land ist immer Platz für Heldentaten. Denn unsere Sache ist gerecht, und der Sieg wird unser sein!«

Wir fassen uns ein Herz und erzählen unserm teuren Vater und Lehrer, dem Führer des Weltproletariats, alles ganz ausführlich, und zum Schluß melden wir uns an die Front. An einen Abschnitt bitte, wo Napoleönchen nicht ist. Wir sagen ihm auch, er soll die Pferde lieber uns geben, denn die Bullen können gar nicht kämpfen und richten sie garantiert zugrunde.

42

Nachdem wir Napoleönchen verlassen hatten, dachten wir mit Recht, daß er für uns keine Gefahr mehr war, und gingen daran, unsere endlos lange Liste abzuarbeiten.

Wir rannten zum Krankenhaus, zu der Brillenschlange, aber Motja wollte uns das ausreden mit der Bemerkung, wir würden nur die Patienten erschrecken, und der Arzt sei jetzt sowieso nicht dort. Und richtig. Als wir hinkamen, stellte sich heraus, daß er als einziger Unrat gewittert und sich verkrochen hatte.

Da sagte Motja: »Wir müssen Koslow finden. Und dann die ... vom Restaurant.«

Sandra stürmte schon los, wir konnten ihr kaum folgen. Sie wußte noch genau, wo dieser Koslow wohnte, sie kannte die Straße und das Haus in der Nähe der Bahnstation.

Wir zertrümmerten eine Scheibe, drangen ins Haus und brachen auch die Tür auf.

Koslow holten wir aus dem Bett, wie er war, in Unterhose und Hemd. Er blieb anfangs ganz ruhig, obwohl er ein paarmal verwirrt wiederholte: »Ihr Räuber ... Ihr Piraten ...«

Dann brachten wir Sandra ins Zimmer, damit sie ihrem Vergewaltiger ins Gesicht sehen konnte.

»Ist er das?« fragte Bissig.

Sandra zitterte, als sie Koslow in seinem Unterzeug vor sich sah. Jetzt erschrak er. Über uns war er nicht erschrokken, aber vor Sandra erbleichte er, biß sich vor Erregung auf die roten Lippen und schüttelte den Bart.

Bergmann sagte zu Sandra: »Hier hast du das Gewehr. Mach mit ihm, was du willst. Wir schaffen inzwischen Ordnung.«

Alle gingen hinaus, um seine Möbel zu verbrennen und sein Haus zu verwüsten. Nur Bissig, Motja und ich blieben, um Sandra nicht mit Koslow allein zu lassen.

Sie stand, am ganzen Leibe zitternd, mit dem Gewehr vor ihm und sah ihm in die Augen. Plötzlich warf sie das Gewehr zu Boden, heulte und schrie und hielt die Hände vors Gesicht. Ihr Geschrei machte mir Schmerzen in der Brust.

Wir faßten sie unter und führten sie auf die Vortreppe. Dann gingen wir zurück zu Koslow.

Bissig befahl ihm, die Unterhosen auszuziehen. Koslow weigerte sich. Ich und noch drei Kuckuckskinder, Motja, Bergmann und Grille, später auch Schwänzchen, legten Koslow auf den Fußboden und zogen ihn nackt aus. Dann stellten wir ihn wieder hin, zerrten ihn zur Tür und zogen seinen Sack durch die Türspalte. Wir taten ihm nicht weh, wir waren ja keine Sadisten. Wir machten einfach die Tür so zu, daß seine Eier draußen waren und er so lange still stehenbleiben mußte, bis jemand kam und die Tür aufschloß.

Er brüllte natürlich, aber darauf achteten wir nicht. Wir hatten ja auch all die Jahre gebrüllt, die wir in Goljatwino lebten! Wir hatten ihnen in die Ohren gebrüllt, aber sie hatten uns nicht gehört!

Wir machten also die Tür zu, Koslows Sack schaute heraus, schlossen ab und gaben den Schlüssel Sandra. Sie saß auf der Vortreppe, hatte sich beruhigt und blickte ins Feuer, in dem Koslows Habe verbrannte.

»Da«, sagte Bissig, als er ihr den Schlüssel gab. »Der wird so was nie wieder tun!«

Sandra nickte, nahm vorsichtig den Schlüssel, und warf ihn, als hätte sie sich daran verbrannt, ins Feuer. Wir verließen für immer das Haus und nahmen Sandra mit. Koslow heulte wild.

Den Rest der Nacht und den ganzen Vormittag suchten wir nach der Köchin und Filippok, aber es stellte sich heraus, daß sie in unbekannter Richtung abgereist waren.

Da gingen wir zur Post, die in einer der Baracken bei der Station untergebracht war, und schrieben ein Telegramm an den Genossen Stalin. Es lautete: »Teurer Genosse Stalin, komm schnell nach Goljatwino, wir erwarten dich. Die Kuckuckskinder.«

Die schweigsame junge Postfrau mit dem sommersprossigen Gesicht sah uns sonderbar an und fragte: »Und die Adresse?«

»Hat Stalin etwa eine Adresse?« fragten wir.

»Na klar«, antwortete sie. »Er muß doch irgendwo wohnen.«

»Er wohnt im Kreml«, erklärte ich. »Aber da lassen sie keinen rein.«

Wir schrieben das Wort »Kreml« dazu. Die Postfrau sagte: »Jetzt ist es richtig.«

»Kommt es auch an?« fragte Schwänzchen mit strahlenden Augen. »Wirklich?«

Die Frau sah ihn an und seufzte.

Wir gingen in unser »Spez« und legten uns auf dem Fußboden schlafen, denn wir waren müde.

In der Abenddämmerung erwachten wir davon, daß wir draußen Stimmen hörten. Da wußten wir gleich, daß sie uns umstellten und uns holen wollten. Am deutlichsten hörten wir die Stimme von Napoleönchen, und noch ein paar Bullen brüllten herum, und unser Wächter erklärte ihnen, wo sie uns finden würden.

Aber während der schiefmäulige Wächter, der von dreiunddreißig Buchstaben dreißig nicht aussprechen konnte, noch nuschelte, krochen wir leise über den Fußboden zum hintersten Ende des Gebäudes, sprangen zum Fenster hinaus und verschwanden im Gebüsch.

Ich wußte schon, daß es eine Verfolgungsjagd geben würde, sie würden ja gleich merken, daß wir abgehauen waren. Da sagte ich zu Schwänzchen: »Hör zu, Schwänzchen, du bleibst hier! Ich komm dich später holen.«

Er jammerte und wollte mit.

»Du bleibst hier!« flüsterte ich heftig. »Die sind bald hinter uns her, hier kannst du heilbleiben, verstehst du? Und wenn wir ihnen entschlüpft sind, komm ich dich holen.«

Bissig kläffte: »Keine Zeit zum Quatschen. Wenn wir's dir versprechen, kommen wir auch, klar?«

Schwänzchen weinte leise.

»Sersch«, bat er. »Verlaßt mich nicht, bitte nicht!«

»Das tun wir nicht!«

Ich glaubte noch, wir könnten den Bullen entschlüpfen, weil wir schneller waren und die Gegend, jeden Busch und jeden Schlupfwinkel besser kannten. Als wir uns in diesem

Schuppen verkrochen, rechneten wir natürlich nicht damit, daß sie uns hier so schnell finden und umstellen würden.

Wenn wir es gewußt hätten, wären wir über den Fluß in den Wald gegangen, und da hätten sie uns nie im Leben gefunden.

Aber dann dachte ich auf einmal, daß wir nicht um diesen Schuppen herumgekommen wären, wohin wir auch liefen. Er hätte in jedem Fall auf unserm Weg gestanden. Der Schuppen war uns vom Herrgott selbst bestimmt. Das begriff ich jetzt.

»Sie kommen«, sagt Motja ruhig und unterbricht so meine Träumereien.

Wir gucken durch die Ritzen.

Jetzt sehen wir den Hügel und dahinter lebhafte Bewegung von Leuten wie vor einem Angriff. Die Bullen sammeln sich in Grüppchen, wir können nur ihre gebeugten Rücken erkennen.

»Malbrough s'en va-t-en guerre!« sagt Bergmann, hustet und spuckt ärgerlich aus.

Keiner lacht, aber alle wissen, wie es diesem Malbrough im Feldzug ergangen ist. Unsere Bullen sind nicht tapferer, das haben wir bei Napoleönchen mit eigenen Augen gesehen. Aber geht es um sie? Nicht nur sie, die ganze Siedlung und vielleicht auch andere Siedlungen haben gegen uns eine Landwehr aufgestellt.

Auch die hinter dem Wald und in Moskau.

Alle außer dem Genossen Stalin, der unser Telegramm bestimmt noch nicht gekriegt hat und darum noch nicht gekommen ist. Aber vielleicht kommt er noch. Alle andern stehen auf seiten der Bullen, darum sind sie unsere Feinde.

Ich frage laut, weil es nichts mehr zu verbergen gibt: »Motja, meinst du, sie greifen uns offen an?«

Er antwortet, aber nicht auf meine Frage: »Ich würde ja ballern, aber es ist zu weit!«

In diesem Moment schießen sie draußen. Wir können kein einziges Mal zurückschießen.

Motja lädt das Gewehr, aber plötzlich sinkt er mit der Nase darauf runter.

Bissig ruft ihm zu: »Schieß! So schieß doch!«

Er hat noch nicht begriffen. Bergmann aber sieht klar, er nimmt das Gewehr und hat es beinahe schon geladen, doch da rutscht er zur Seite. Mir scheint sogar, daß er schuldbewußt lächelt: Ärgerlich, in diesem Moment!

Er fällt hin, hebt noch einmal den Kopf, will etwas sagen, spuckt aus und wird still.

Da geht mir auf, daß sie in Salven auf uns feuern. Der Schuppen ist sofort durchsiebt, von den Brettern fliegen Splitter.

Ich will den Kuckuckskindern zurufen, sie sollen liegenbleiben, aber in diesem Moment schreit Engel auf, faßt sich an den Kopf und fällt hin. Sandra beugt sich über ihn. Bissig versucht mit fliegenden Händen, das Gewehr unter Bergmann hervorzuziehen, es gelingt ihm nicht. Als er es dann doch hat, geht er zur Tür, stößt sie mit dem Fuß auf und stellt sich so hin, daß er besser auf die Bullen zielen kann, die noch hinter dem Hügel sitzen. Aber er schießt nicht, sondern steht sonderbar schwankend mit dem Gewehr da, dann sinkt er auf die Knie und legt sich zusammengekrümmt hin.

Ich stürze zu ihm, doch schon nach zwei Schritten trifft mich ein heftiger Schlag gegen die Brust. Ich kann mich nicht halten und falle hin, verwundert, wo dieser sonderbare Schlag herkam, der mich umgeworfen hat. Ich will wieder hoch, kann aber nicht. Da greife ich mir ins Hemd und befühle das Geschichtsbuch, es ist voller Blut.

Ich rufe Sandra zu: »Zünde den Schuppen an! Sie bringen uns sowieso um!«

Sandra reißt ein Streichholz an, aber es bricht ab. Auch das zweite bricht ab. Da nimmt Grille die Schachtel. Er sucht lange darin, hat sich in der Ecke hingehockt.

»Was macht er denn?« schreie ich wütend. »Er soll anzünden!«

Sandra geht zu Grille, ohne sich vor den Kugeln in acht zu nehmen, und berührt ihn an der Schulter, da fällt er aufs Gesicht.

»Zünd an!« schreie ich, doch ich habe keine Stimme mehr, und in meinem Mund ist es heiß und salzig.

Auf einmal ist Schwänzchen da. Wie mag der hierher

kommen? Überall sind Bullen, und doch hat er sich unterm Schuppen durchgegraben, vielleicht brauchte er gar nicht zu graben, er kann ja durch jedes Loch schlüpfen. Ich weiß nicht, ob ich so denke, klar ist nur, daß Schwänzchen bei uns ist und wir den Schuppen nicht anzünden dürfen.

Da rufe ich, und es gluckert in meinem Mund: »Nicht doch ... Dummchen ... Hau ab!«

Aber er strahlt und ist glücklich, daß er uns gefunden hat.

»Sersch, Sersch!« schreit er mir zu. »Ich hab euch gefunden!«

»Aua«, bringe ich nur noch heraus statt »Hau ab«. Vor meinen Augen verschwimmt alles, und mein Geschichtsbuch, aufgequollen und schwer geworden, drückt auf meine Brust und läßt mich nicht atmen. Ich will es herausholen und kann nicht.

Aber ich sehe noch, ich sehe, wie Sandra plötzlich Schwänzchen ergreift, ihn mit ihrem Körper deckt und zur Tür stürzt. Sie will den Bullen zeigen, daß wir nicht schießen, und daß es ihr nicht um sich geht, sondern um Schwänzchen.

Sie macht ein paar Schritte vom Schuppen weg, und plötzlich höre ich ihre Stimme. Das ist kein Lallen, sondern eine Stimme. Sie ruft immer wieder ein Wort: »Er-bar-men! Er-bar-men! Er-bar-men! Er ...!«

Sie fällt hin. Neben ihr fällt Schwänzchen hin.

Es wird still.

Vielleicht auch nicht, denn die Wiese ist grün, die Sonne glänzt, und wir gehen über diese Wiese, halten uns bei der Hand und singen unser Lied:

> Dort drüben hinterm Fluß
> ertönt's zuweilen:
> Kuckuck ... Kuckuck...
> Kuck ...
> Kuck ...

Mir will nicht einfallen, wie es weitergeht.

> Dort drüben ... Dort drüben ...

Aber das macht nichts. Das macht überhaupt nichts, denn dies ist der glücklichste Tag, weil es der Elterntag ist.

Jemand ruft: »Da sind sie! Da sind sie!« Irgendwelche Leute winken uns freudig zu, laufen uns entgegen ... Ich sehe sie an ... Ach, ein Jammer, meine Augen können nicht sehen, aber ich muß sie doch sehen! Ich muß ihre Gesichter erkennen! Wer sind sie? Wer? Wer?

»Mama!« schreie ich aus Leibeskräften. »Ihr seid gekommen, ja? Ihr habt mich doch lieb? Ihr habt mich doch wirklich lieb?«

MELDUNG

An die Gebietsverwaltung des NKWD.

Wir melden: Im Bereich der Siedlung Goljatwino und des besonders wichtigen Bahnknotenpunkts Goljatwino hat eine Einsatzgruppe der Siedlungsmiliz eine besonders gefährliche Gruppe von Verbrechern, rückfälligen Halbwüchsigen, die Raubüberfälle auf einzelne Bürger der Siedlung verübt hatten, unschädlich gemacht. Bei der Verhaftung leisteten die Verbrecher bewaffneten Widerstand, so daß die Mitarbeiter der Miliz Waffengewalt anwenden mußten. Alle Verbrecher, acht Personen, wurden vernichtet.

EPILOG

Der Milizoberst im Ruhestand Anatoli Petrowitsch Kutscherenko feierte am 16. September seinen 60. Geburtstag.

In der geräumigen Wohnung des Jubilars in der Malaja-Grusinskaja-Straße hatten sich an diesem Tag die Menschen eingefunden, die seinem Herzen teuer waren: seine Kinder, nähere und fernere Verwandte und frühere Arbeitskollegen. Von weit her war sein Sohn Aljoscha angereist, der seinen Dienst bei den Grenztruppen versah; er war noch nicht verheiratet. Gekommen war auch die jüngere, erst nach dem Krieg geborene Tochter Aljona mit dem Enkel Kostik, »Pflänzchen« genannt, dem Liebling des ganzen Hauses. Aljona lebte mit ihrem Mann in Scheidung.

Man saß dichtgedrängt im Wohnzimmer. Der beste Freund des Jubilars noch aus den Goljatwinoer Zeiten, Pjotr Jewstignejewitsch, ein stattlicher Mann, der etwas hermachte, brachte einen Toast aus auf die harte Jugend des Geburtstagskinds, die zwar im Hinterland verlaufen war, da sie ihn trotz seiner Bitten nicht zum Militär genommen hatten, doch im Hinterland war's ja auch nicht leichter gewesen, denn damals mußten sie sich mit allem möglichen herumschlagen: Deserteuren, Banditen, Rowdys ... Kein Zukkerlecken also.

Alle hoben ihr Glas und tranken.

»Er kämpft ja auch heute noch«, sagte Aljona gefühlvoll und küßte ihren Vater auf die Wange.

Seine Frau Silva fügte lachend hinzu: »Gegen das Unkraut kämpft er ... Im Datschengarten! Solch ein Kämpfer ist er! Dafür haben wir zehn Erdbeerbeete! Konfitüre für den ganzen Winter, Vitamine für Pflänzchen!«

»Laß doch«, sagte die Tochter. »Unser Papa ist der beste. Und als Opa ... Der beste Opa auf der Welt!«

In diesem Moment klingelte es, Telegramme wurden gebracht.

Aljoscha, der draußen war, um zu rauchen, nahm sie entgegen, aber er las sie nicht, was schreibt man schon zu einem runden Geburtstag, sondern gab sie seinem Neffen Pflänzchen, der sie unter allgemeinem Beifall an die Tafel brachte.

Das erste Telegramm las Pjotr Jewstignejewitsch vor. Der Text war festlich-spielerisch, verfaßt von den ehemaligen Kollegen. Er lautete: »Schau froh in deinen Ehrentag hinein, wir wollen an deiner Seite sein, auf deine Sechzig trinken wir sechsmal hundertfünfzig Gramm, wir wünschen dir Glück und Gesundheit und hundert Jahre zur Freude deiner Freunde und Angehörigen.«

Das zweite Telegramm las die Tochter Aljona zunächst für sich, verstand aber nichts und las nun laut: »Gratulieren warten die Kuckuckskinder.«

»Wer ist das, Papa?« fragte sie ratlos.

»Wer? Von wem ist das?« fragte Silva, die eben aus der Küche kam. Sie brachte eine mächtige Schüssel mit warmem Essen und wollte sie den Gästen hinstellen, dazu mußte die Tischmitte von den Vorspeisen befreit werden.

»Irgendwelche Kuckuckskinder gratulieren und warten«, sagte Aljona vergnügt. »Unbegreiflich nur, wo sie warten!«

Der Ausdruck glücklicher Leichtigkeit wich aus Silvas Gesicht. Sie warf einen raschen Blick auf ihren Mann, der blaß geworden war, und griff energisch nach dem Telegramm.

»Gib mal her.«

Aljona gab das Blatt dem neben ihr sitzenden Pjotr Jewstignejewitsch, aber der behielt es, drehte es in der Hand und sagte auf einmal: »Das sind doch diese ... von damals ...«

»Wieso diese von damals?« rief Silva nervös. »Die gibt's nicht! Die sind seit langem tot!«

»Paps, wer ist tot? Mama, was ist passiert?« fragte Aljona verwirrt.

Aber sie bekam keine Antwort. Der Vater saß versteinert da, und der angetrunkene Pjotr Jewstignejewitsch studierte das Telegramm. Alle sahen ihn an.

»Heute abgeschickt«, sagte er. »Aus Goljatwino. Aber warum ›warten‹? Wer wartet?«

»Mein Gott, das ist doch ein Scherz! Ein Scherz! Versteht ihr das nicht?« sagte Silva ärgerlich und knallte die Schüssel auf den Tisch.

»Natürlich, ein Scherz«, wiederholte Pjotr Jewstignejewitsch, aber irgendwie hölzern, ohne Enthusiasmus. Die übrigen schwiegen.

»Ich möchte mal wissen, wer solche ... Scherze macht«, stieß Anatoli Petrowitsch langsam, gedehnt hervor; er hatte sich auf dem Sofa zurückgelehnt und versuchte tief durchzuatmen. Sein Gesicht war jetzt puterrot. »Aber ich kriege es raus! Jawohl! Die sollen mich ...«

Er riß Pjotr Jewstignejewitsch das Telegramm aus der Hand und steckte es ein.

»Was willst du rauskriegen«, fuhr Silva ihn an. »Idioten gibt's viele. So viele Fäuste hat man gar nicht. Wir wollen was Warmes essen ... Und auf Pflänzchen anstoßen! Unsere Freude und unser Glück!«

»Wie alt ist er jetzt?«

»Sechs! Nächstes Jahr kommt er in die Schule.«

»Trinken wir! Daß er nie sitzenbleibt!«

Die Gäste wurden lebhaft und tranken, aber Anatoli Petrowitsch reagierte auf diesen freundlichen Toast sonderbar, er stand auf und ging hinaus. Sie führten ihn ins Schlafzimmer, damit er sich erholte, doch er zeigte sich nicht mehr.

Die Geburtstagsfeier ging nach dem Trägheitsgesetz weiter, doch irgendwie lasch, mit absteigender Kurve, und eine Stunde später hatten sich selbst die ausdauerndsten Gäste verabschiedet und waren nach Hause gegangen.

Der Jubilar schlief besinnungslos, er hatte ein Schlafmittel genommen und erwachte erst gegen Mittag des nächsten Tages. Er holte sofort das Telegramm aus der Hosentasche, las es ruhig, legte es auf den Tisch und ging in die Küche, Wasser trinken. Dann zog er sich an. Silva war einkaufen gegangen, vielleicht auch zu Aljona und Pflänzchen gefahren. Aber das Haus war aufgeräumt, das Geschirr abgewaschen, Tische und Stühle standen auf ihren Plätzen. Der Sohn Aljoscha hatte auch in der Stadt zu tun.

Anatoli Petrowitsch rüstete sich mit dem sicheren Gefühl, zu wissen, was er tun werde. Er steckte das Telegramm in die Tasche und schrieb Silva einen Zettel, daß er eine kurze Reise mache und gegen Abend zurück sein werde. Sie solle sich keine Sorgen machen, er fühle sich gut.

Auf dem Bahnhof hatte er Glück, denn der Vorortzug nach Goljatwino, der dreimal am Tag fuhr, ging in zwanzig Minuten ab. Er wußte nicht, wie er gehandelt hätte, wenn es diesen Zug nicht gegeben hätte. Wahrscheinlich wäre er nach Hause zurückgekehrt und hätte sich beruhigt.

Aber der Zug stand da, Anatoli Petrowitsch kaufte die Fahrkarte, stieg ein und spürte nichts als ein nervöses Frösteln, das ihm kalt über den Rücken lief. Während der Fahrt las er nicht, obwohl er eine Zeitung mitgenommen hatte, sondern blickte zum Fenster hinaus und hing seinen Gedanken nach.

Er erkannte die Station sofort wieder, obwohl er jahrzehntelang nicht hiergewesen war. Alles sah wie damals aus, sogar die Baracken, die freilich nicht mehr mit dem Liedtext beschriftet waren; statt dessen hingen an jeder Baracke Losungen, die er nicht las.

Auch die Post war noch an derselben Stelle.

Er wartete geduldig, bis ein altes Mütterchen seine Rente bekommen hatte, dann wandte er sich an das junge Mädchen, dessen Gesicht voller goldgelber Sommersprossen war.

»Wurde das hier aufgegeben?« Er reichte ihr das Telegramm.

Das Mädchen nahm das Blatt, überflog es und sagte sogleich: »Ja, bei uns.«

»Wissen Sie zufällig noch, wer es aufgegeben hat?«

Das Mädchen las den Text, bewegte die Lippen und sah den Fragesteller an, ihre Augen waren hellblau und ruhig.

»Ja, das war gestern. Ich hatte Dienst.«

»Und wer war's?« fragte er und beugte sich vor, um besser zu hören. Seine Bewegungen waren verkrampft.

»Kinder«, antwortete sie einfach.

»Kinder?« fragte er stumpf. »Was für Kinder? Von wo?«

Das Mädchen zuckte die Achseln.

»Gibt es hier eine Kolonie?«

»Was für eine Kolonie?« fragte das Mädchen verwundert. Sie überlegte, zog die Stirn kraus und fügte hinzu: »Es waren, glaub ich, acht … Ja, acht. Sie hatten komische Namen und wollten sie anfangs sogar mittelegraphieren, aber dann haben sie's gelassen.«

»Was für Namen?« fragte er laut.

»Ich hab sie mir nicht gemerkt«, antwortete sie mit einem schuldbewußten Lächeln und gab ihm das Telegramm zurück. »Den Kleinsten, den haben sie komisch angeredet. Schwänzchen, glaub ich.«

»War ein Mädchen dabei?« fragte er und hörte seine Stimme nicht. Dabei wußte er, daß er dies nicht fragen sollte. »War ein Mädchen dabei?«

»Ja. Ein Mädchen war dabei. Ich hatte den Eindruck, daß sie … stumm war.«

Er wandte sich ab und ging. Erst außerhalb der Siedlung

kam er wieder zur Besinnung. Er erkannte die kahle Gegend, aber er wunderte sich nicht, denn genau hier hatte sich damals alles abgespielt. Den Schuppen freilich gab es nicht mehr, der war wohl abgebrannt, aber das Gebüsch, wo er in der kalten Nacht damals mit seinen Leuten in der Senke gesessen und die Verbrecher belauert hatte, war noch da.

Er setzte sich auf den grünen Hügel, sah sich um und kam zu sich. In seinem Kopf kreisten noch immer die Worte aus dem Geburtstagstelegramm seiner Kollegen: »Schau froh in deinen Ehrentag hinein ...«

Die rasche herbstliche Dämmerung rückte näher, es wurde kühl, von der Erde und dem Gras stieg Feuchtigkeit auf. Er mußte aufstehen und gehen, er mußte diese gefährliche Stelle schnell verlassen, aber ein sonderbarer Zustand hatte sich seiner bemächtigt. Es war, als ob er auf etwas wartete. Und da kamen sie auch schon, genau von dort, wo der Schuppen gewesen war, er sah sie ganz deutlich, die acht Menschen, und ganz vorn, wie er vermutet hatte, ging das ältere Mädchen mit dem Kleinen an der Hand.

Sie war an dem Morgen damals aus dem Schuppen auf ihn zugesprungen und hatte ein unverständliches Wort geschrien, etwas wie »Hilfe« oder »Rettung«. Erst später war er darauf gekommen, daß die Stumme keineswegs stumm war, sondern vor Angst ihr Simulieren vergessen und sich erinnert hatte, was sie rufen mußte. Na, und in dem Moment, als sie plötzlich mit dem kleinen Jungen an der Hand direkt auf ihn zulief, hatte er aus einer unerklärlichen Angst das ganze Magazin seiner Pistole auf sie leergefeuert, da er das Mädchen und die alle haßte für seine abergläubische Angst.

Auch jetzt noch fürchtete und haßte er sie, er war gekommen, weil er sie haßte, sie waren immer noch da, störten seinen Seelenfrieden, wollten sich nicht abfinden mit dem ihnen zustehenden Nichtsein. Unter Verletzung aller möglichen Gesetze hatten sie es gewagt, neuerlich zu erscheinen und ihn zum Stelldichein zu bitten!

Na, da waren sie an den Falschen geraten!

Mit vor Zorn irrlichternden, wie wahnsinnigen Augen

beobachtete er ihr Näherkommen, und seine rechte Hand fuhr schon gewohnheitsmäßig zur Waffe, um die da, wenn sie ganz heran waren, aus nächster Nähe zu treffen und für immer zu vernichten.

Aber plötzlich glaubte er ganz deutlich zu erkennen, daß neben dem stummen Mädchen sein Enkel Pflänzchen kam, und er strahlte übers ganze Gesicht, es war dieses wunderschöne, einmalige, vertrauensvolle Lächeln, das den Großvater immer so entzückte.

Schwänzchen ... Pflänzchen, dachte er. Und dann nur noch eines: das Ende.

Alles in ihm ertaubte, besonders die Wangen und der Hals. Das Herz wurde leer und kalt, es hämmerte ein paarmal wie im Leerlauf und verstummte.

Die Gruppe der Halbwüchsigen, unter denen wirklich ein Mädchen mit Brüderchen war, ging vorbei. Sie kamen aus dem Kino, und keiner von ihnen achtete auf den in seltsamer Haltung dasitzenden alten Mann, der vom langen Warten steifgeworden schien und die starren Augen eines besoffenen Verrückten hatte. Aber hier saßen oft genug alle möglichen Säufer herum. Die Kinder waren längst daran gewöhnt.

Zwei Tage später wurde er gefunden, und die Ärzte im Siedlungskrankenhaus stellten Tod durch Herzinfarkt fest.

Die Trauerfeier war bescheiden. Die Angehörigen hatten aus Bequemlichkeit beschlossen, ihn hier in der Siedlung beizusetzen, in seiner Heimat, wo seine kampferfüllte Jugend und seine besten Lebensjahre verlaufen waren.

Das Grab mit dem silbrig gestrichenen Stern können Sie heute noch sehen, wenn Sie auf den alten Goljatwinoer Friedhof kommen, der nun eingeebnet werden soll. Bald werden dort Hochhäuser stehen.

Kindheit und Krieg
Erinnerungen

Herausgegeben von Christine Lipp
Band 10659

Die Menschen, die in diesem Buch von ihren Erinnerungen an den Zweiten Weltkrieg und die Zeit des Nationalsozialismus berichten, haben nur eins gemeinsam: Sie waren damals noch Kinder. Kinder jedoch sind wache Beobachter und machen ihre eigenen Erfahrungen, vor denen niemand sie schützen kann. Wenn in der Welt Moral schwindet, spiegelt sich dies auch immer im Mikrokosmos Familie wider. Versuche der Eltern, ihr häusliches Leben heil erscheinen zu lassen, es abzuschirmen vor der Welt draußen, mußten scheitern. Erfahrungen von Verwirrung, Ohnmacht, Verlassenheit und Unverstandensein spielen deshalb auch eine große Rolle in diesen Erinnerungen.
Nach dem Krieg gab es wenig Gespräche über das Gewesene; die gedemütigten, verletzten Eltern machten einen Austausch zwischen den Generationen schwer. Und so mündete das Drama der Kinder oft in Schweigen. Viele der Autorinnen und Autoren berichten hier zum ersten Mal über ihre Kindheit.
Die Erlebnisse der frühen Jahre bleiben oft in uns lebendig und prägen die Gegenwart, deshalb ist es wichtig, sich ihrer bewußt zu werden, und auch interessant, über sie zu lesen.

Fischer Taschenbuch Verlag

fi 1564 / 1

Russische Literatur

Boris Pasternak
Doktor Shiwago
Roman. Neu übersetzt von Thomas Reschke
Band 9519

Maxim Gorki
Erzählungen aus dem alten Rußland
Band 9294

Nikolai Gogol
Der Mantel / Die Nase
Zwei Erzählungen
Band 9328

Valentin Rasputin
Die letzte Frist
Roman. Band 5946

Alexander Solschenizyn
Im ersten Kreis
Band 5873

Jurij Tynjanow
Sekondeleutnant Saber
Erzählung
Band 10541

Fischer Taschenbuch Verlag

fi 1068 / 5

Russische Literatur

Wassili Axjonow
Der rosa Eisberg oder
Auf der Suche nach der Gattung
Roman. Band 10427

Andrej Bitow
Die Rolle
Roman. Band 9578

Daniil Charms
Zwischenfälle
Mit Zeichnungen des Autors
Herausgegeben von Lola Debüser
Band 11123

Fasil Iskander
Tschik
Geschichten aus dem Kaukasus
Band 9190

Viktor Jerofejew
Die Moskauer Schönheit
Roman. Band 11410